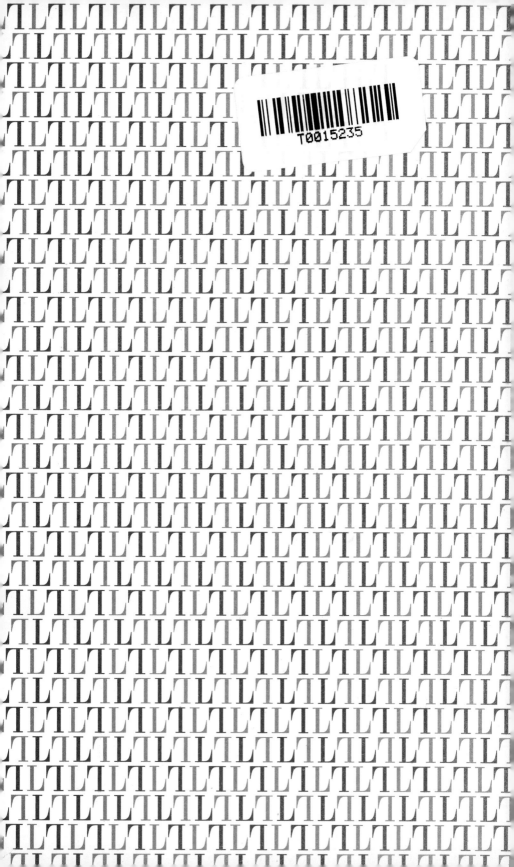

Historia de una trenza

Historia de una trenza

Anne Tyler

Traducción del inglés de
Ana Mata Buil

Lumen

narrativa

Papel certificado por el Forest Stewardship Council®

MIXTO
Papel procedente de
fuentes responsables
FSC
www.fsc.org   FSC® C117695

Penguin
Random House
Grupo Editorial

Título original: *French Braid*

Primera edición: octubre de 2022

© 2022, Anne Tyler
© 2022, Penguin Random House Grupo Editorial, S. A. U.
Travessera de Gràcia, 47-49. 08021 Barcelona
© 2022, Ana Mata Buil, por la traducción

Printed in Spain – Impreso en España

ISBN: 978-84-264-8889-3
Depósito legal: B-13.703-2022

Compuesto en M. I. Maquetación, S. L.
Impreso en Egedsa (Sabadell, Barcelona)

H 4 1 0 9 1 7

Historia de una trenza

1

Esto ocurrió en marzo de 2010, cuando la estación de ferrocarril de Filadelfia todavía tenía uno de esos paneles informativos en los que las vías de los distintos trenes se iban anunciando con rollos de letras que se sucedían en el panel con un clic clac. Serena Drew estaba plantada delante del panel, esperando muy atenta a que apareciera el siguiente tren con destino a Baltimore. ¿Por qué tardaban tanto en indicar el andén en aquella estación? En Baltimore informaban a la gente con mucho más tiempo.

Al lado tenía a su novio, que estaba bastante más relajado. Tras echar un único vistazo al panel informativo, se puso a mirar el móvil. Negó con la cabeza al leer un mensaje y luego pasó al siguiente.

Volvían de compartir la comida del domingo en casa de los padres de James. Acababa de presentarles a Serena. La joven se había pasado dos semanas nerviosa al respecto, barajando qué ponerse (al final había elegido unos vaqueros y un jersey de cuello alto: el atuendo obligatorio de los estudiantes de posgrado, para que no pareciera demasiado deliberado) y devanándose los sesos en busca de posibles temas de conversación. Pero las cosas habían ido considerablemente bien, pensó. Los padres de él la habían recibido con calidez y la habían invitado enseguida a que los llamara George y Dora, y la madre era tan parlanchina que no había faltado conversación en ningún momento. «La próxima vez —le había dicho a Serena en la sobremesa—tienes que conocer a las hermanas de James y a sus mariditos y a sus retoños. Es que no queríamos abrumarte en la primera visita».

«La próxima vez». «Primera visita». Le había sonado esperanzador.

Sin embargo, en ese instante Serena era incapaz de evocar esa sensación de triunfo. Se había quedado sin fuerzas de puro alivio; se sentía como un trapo de cocina estrujado.

James y ella se habían conocido a principio de curso. James era tan guapo que Serena se había sorprendido cuando él le había propuesto ir a tomar un café después de clase. Era alto y delgado, con el pelo castaño y abundante y la barba muy recortada. (Serena, por el contrario, estaba rellenita y se recogía el pelo en una cola casi del mismo tono beis que su piel). En los seminarios, James solía recostarse en la silla sin tomar notas ni dar muestra de prestar atención, pero de pronto soltaba algo inesperadamente avispado. Serena temía que él la encontrase aburrida en comparación. No obstante, cuando comenzaron a charlar, congeniaron enseguida. Fueron a ver muchas películas y a cenar a restaurantes baratos; y los padres de ella, que vivían en la ciudad, ya lo habían invitado a cenar varias veces a su casa y decían que les caía muy bien.

La estación de Filadelfia imponía más que la de Baltimore. Era inmensa, con un techo increíblemente alto de color café y lámparas de cristal que recordaban a rascacielos invertidos. Incluso los pasajeros parecían cortados con un patrón superior al de los pasajeros de Baltimore. Serena vio a una mujer a la que seguía su propio mozo, que empujaba un carrito lleno de maletas, todas a juego. Mientras admiraba el equipaje (reluciente piel marrón oscura, con acabados de cobre), se fijó por casualidad en un joven trajeado que se detuvo para dejar paso al carrito.

—Ay —dijo Serena.

James levantó la vista del móvil.

—¿Qué?

—Creo que es mi primo —comentó en voz baja.

—¿Quién?

—El tío del traje.

—¿«Crees» que es tu primo?

—No estoy segura del todo.

Escudriñaron al hombre. Parecía mayor que ellos, pero no mucho. (Tal vez se debiera al traje). Tenía el mismo pelo apagado que Serena y unos labios muy perfilados, pero mientras que los ojos de ella presentaban el habitual azul de la familia Garrett, los de ese joven eran de un gris pálido casi etéreo, que destacaba incluso a varios metros de distancia. Estaba quieto, se había quedado mirando el panel informativo, aunque el carrito del equipaje ya había pasado.

—Podría ser mi primo Nicholas —dijo Serena.

—Quizá solo se parezca a él —contestó James—. En mi opinión, si de verdad fuese él, lo sabrías.

—Bueno, es que hace mucho que no nos vemos. Es el hijo de David, el hermano de mi madre; viven aquí, en Filadelfia.

—¿Por qué no vas a preguntárselo?

—Es que si me he confundido, quedaré como una boba —dijo Serena.

James la miró con los ojos entrecerrados, incrédulo.

—Bueno, da igual. Ahora ya es tarde —dijo la joven, porque saltaba a la vista que, fuera quien fuese, ya había averiguado lo que necesitaba saber.

El hombre se dio la vuelta y se dirigió a la otra punta de la estación, recolocándose en el hombro el asa de la pequeña bolsa de viaje. Mientras, Serena se concentró de nuevo en el tablón.

—¿Por qué andén suele salir? —preguntó—. Quizá podríamos arriesgarnos e ir a ese.

—A ver, el tren no va a salir al minuto de anunciarlo —le dijo James—. Primero habrá que hacer cola en el rellano de la escalera y esperar un rato.

—Sí, pero me preocupa que no podamos sentarnos juntos.

Él le dedicó esa sonrisa de ojos entornados que tanto le gustaba y que venía a decir: «Ay, no tienes remedio».

—De acuerdo, me estoy precipitando —dijo Serena.

—En cualquier caso —dijo James cambiando de tema—, aunque haga tiempo que no os veis, supongo que reconocerías a tu propio primo.

—¿Tú reconocerías a todos tus primos, así de repente? —preguntó ella.

—Sí.

—¿En serio?

—¡Pues claro!

Pero Serena se percató de que James ya había perdido interés en la conversación. Su novio echó un vistazo hacia el puesto de comida que había en la pared de enfrente.

—Me tomaría un refresco —comentó.

—Puedes comprarlo en el tren.

—¿A ti te apetece algo?

—Esperaré hasta que subamos al tren.

Pero él no lo pilló.

—Guarda sitio para los dos, si anuncian el andén mientras voy a comprar, ¿vale?

Y se puso en marcha sin pensarlo más.

Era la primera vez que hacían una escapada juntos, aunque fuese en el día. A Serena le decepcionaba un poco que él no compartiera sus nervios por el viaje.

En cuanto se quedó sola, sacó el neceser de la mochila y se miró la boca en el espejo. De postre habían tomado una especie de *crumble* de frutas con nueces troceadas por encima y notaba que se le había quedado alguna entre los dientes. En otras circunstancias, se habría excusado después de comer y habría ido al cuarto de baño, pero el tiempo había volado —«¡Ay, ay, ay! ¡Que perdéis el tren!», había dicho Dora— y todos habían salido en tropel rumbo a la estación; el padre de James conducía y James se había sentado a su lado, mientras que Dora y Serena iban juntas detrás. Así, como había dicho Dora, «las chicas podremos hablar de nuestras cosas». Había sido entonces cuando le había dicho que tenía que conocer a las hermanas de James. «Cuéntame —había añadido—. ¿Y tú cuántos hermanos tienes?».

«Eh…, solo uno —había respondido Serena—. Pero ya era mayor cuando yo nací. Me habría encantado tener hermanas». Y nada más decirlo se había ruborizado, porque tal vez había sonado como si hablase de casarse con James para entrar en su familia o algo así.

Dora le había sonreído con picardía y había alargado el brazo para darle unas palmaditas en la mano.

Sin embargo, Serena lo había dicho en sentido literal. Desde la comodidad del pequeño hogar de sus padres, había envidiado a sus amigas del colegio con sus hordas de parientes remezclados montando jaleo, entre risas y peleas por conseguir espacio y atención. Algunas hasta tenían hermanastros, y madrastras y padrastros a quienes podían elegir a su antojo y culpar de todo si las cosas no salían bien, como la gente rica que tira comida en buen estado mientras los malnutridos la observan anhelantes desde la periferia.

Bueno, espera y verás, solía decirse. ¡Espera hasta que veas qué pinta tiene tu futura familia!

Según el panel informativo, el tren a Baltimore iba con cinco minutos de retraso. Probablemente eso significaba quince. Y seguían sin anunciar el andén. Serena se volvió para buscar a James con la mirada. Ahí estaba, gracias a Dios, caminando hacia ella con una bebida en la mano. Y a su lado, aunque un paso por detrás, estaba el hombre que podía ser su primo. Serena parpadeó dos veces.

—¡Mira a quién me he encontrado! —exclamó James al llegar.

—¿Serena? —preguntó el hombre.

—¿Nicholas?

—¡Hey, hola! —contestó e hizo ademán de tenderle la mano, pero luego cambió de opinión y se inclinó hacia delante para darle un torpe abrazo de medio lado.

Olía a algodón recién planchado.

—¿Qué haces tú por aquí? —le preguntó Serena.

—Voy a coger un tren a Nueva York.

—Ah.

—Tengo una reunión mañana temprano.

—Ah, ya veo. —Serena supuso que era una reunión de negocios. No tenía ni idea de a qué se dedicaba su primo—. ¿Qué tal tus padres?

—Están bien. Bueno, van tirando, claro. Mi padre está pendiente de que le pongan una prótesis de cadera.

—Ay, qué rollo —comentó Serena.

—¿Te cuento qué ha pasado? —dijo James a su novia mientras iba alternando el peso entre los talones y las puntas de los pies—. Le he visto junto al quiosco, así que me he parado unos pasos por detrás y he dicho en voz muy baja: «¿Nicholas?».

Parecía encantado con su propia ocurrencia.

—Al principio pensaba que eran imaginaciones mías —dijo Nicholas—. He mirado de reojo, sin volver la cabeza...

—Cuando alguien oye su nombre, reacciona antes —añadió James—. Seguramente no me habrías oído si hubiera dicho «Richard», por ejemplo.

—A mi madre también le está dando guerra la cadera —le dijo Serena a Nicholas—. Tal vez sea genético.

—Tu madre es... ¿Alice?

—No, Lily.

—Ay, sí. Perdona. Creo que me senté a tu lado en el funeral del abuelo Garrett, ¿verdad?

—No, esa era Cande.

—¿Tengo una prima que se llama Cande?

—¡Menudo par! —exclamó James, que no daba crédito.

—En realidad, se llama Kendall —siguió Serena, pasando por alto el comentario de su novio—. Pero cuando estaba aprendiendo a hablar, le costaba mucho decir su nombre.

—Pero entonces sí fuiste, ¿no? —preguntó Nicholas.

—¿Al funeral? Sí, sí.

Había ido, pero entonces tenía doce años. Y él debía de tener... A saber, quince o dieciséis; un mundo de distancia en aquella época. Serena no se había atrevido a dirigirle la palabra. Lo había observado desde lejos cuando estaban a la salida del tanatorio: esa expresión contenida y esos ojos gris pálido. Había heredado los ojos de su madre, Greta, una mujer distante con cojera y acento extranjero o, por lo menos, un acento que no era de Baltimore. Serena recordaba muy bien aquellos ojos.

—Se suponía que íbamos a comer todos juntos después del funeral —le dijo Nicholas—, pero mi padre tuvo que volver para una función del colegio.

—Hablando de volver... —interrumpió James. Señaló con el pulgar el tablón informativo que tenían encima—. Deberíamos ir al andén número cinco.

—Ay, sí. Bueno, es hora de irnos —comentó Serena mirando a Nicholas—. ¡Me alegro mucho de haberte visto!

—Sí, yo también me alegro de verte —contestó él.

Sonrió a su prima y luego levantó la palma para despedirse de James, antes de darse la vuelta para alejarse.

—Saluda a tu familia de mi parte, ¿de acuerdo? —dijo Serena.

—Claro —respondió.

Serena y James lo siguieron con la mirada un momento, aunque ya se estaba formando una cola junto al cartel del andén número cinco.

—Tengo que reconocer —dijo él al fin— que tu familia le da un significado totalmente nuevo a la expresión «primos lejanos».

Al final resultó que su tren no iba tan lleno. No tardaron en encontrar dos asientos contiguos: Serena junto a la ventanilla y James en el lado del pasillo. Él abrió la bandeja del asiento y colocó el vaso encima.

—Y ahora… ¿quieres un refresco? —le preguntó—. Creo que ya han abierto la cafetería.

—No, gracias.

Observó al resto de los pasajeros que desfilaban por el pasillo: una mujer azuzando a dos niños pequeños que se entretenían delante de ella; otra que sudaba tinta para colocar la maleta en el compartimento superior, hasta que James se levantó a echarle una mano.

—Se parece un poco a ti —comentó James en cuanto volvió a sentarse—, pero nunca lo habría reconocido en medio de la multitud.

—¿Perdona? Ah, Nicholas —dijo Serena.

—¿Qué pasa? ¿Tienes todo un regimiento de primos?

—No, solo, eh…, cinco —contestó ella después de contar mentalmente—. Todos por parte de la familia Garrett. Mi padre era hijo único.

—Yo tengo once.

—Muy bien, pues qué suerte —dijo Serena medio en broma.

—Aun así, reconocería a todos ellos si me los encontrara por casualidad en una estación de tren.

—Sí, pero es que nosotros estamos muy desperdigados. El tío David, aquí arriba, en Filadelfia; la tía Alice, en un pueblo de Baltimore, en vez de en la ciudad…

—¡Uau! ¡Claro, en un pueblo perdido del mismo estado, qué lejos! —James le dio con el codo en las costillas.

—Me refiero a que únicamente nos vemos en bodas, funerales y cosas así —insistió Serena. Hizo una pausa y reflexionó—: Y ni siquiera en todos. Pero no sé por qué, la verdad.

—Tal vez haya algún oscuro secreto perdido en el pasado de la familia.

—Puede.

—Quizá tu tío sea republicano. O tu tía pertenezca a alguna secta.

—Basta ya… —dijo Serena, y se echó a reír.

Le gustaba sentarse a su lado como en ese instante: con el reposabrazos levantado de modo que sus cuerpos se tocaran. Llevaban ocho meses saliendo, pero a Serena, James aún le parecía una caja de sorpresas y no algo que diera por sentado.

El tren dio una sacudida preliminar y los últimos pasajeros se acomodaron a toda prisa. «Buenas tardes —dijo un revisor por megafonía—. El tren número…». Serena sacó el billete de la mochila. Al otro lado de la ventanilla, el andén oscurecido quedó atrás y emergieron a la luz del día; el vehículo tomó velocidad; varias estructuras de cemento semiderruidas pasaron por delante, cubiertas hasta el último resquicio de grafitis que parecían gritos.

—Bueno, ¿qué te han parecido mis padres? —le preguntó James.

—¡Me han encantado! De verdad. —Dejó que transcurriera una pausa—. ¿Crees que yo les he caído bien? —preguntó al fin.

—¡Por supuesto! ¿Cómo no ibas a caerles bien?

La respuesta no le resultó tan satisfactoria como esperaba. Al cabo de un rato, Serena insistió:

—¿Qué les ha gustado de mí?

—¿Eh?

—Me refiero a si te han dicho algo…

—No han tenido ocasión de hacerlo, pero lo he notado.

Serena dejó que transcurrieran otros segundos de silencio.

—Pareja, ¿os habéis montado en Filadelfia? —preguntó el revisor, erguido como una torre ante ellos.

—Sí, señor —dijo James.

Recogió el billete de Serena y se lo tendió al hombre junto con el suyo.

—Mi madre ha tirado la casa por la ventana con la comida —dijo James en cuanto se marchó el revisor—. Ese plato de pollo es su especialidad. Está muy orgullosa de él y solo lo sirve cuando tienen invitados especiales.

—Bueno, estaba delicioso —dijo Serena.

—Y mi padre me ha preguntado en el coche si creía que te tendría pegada una buena temporada.

—¿Si me tendrías…?

—Yo le he dicho: «Tiempo al tiempo. Ya se verá, ¿no?».

Otro codazo en las costillas y una mirada maliciosa de soslayo.

Durante el postre, su madre había sacado el álbum familiar y le había enseñado a Serena fotos de cuando James era pequeño.

(Era una preciosidad). James había sonreído a Serena a modo de disculpa, pero luego se había puesto también a verlo, atento a todo lo que se decía de él.

«Hasta la adolescencia, solo quería comer cosas blancas», había dicho su madre.

«Qué exagerada», había dicho James.

«Es un milagro que no pillara el escorbuto».

«Ahora parece bastante sano», había dicho Serena.

Y Dora y ella habían mirado a James y habían sonreído.

Su tren iba ganando velocidad por una tierra yerma de rasposos hierbajos amarillos, pilas de cocina oxidadas, ruedas de tractor y bolsas de la compra de plástico azul, infinidad de bolsas de plástico azul.

—Si fueras extranjero —le dijo Serena— y acabases de aterrizar en este país y cogieses un tren dirección sur, dirías: «¿Esto es Estados Unidos? ¿Esta es la Tierra Prometida?».

—Vaya, mira quién fue a hablar —contestó James—. Ni que Baltimore fuese el paraíso de los paisajes.

—No, me refería a… Hablaba de toda la ruta Amtrak —dijo Serena—. El Corredor Noreste.

—Ah.

—No pensaba que fuese una competición —comentó ella con tono burlón.

—Bueno, sé lo arrogantes que sois los de Baltimore —dijo James—. Sé que clasificáis a la gente según a qué instituto fue. Y luego acabáis casándoos con alguien que fue al mismo instituto que vosotros.

Serena miró a derecha e izquierda con mucha afectación.

—¿Ves a alguien de mi instituto sentado a mi lado? —preguntó.

—Ahora mismo no —admitió él.

—¡Pues eso!

Serena esperó, curiosa por ver qué diría él a continuación, pero James no siguió con el tema y durante un rato viajaron en silencio. A su espalda, una mujer hablaba por teléfono con voz suave y persuasiva.

—Bueno, entonces ¿cómo estás, eh? —oyó Serena que preguntaba. Y luego, tras una pausa—: Venga, cariño. Vamos. Anímate a contarme qué te pasa. Algo te ocurre, te lo noto en la voz.

—Solo fíjate en el pobre Nicholas —dijo de repente James sin que viniera a cuento—. Su padre se muda con él fuera de Baltimore y el resto de la familia deja de hablarles.

—¡No hemos sido nosotros! —replicó Serena—. Son ellos. En realidad, es el tío David. Mi madre dice que no lo entiende. Según ella, de pequeño era muy extrovertido. La tía Alice era un poco aguafiestas, pero el tío David era uno de esos niños radiantes, todo felicidad e ilusión. Y ahora mira: se marchó antes de tiempo en el funeral de su propio padre.

El funeral del «abuelo», lo había llamado Nicholas: «el funeral del abuelo Garrett». ¡Pero a su yayo nunca lo habían llamado «abuelo»! ¿Cómo es posible que Nicholas no lo supiera?

—Y luego tu tía —continuó James—. Lo más lejos que se ha desplazado es a un pueblo del condado de Baltimore, pero, no, no. Ni hablar. Le retiraremos la palabra para siempre.

—No seas tonto… Si nos pasamos el día hablando con ella —dijo Serena, exagerando solo un poco.

No sabía por qué se había puesto tan a la defensiva. Sería el estrés, supuso. El estrés de conocer a los padres de él.

Cuando por fin habían sacado el tema de ese viaje, la idea inicial había sido ir a pasar todo el fin de semana. James le había hablado de dónde hacían los mejores sándwiches de carne y queso típicos de Filadelfia y le había preguntado si le apetecería ir al museo.

«Te encantará la Cámara de los Horrores», le había dicho.

«¿Cámara de los Horrores?».

«Así es como llama mi familia a mi dormitorio».

«Oh. Ah».

«Pósteres de los Eagles por toda la pared. Migas de bocadillos de 1998 debajo de la cama».

«Pero... no nos quedaremos allí, ¿verdad?», le había preguntado Serena.

«¿Quedarnos?».

«Me refiero a que... no dormiremos en la Cámara de los Horrores, ¿no?».

«Hey. Era broma. Bueno, por lo menos lo de las migas debajo de la cama. Creo que mi madre pasó la aspiradora por allí cuando me marché de casa».

«Pero yo dormiría en la habitación de invitados», afirmó Serena, aunque en realidad era una pregunta.

«¿Tú quieres quedarte en la habitación de invitados?».

«Bueno, sí».

«¿No quieres dormir conmigo en mi habitación?».

«Delante de tus padres, no», había contestado Serena.

«Delante de mis... —repitió James. Se detuvo a media frase—. Mira, te garantizo que dan por hecho que tú y yo nos acostamos. ¿Crees que se escandalizarían?».

«Me da igual lo que den por hecho o no. Es solo que no me gusta hacerlo tan público cuando es el día que me los vas a presentar».

James se la había quedado mirando un momento.

«Porque tienen habitación de invitados, ¿verdad?», había preguntado Serena.

«Sí, claro».

«Entonces ¿dónde está el problema?».

«Es que parece un poco… artificial, darnos las buenas noches en el distribuidor del piso de arriba e irnos cada uno a un cuarto», dijo James.

«Bueno, pues lo siento», contestó tensa Serena.

«Además, ¡te echaré de menos! Y mis padres se quedarán a cuadros. "Madre mía", dirán. "¿Es que estos críos no saben lo que es el sexo?"».

«¡Calla! —había dicho Serena, porque estaban sentados en la biblioteca, donde cualquiera podía oírlos. Había echado un vistazo por la sala y luego se había inclinado sobre la mesa para acercarse a él—. Entonces iremos solo a pasar un domingo», había añadido en voz más baja.

«¿Y eso a qué viene?».

«Les diremos que tenemos los sábados muy ocupados, así que vamos a ir a verlos un domingo, y como yo tengo clase los lunes por la mañana, tendremos que hacer el viaje en el día».

«Por Dios, Serena. ¿Me estás diciendo que vamos a hacer semejante trayecto solo para unas horas? ¿Únicamente por fingir que en realidad no somos una pareja en condiciones?».

Sin embargo, eso era lo que habían acabado haciendo. Serena se había salido con la suya.

Sabía que lo había decepcionado. Seguramente James pensaba que era una hipócrita, pero, aun así, ella sentía que había tomado la decisión correcta.

Ya se acercaban a Wilmington. Las casas desperdigadas y de aspecto abandonado iban dando paso progresivamente a limpios edificios de oficinas blancos. El revisor pasó por el vagón recogiendo restos de billetes de tren de las ranuras superiores de algunos asientos.

—Por ejemplo, piensa en lo que dijo tu madre sobre mi cuñado —soltó James de improviso.

—¿Qué? ¿De qué estás hablando?

—Sí, la primera vez que fui a cenar a casa de tus padres, ¿te acuerdas? Le dije a tu madre que uno de mis cuñados era de Baltimore y me preguntó: «Ah, pero ¿cómo se llama?». Y le contesté: «Jacob Rosenbaum, pero todo el mundo lo llama Jay». «Ah. Rosenbaum: seguro que es de Pikesville», comentó. «Allí es donde viven casi todos los judíos».

—Bueno, para algunas cosas mi madre vive en otra época —dijo Serena.

James la miró con reproche.

—¿Qué? —preguntó a su novio—. ¿Estás diciendo que es antisemita?

—Solo digo que a veces Baltimore es tipo «nosotros y ellos», nada más.

—¿Aún sigues con lo de Baltimore?

—Solo quería tomarte un poco el pelo.

—Puede que la familia de tu cuñado sí que viviera en Pikesville, desde luego —dijo Serena—. Pero también podrían vivir en Cedarcroft, puerta con puerta con mis padres. No es que nuestros barrios estén «segregados» ni nada por el estilo.

—No, claro, ya lo sé —se apresuró a decir James—. Solo me refería a que me da la impresión de que los de Baltimore tienden a… encasillar.

—Los seres humanos tienden a encasillar.

—Bueno, vale…

—Y ¿qué opinas de lo que ha dicho tu madre cuando estábamos a punto de marcharnos? —preguntó Serena.

—¿Eh?

—Me ha soltado: «La próxima vez deberíais quedaros a pasar el fin de semana. ¡Venid para Semana Santa! Entonces nos reunimos todos, así verás lo que es tener una gran familia».

Sin querer, Serena había adoptado un tono alegre y parlanchín de ama de casa, aunque en realidad Dora no hablaba en absoluto de ese modo. Y James lo pilló; la perforó con la mirada al instante.

—¿Y qué tiene de malo? —preguntó.

—Me ha sonado un poco condescendiente, nada más —contestó Serena—. Tipo: «Ay, pobrecita Serena. Nosotros somos los que tenemos una auténtica familia. Vosotros sois de esas familias pequeñas, de pega».

—No ha dicho «auténtica familia». Tú misma has dicho que dijo «gran familia».

Serena no se lo rebatió, pero bajó las comisuras de los labios.

«Nosotros somos los que tenemos una familia amplia y abierta; vosotros sois la pobre familia pequeña y cerrada». Eso era lo que había querido decir Dora con su comentario, aunque Serena no pensaba seguir discutiendo con James sobre el tema.

El problema de las familias amplias y abiertas era que había algo muy cerrado en su actitud hacia las familias no tan abiertas.

El tren empezó a frenar.

«¡Wilmington! —se oyó por megafonía—. Señores pasajeros, salgan con cuidado. Por favor, comprueben que llevan todas sus...». Por la ventanilla, Serena vio aparecer el resplandeciente andén iluminado por el sol, salpicado de pasajeros de aspecto tan entusiasmado y con tantas ganas de montarse que parecía que subirse a ese tren fuera la mayor ilusión de su vida.

Serena pensó en el regalo de Navidad que sus padres le habían hecho a James. El joven había ido a cenar con ellos la víspera de su vuelta a casa para pasar las vacaciones navideñas y, cuando se sentó a la mesa, descubrió que había una caja estrecha y plana envuelta en papel de regalo esperando sobre su plato vacío. Serena se había removido, algo azorada. Por favor, que no sea algo demasiado personal, demasiado... ¡comprometedor! Incluso James parecía incómodo. «¿Para mí?», había preguntado. Pero cuando lo abrió, Serena se sintió aliviada. Dentro había unos calcetines de un color naranja vivo. En la parte superior tenían una franja negra en la que ponía ORIOLES DE BALTIMORE, con la mascota del equipo de béisbol dibujada en el centro.

«Ahora que vives en Baltimore —había aclarado el padre de Serena—, se nos ha ocurrido que deberías vestir como manda la tradición. Pero no queríamos que tuvieras problemas con tu familia en Filadelfia, así que hemos elegido un par de calcetines, porque ocultan las pruebas salvo que te subas el bajo del pantalón».

«Qué considerados», había dicho James, para luego insistir en ponérselos de inmediato y caminar descalzo por el comedor antes de que empezaran a cenar.

No tenía ni idea de que, en realidad, ni el padre ni la madre de Serena eran fans del deporte. Lo más probable era que fuesen incapaces de nombrar a un solo jugador de los Orioles (o de los Ravens, ya puestos). A Serena casi se le rompió el corazón al pensar en el enorme esfuerzo que habrían hecho para dar con ese regalo para él.

—Oye —dijo James a su lado.

Serena no respondió.

—Oye, Reenie.

—¿Qué?

—¿Ahora vamos a ponernos a discutir sobre nuestras familias?

—Yo no estoy discutiendo.

El tren dio una sacudida y se puso en marcha de nuevo. Un hombre con un maletín en la mano y aire desorientado recorrió el pasillo. En el asiento de detrás, la mujer con la voz seductora dijo:

—Bueno, cariño. El martes lo hablamos con dirección, ¿me oyes?

—No puedo creer que siga al teléfono —murmuró Serena mirando a James.

Él tardó un momento en contestar.

—Pues yo no puedo creer que sea una llamada de trabajo —murmuró a su vez—. ¿Lo habrías adivinado?

—Jamás.

—Para que luego digan que las mujeres de negocios se comportan igual que los hombres.

—Oye, oye, no seamos sexistas —dijo Serena entre risas.

James acercó el brazo a la mano de su novia y entrelazó los dedos.

—Admitámoslo, los dos hemos estado bajo presión, ¿a que sí? ¡Los padres pueden ser un tostón!

—¡Dímelo a mí! —exclamó Serena.

Siguieron viajando en un silencio cómodo durante un rato.

—¿Has oído lo que ha dicho mi madre sobre la barba que llevo? —preguntó de repente James—. Eso sí que es soltar una pulla.

—¿Qué ha dicho?

—Cuando te estaba enseñando el álbum de fotos. Llega a la época del instituto y dice: «Aquí está James el día de la graduación. ¿A que está guapo? Era antes de dejarse barba». No para de dar la brasa con mi barba. No la soporta.

—Bueno, es madre —le dijo Serena—. A las madres nunca les gusta la barba.

—La primera vez que llegué a su casa con barba, en el primer año de carrera, mi padre me ofreció veinte dólares por afeitármela. «¿Tú también?», le pregunté. «Pero ¿esto qué es?». Me contestó: «Personalmente no tengo nada contra las barbas, pero tu madre dice que echa de menos ver esa cara tuya tan atractiva». «Muy bien. Pues si quiere verme la cara, que repase las fotos antiguas», le dije.

—Bueno, la verdad es que sí estabas muy atractivo en la foto de la graduación —comentó Serena.

—Pero no opinas que deba afeitarme la barba, ¿verdad?

—No, no. Me gusta así. —Le apretujó la mano—. Aunque ha estado bien ver la versión anterior.

—¿Por qué?

—Bueno, ahora ya sé qué cara tienes.

—¿Tenías miedo de cómo sería mi cara?

—No es que tuviera miedo, pero… En fin, siempre había pensado que si, digamos, cuando era adulta conocía a mi futuro esposo y resultaba que tenía barba, le preguntaría si no le importaba quitársela una vez antes de la boda.

—¡¡Quitársela!!

—Solo una vez. Un par de minutos, nada más, para que pudiera verle la cara, y luego podría volver a dejársela crecer.

James le soltó la mano y se apartó para mirarla a la cara.

—¿Qué? —preguntó Serena.

—¿Y qué habría pasado si él se negaba? ¿Qué habrías hecho si hubiera dicho: «Yo soy así: un tío con barba. O me tomas o me dejas»?

—Pero, entonces, si él… —Dejó la frase a medias.

—Entonces, si él ¿qué? —preguntó James.

—Si él… resultaba que tenía la barbilla metida o algo así…

James siguió con la mirada fija en Serena.

—¡Ay, yo qué sé! Solo querría saber cómo era mi pareja, eso es lo único que digo.

—Y si hubiera tenido la barbilla hundida le habrías dicho: «Oh, lo siento, parece que al final no podré casarme contigo».

—Yo no he dicho que no fuera a casarme con él; lo que he dicho es que así iría al matrimonio «informada», nada más. Sabría a qué atenerme.

James miró con tristeza la parte posterior del asiento que tenía delante. No hizo ademán de volver a darle la mano.

—Vamos, Jaaaaames —susurró ella con una cantinela.

No hubo respuesta.

—¿James?

Se volvió hacia ella de manera brusca, como si acabase de tomar una decisión.

—Desde que empezamos a organizar este viaje has ido poniendo como pequeños... muros. Marcando límites. No dormir en la misma habitación; que sea un domingo... ¡Cuatro míseras horas hemos estado allí! Hemos invertido más tiempo en viajar que en verlos, ¡o casi! Y no tengo oportunidad de ver a mis padres muy a menudo, ¿sabes? No soy como tú, que vives en la misma ciudad que ellos y prácticamente en el mismo barrio, que te pasas a verlos cada vez que tienes que poner la lavadora.

—¡Oye, no es culpa mía!

Su novio continuó con la perorata como si nada.

—¿Sabes qué pensaba mientras íbamos de camino a Filadelfia?, que una vez que conocieras a mis padres, quizá te animaras a quedarte a dormir. Podríamos coger el tren de primera hora de la mañana y así llegarías a tiempo para la clase, dirías, después de ver que eran simpáticos.

—Ya sabía que serían simpáticos, James. Es solo que me sentía... Y además, ¡no llevaba el cepillo de dientes! ¡Ni el pijama!

James ni siquiera cambió de expresión.

—Bueno, la próxima vez —le prometió tras una pausa.

—Vale —respondió él, y sacó el teléfono del bolsillo para mirar la pantalla.

En ese momento estaban pasando por delante de un tramo de la bahía de Chesapeake: una amplia lámina de agua, de un gris mate incluso a la luz del sol, con inmóviles pájaros solitarios apoyados en postes que sobresalían aquí y allá. La estampa puso melancólica a Serena. Casi le entró añoranza.

En realidad, todo era culpa de su primo. Al toparse con él había notado un sentimiento punzante en el centro del pecho, como una fisura entre las dos partes de su mundo. Por un lado, la madre de James, tan abierta y confiada; por otra parte Nicholas, solo en la estación de ferrocarril. Era como sacar una fuente de cristal de un horno caliente y sumergirla directamente en agua helada: el chasquido al resquebrajarse.

«¿Por qué nunca nos reunimos toda la familia?», había preguntado una vez Serena de niña.

Y su madre le había contestado:

«¿Eh? ¿Reunirnos? Supongo que podríamos, sí. Aunque la reunión no sería muy grande».

«¿Vendrían el tío David y los demás?».

«¿El tío David? Bueno. Supongo».

No percibió nada prometedor en aquella respuesta.

Ay, ¿qué hace que una familia no funcione?

Quizá el tío David fuese adoptado y estuviera furioso porque nadie se lo había contado. O quizá lo hubiesen excluido de un testamento que sí contemplaba a sus dos hermanas. (Incluso de niña, Serena leía muchas novelas). O quizá se les hubiera ido de las manos algún tipo de discusión familiar, de esas en las que se sueltan recriminaciones salvajes que la otra persona no puede olvidar. Esa parecía la explicación más plausible. A veces, con el tiempo, uno ni siquiera recuerda el motivo de la discusión, pero sabe que las cosas cambiarán para siempre.

«Bueno —le había dicho Serena a su madre—, por lo menos la tía Alice sí iría, ¿no?».

«Quizá —había contestado Lily—. Aunque ya conoces a tu tía Alice. Se pasa el día sermoneándome cada vez que nos vemos».

Serena se había dado por vencida.

El caso era que, ahora que se paraba a pensarlo, incluso cuando los Garrett llegaban a reunirse, la cosa no fluía, por decirlo de alguna manera.

Sin moverse, dirigió la mirada hacia James, que leía una pantalla llena de texto. (Tenía una capacidad de lo más extraordinaria para leer libros enteros en el teléfono). Sin darse cuenta, se mordía el labio inferior.

El mejor amigo de Serena en el instituto era un chico que se llamaba Marcellus Avery. No había un sentimiento romántico; era más bien una especie de sociedad de ayuda mutua. Marcellus tenía la piel de un blanco raro y el pelo muy negro, y todo el mundo se reía de su nombre. Y a Serena le sobraban unos cuantos kilos y, por más que se esforzara, no se entendía con las pelotas —ni el béisbol ni el tenis ni el fútbol, nada de nada— en un colegio en el que los deportes eran la insignia. A la hora de comer, se sentaban juntos y hablaban de lo superficiales que eran el resto de sus compañeros de clase, y los fines de semana Marcellus iba a casa de Serena y veían películas extranjeras en la sala de la televisión de sus padres. Sin embargo, una vez, el muchacho había dejado la mano apoyada adrede como si tal cosa junto a la mano de ella en el sofá que compartían y, al ver que ella no apartaba la suya, se había inclinado para acercarse de forma casi imperceptible y le había dado un beso suave y tímido en la mejilla. Serena todavía recordaba el tacto aterciopelado del vello del bigote de Marcellus. Pero no ocurrió nada más. Al momento se apartaron y volvieron a fijar la mirada en el televisor, muy concentrados. Allí acabó la historia.

No obstante, lo gracioso era que más adelante Serena se había dado cuenta de que el chico era guapísimo. La forma de su cabeza era perfecta, como la de una estatua de mármol, y por algún motivo eso siempre le había hecho pensar cuánto debía de quererlo su madre. Se preguntó dónde estaría ahora. Seguramente atrapado en algún matrimonio, pensó: alguna mujer lo bastante lista para reconocer su valía. Y aquí estaba Serena, sentada junto a un chico que no era muy distinto de sus compañeros de instituto.

En lo único que podía pensar era cuánto tiempo faltaba para que el tren llegase a destino y así poder estar sola otra vez.

2

Los Garrett no se fueron de vacaciones en familia hasta 1959. Robin Garrett, el padre de Alice, decía que no podían permitirse unas vacaciones. Además, en aquellos tiempos se negaba a dejar la tienda en manos de otra persona. Era la tienda del abuelo Wellington, por eso lo hacía: Suministros de Fontanería Wellington. Robin se había hecho cargo del negocio a regañadientes y con poca confianza después de que al abuelo Wellington le diera su primer ataque al corazón. Así pues, tenía que demostrar que estaba a la altura, claro, y por eso trabajaba seis días a la semana y se llevaba a casa los libros de contabilidad todos los sábados para que la madre de Alice revisara si se había equivocado en alguna cuenta. Admitámoslo: no había nacido para empresario. Era fontanero de profesión; solía ir a comprar el material a la tienda de Wellington solo para poder ver de refilón a la joven Mercy Wellington detrás del mostrador. Mercy era la cosa más preciosa que Robin había visto en su vida, les decía a sus hijos, y todos los fontaneros de Baltimore estaban locos por ella. Él no tenía ninguna posibilidad de conquistarla. Pero a veces los milagros suceden. Mercy les contaba a sus hijos que le habían gustado los modales tan caballerosos de su pretendiente.

Más adelante, después de la muerte del abuelo Wellington y de que la tienda pasara a ser de Robin —o mejor dicho de Mercy, en términos legales; aunque venía a ser lo mismo—, se había volcado todavía más en el negocio, se había sentido aún más obligado a supervisar hasta el último tornillo y la última tuerca, así que continuaron sin marcharse todos juntos de vacaciones. Por lo menos, hasta que contrató al ayudante de encargado, a quien se refería como «joven Pickford», un tipo de buena pasta con pocas luces pero firme como una roca. Entonces fue cuando Mercy dijo: «Muy bien, Robin, ahora me planto. Vamos a ir de vacaciones en familia y punto».

Verano de 1959. Una semana en el lago Deep Creek. Una cabañita rústica en una hilera de cabañas iguales desde las que se podía ir paseando al propio lago. En realidad, no estaba en primera línea, porque Robin decía que era muy caro, pero sí lo bastante cerca; lo suficiente.

En 1959 Alice tenía diecisiete años: ya había pasado con creces la etapa en la que viajar con su familia podía resultarle emocionante. Y su hermana Lily tenía quince años y estaba locamente enamorada de Jump Watkins, un alumno mayor y muy popular de su instituto, además de una estrella del baloncesto. Imposible, no podía dejar a Jump una semana entera, dijo. Preguntó si Jump podía ir al lago con ellos, pero Robin se negó. Ni siquiera se molestó en darle una razón; se limitó a contestar: «¿Qué? No». Y asunto zanjado.

Así pues, las chicas no estaban demasiado emocionadas con el viaje. Había llegado demasiado tarde a sus vidas. Por el contrario, para su hermano… Bueno, David solo tenía siete años, la edad perfecta para una semana en un lago. A su manera, era un niño alegre, encantado de participar en cualquier actividad nueva y diferente. Desde que se enteró de adónde iban, comenzó a contar los días en el calendario y a planear qué se llevaría. Debía de haber visualizado el lago como una especie de bañera de grandes dimensiones, porque propuso llevarse su remolcador de plástico, el barco de vela de madera y el submarinista de plástico que se movía dándole cuerda. Mercy tuvo que contarle que sus juguetes podían perderse flotando en toda esa agua.

«Ya te compraré un cubo de playa en el bazar —le prometió— y una pala». Después de ese comentario, David se pasó al otro extremo y empezó a cantar canciones de tema marinero. «En el fondo del mar, matarile, rile, rile...», cantaba con su vocecilla limpia, y le cambió el nombre a su vaquero de juguete por Pirata Barbanegra. (Siempre le cambiaba el nombre a ese muñequito, con el que todavía dormía por las noches, aunque lo escondía en el armario cada vez que sus amigos iban a jugar a su casa). «Quince hombres sobre el cofre del muerto, yo-ho...», iba cantando, mientras movía el muñeco y lo ponía en horizontal por encima de su cabeza, como si estuviese flotando. «Y una botella de ron...».

Salieron un sábado por la mañana, después de parar en una guardería canina para dejar a su perro, Tapón, que estaría allí durante su ausencia. Quien conducía era Alice. Hacía muy poco que se había sacado el permiso de conducir y siempre estaba deseando ponerse al volante, aunque normalmente su padre no se lo permitía porque era demasiado «atolondrada», como decía él. Ese día, sin embargo, sí le dejó. Se sentó de copiloto al lado de su hija y fue indicándole las señales de *stop* y las curvas y los coches que circulaban de frente y que ella veía perfectamente, muchas gracias. Detrás iban Mercy, David y Lily: David en el centro, porque todavía era lo bastante pequeño para que no le molestase la parte elevada del suelo del coche.

Eran una familia de rubios, pero Mercy y David eran de esas personas rubias casi doradas, con la piel blanca rosada y alegre (qué derroche en el caso de David), mientras que Robin y las niñas tenían el pelo un poco más oscuro. Todos tenían los ojos azules y todos eran más bien bajos de estatura, incluso Robin. Alice sabía que eso lo acomplejaba, porque a veces, cuando trataba con hombres más altos en la tienda, lo veía subir los hombros y levantar la cabeza más que de costumbre. Casi parecía que fuera a ponerse de puntillas. Siempre le entristecía verlo, aunque suponía que su padre no se daba cuenta de que lo hacía.

Era un trayecto de medio día, en su mayor parte por zonas rurales, una vez que habían dejado atrás la ciudad. Todavía era fácil entretener a David con los caballos, las vacas y los terneros que veían al pasar, y su madre y él estuvieron jugando un rato a ver quién distinguía más tractores, pero Lily estaba de morros y repantigada en su asiento, en silencio, mirando hacia delante. Conforme se acercaban al lago, empezaron a ver carteles en los que ponía TURISTAS delante de algunas de las casas particulares, y casuchas de tela asfáltica en las que vendían cebos, además de parcelas de grava llenas de lanchas motoras con los precios escritos con tiza en los parabrisas. Algunas cafeterías desperdigadas del tamaño de una cabaña ofrecían pollo frito y pastel de carne y menús por un dólar. Los Garrett llevaban comida preparada para tomarla al llegar, pero sí pararon en un puesto que había en la cuneta a comprar algunas frutas recién recogidas y luego, más adelante, en un cubículo de bloques de hormigón debajo de un poste eléctrico de dos pisos de alto en el que ponía COLMADO DE HARRY EL GORDO. Lily no entró en la tienda de Harry el Gordo con ellos; se quedó en el coche con los brazos cruzados delante del pecho y la misma cara de enfado. «Tú te lo pierdes —le dijo Alice cuando volvieron—. Mamá nos ha dejado comprar helado y hemos elegido de tofe con chocolate». Lily aborrecía el helado de tofe con chocolate; siempre decía que al notar las virutas le parecía que no tendrían que estar allí. Pero ni siquiera se molestó en reaccionar, se limitó a seguir mirando hacia delante.

Con toda la fruta que habían comprado primero y los productos del colmado después, los últimos kilómetros de trayecto fueron bastante incómodos. El maletero iba abarrotado de maletas, sábanas y todo el material de pintura de Mercy, de modo que tuvieron que embutir las compras entre los asientos: las bolsas de Harry el Gordo casi ocultaban por completo a Mercy y a Lily, y David llevaba una sandía gigante sobre el regazo. Varias bolsas de papel del puesto de frutas y verduras cubrían el suelo del asiento de Robin y apenas le dejaban espacio para colocar los pies.

Tuvieron que localizar la cabaña que les correspondía a partir de una hoja de instrucciones mimeografiada que les había enviado por correo el dueño.

—«Tome el desvío a la derecha en Buck Smith Road» —leyó Robin en voz alta—. «Continúe por esa carretera tres kilómetros y medio. Luego tuerza a la izquierda en el cartel de Bosque Dormido».

Bosque Dormido resultó ser una hilera de seis cabañas de madera a un lado de la autovía, un par de ellas con barcos subidos a remolques en los jardines laterales. La cabaña de los Garrett era la número cuatro. Era pequeña pero estaba muy bien distribuida, toda en una planta, con un dormitorio para las niñas y otro para los padres, más una cama supletoria montada para David. La cocina abierta a la zona de estar olía a humo de leña de la chimenea, pero las habitaciones olían a moho, así que Mercy abrió las ventanas. Fuera, todo olía a pino y rayos de sol. Los pinos se alzaban como torres alrededor de la cabaña y el suelo estaba resbaladizo por el manto de agujas secas. Alice entendió por qué se llamaba Bosque Dormido. Pensó que allí dormiría muy bien.

Primero comieron en la mesa de madera de la cocina, porque todos estaban muertos de hambre. Tomaron sándwiches de atún con lechuga y palitos de zanahoria, y de postre unos melocotones que habían comprado en el puesto de la carretera. Luego Robin empezó a descargar el equipaje del maletero y Mercy mandó a las chicas a hacer las camas mientras ella guardaba los víveres del colmado. David fue el único al que no asignaron ninguna tarea, así que salió para que el Pirata Barbanegra trepara por los árboles. Lo subió poco a poco por varios troncos y luego lo sentó a horcajadas en las ramas bajas, mientras cantaba: «Y una botella de ron...».

Una vez vaciado el maletero, Robin y David se cambiaron de ropa y bajaron al lago para probar el agua: Robin con un bañador ancho de color rojo, una camiseta y los zapatos negros que solía ponerse para trabajar con calcetines también negros, y David con un albornoz corto de tejido de rizo en blanco que habían comprado ex profeso para el viaje, junto con sus sandalias marrones de pescador de talla infantil. El camino al lago era una especie de sendero de explotación forestal que recorría el bosque, con dos surcos de arena a los lados y una tira de hierba en el centro. Durante los primeros minutos después de su partida, se les veía aparecer y desaparecer en los retazos de sol, Robin con las toallas de ambos enrolladas alrededor del cuello, y David balanceando el cubo de playa de modo que la pala que llevaba dentro hacía clin, clan y se oía desde dentro de la cabaña.

Alice intentó charlar con Lily mientras hacían las camas («Yo me pido la de debajo de la ventana» y «Seguro que este catre es más cómodo de lo que parece»), pero Lily no respondió y continuó con la misma cara enfurruñada. Cuando por fin terminaron, Alice sacó sus cosas y las metió en la cómoda («Me pido los dos cajones de arriba») y Lily cogió un taco de papel y un bolígrafo de la maleta y se acomodó en la cama sobre la almohada levantada y empezó a escribir. Es de suponer que a Jump, aunque no se molestó en dar explicaciones.

Alice la dejó por imposible. Se puso el bañador y una camisola ancha y cogió la cámara —una Brownie Starflash que le habían regalado por su cumpleaños— y salió a la cocina, donde se encontró a Mercy buscando desesperada una jarra para el té que acababa de hervir.

—Ya la busco yo mientras te cambias de ropa —le dijo Alice.

—Ay, gracias, cariño —contestó su madre. Y se metió en. el dormitorio.

Salió al cabo de unos minutos con un bañador de látex fruncido del estilo de los que podría llevar Esther Williams y un kimono de color melocotón abierto por delante que ondeaba al andar, junto con unas sandalias de suela de corcho con pompones gigantes en los dedos.

—¿Dónde está Lily? —preguntó.

Alice hizo una mueca antes de responder.

—Escribiendo una carta.

Mercy soltó una risita. Parecía ver a Lily como a una dama de *Lo que el viento se llevó*, con un montón de pretendientes haciendo cola hasta que «se dignara bailar con ellos», como decía ella.

Salieron de la cabaña y tomaron el mismo camino que habían recorrido Robin y David un rato antes. Hacía calor pero era soportable: por lo menos cinco grados menos que en Baltimore, calculó Alice. Unos insectos diminutos zumbaban junto a su cabeza cada vez que pasaban por una zona en sombra y las ardillas se encaramaban a los árboles.

El lago era más grande de lo que Alice había imaginado. Se veía la orilla opuesta, pero parecía muy alejada, y la más próxima describía una curva hacia la izquierda para desaparecer detrás de un montón de matorrales, así que supo que el lago continuaba más allá. Una mujer fornida tomaba el sol encima de una toalla, y un anciano, vestido de la cabeza a los pies, miraba hacia delante sentado en una silla de lona al fondo de un muelle desvencijado. El único que estaba metido en el agua era Robin, que nadaba con determinación a braza en paralelo a la orilla con la expresión concentrada y seria. David lo observaba desde el borde del lago. Se había quitado el albornoz, pero estaba completamente seco; saltaba a la vista que ni siquiera había metido un pie en el agua.

—¿Qué te parece el lago? —preguntó Mercy, que se había plantado detrás de su hijo.

El niño se dio la vuelta.

—¿Papá se va a ahogar?

—No, no, no —le aseguró Mercy—. Papá es buen nadador.

David se volvió de nuevo hacia delante y continuó mirando a su padre.

—¿Tienes intención de mojarte? —le preguntó Alice.

—Enseguida voy —respondió el niño.

—¿Quieres que te acompañe?

—No, no hace falta.

Alice se quitó la camisola y la dejó caer en la arena junto a la cámara.

—Bueno, allá vamos —dijo, y empezó a meterse en el lago.

Al principio el agua estaba tibia, pero se fue enfriando conforme se metía a más profundidad, y cuando por fin se sumergió del todo, la notó tan fría que se quedó sin aliento.

Vista desde allí, la orilla del lago tenía el aspecto estático y pintoresco de los paisajes del libro de pintura francesa de su madre: el anciano del muelle protegido del sol por un enorme sombrero de paja, la mujer convertida en una pincelada plana de color en contraste con la arena. David se puso en cuclillas para llenar el cubo. Mercy dio diminutos pasos para adentrarse más y más, hasta que al final se lanzó y comenzó a dar brazadas bastante más elegantes que las de Robin. De niña, siempre veraneaba en Ocean City, de ahí que supiera nadar tan bien. Estaba acostumbrada al agua, pero al cabo de unos cuantos metros, dejó de nadar y se incorporó.

—¡Ven hasta aquí! —la animó Robin.

Pero ella contestó:

—No quiero que se me moje el pelo.

Tenía una melena de esas que tardan siglos en secarse, un pelo fuerte y ondulado, con rizos que se escapaban del moño que se había hecho en la coronilla.

—Estaba pensando que a lo mejor voy a buscar el cuaderno de dibujo y me voy a dar un paseo por el bosque. ¿Le echas un ojo a David?

—Por supuesto —respondió Robin—. Le enseñaré a nadar, ¿qué te parece?

—Ah, vale —dijo Mercy.

Se dio la vuelta y volvió vadeando a la orilla, con los brazos rectos a ambos lados del cuerpo y las manos levantadas como pajarillos, mientras mucho más lejos, en el límite del bosque, divisaba una versión en miniatura de Lily que se hacía visera con la mano para observarlos. Sin embargo, no se acercó más. Ni siquiera se había puesto el bañador y, al cabo de un momento, se dio la vuelta y desapareció de nuevo.

La diferencia entre aquella estampa y las de los cuadros de los pintores franceses, pensó Alice, era que en los cuadros siempre mostraban a personas interactuando: grupos de pícnic o fiestas en un barco. Pero aquí cada uno iba por libre. Incluso su padre, a pocos metros de ella, nadaba ahora hacia la orilla. Alguien que pasara por allí nunca adivinaría que los Garrett se conocían entre sí. Parecían tan desperdigados, tan solitarios.

Todos los hijos, incluido David, sabían que su madre odiaba cocinar. Aseguraba que «le encantaba» la cocina, pero a lo que se refería era a que le encantaba la repostería. Y sus postres eran de los sofisticados: nada de galletas o mousse de chocolate, sino unas delicadas cornucopias de pastelillos rellenos con nata montada dulce y estructuras de merengue altas como torres salpicadas de violetas caramelizadas. Cosas que habría servido en su juventud a sus pretendientes, suponía Alice. Preciosas a la vista, pero no lo que sus hijos deseaban comer.

Tampoco a Robin le gustaban, aunque nunca lo admitía. Ante alguna creación muy elaborada solía decir: «¡Vaya, cariño!, ¿cómo lo has hecho?». Pero luego no probaba más de una cucharada.

Eso implicaba que Alice tenía un papel más activo en la cocina que la mayoría de las chicas de su edad. Al principio se limitaba a abrir una lata de estofado de carne Dinty Moore o a freír unas salchichas de Frankfurt, pero poco a poco pasó a preparar guisos sencillos y después a seguir recetas de la *Woman's Day* o las que salían en las páginas de cocina del periódico: platos con expresiones como «à la française» o «estilo italiano» en el título. «¡Ñam, qué maravilla! —decía su padre, pobre hombre—. ¿Lo has preparado tú?». Él era más bien del tipo carne con patatas. Pero Alice sabía que agradecía que ella tomase el relevo.

Para la primera cena en el lago —Mercy no había vuelto de su sesión de dibujo al aire libre y David estaba enfurruñado por el hambre—, Alice calentó una lata de carne en conserva y la acompañó de cheddar rallado y unas alcaparras picadas que había encontrado en el armario. (Los anteriores inquilinos habían dejado toda clase de restos: mermeladas, judías secas, salsas barbacoa y diversas latas misteriosas que se moría de ganas de inspeccionar). Cortó en láminas algunos pepinos del puesto de frutas y verduras y los aderezó con una mezcla de aceite de maíz y vinagre de sidra. Mientras tanto, David suplicaba que le diera algo para no desfallecer. Crackers, galletas…

—¡Lo que sea! —dijo con mucho dramatismo, pero luego rechazó la loncha de pepino que le ofreció su hermana.

—¿Dónde está tu madre? —preguntó Robin a Alice.

Era su frase predilecta: «¿Dónde se habrá metido?».

—Sigue con los bocetos. Empecemos sin ella —respondió Alice.

Luego distribuyó los platos en la mesa y contó los cubiertos y rebuscó por todas partes a la caza de unas servilletas, hasta que se dio cuenta de que se las habían olvidado y empezó a cortar porciones de papel de cocina.

A Alice le gustaba imaginarse que alguien estaba escribiendo un libro sobre su vida. Un narrador con una voz masculina de autoridad la describía en ese preciso momento. «Alice suspiró» era un comentario frecuente de esa novela.

—Avisa a Lily para que venga a cenar —le dijo a David.

—No está aquí —respondió el niño.

—¿Y dónde está?

—Se fue con un chico —dijo David.

«Alice suspiró hondo», añadió el narrador.

Era cierto que Lily se había ido con un chico. Se llamaba Trent; al parecer, se habían conocido por casualidad cuando la muchacha pasaba por delante de la casa del lago de la familia de él. Se presentaron juntos hacia el final de la cena. Para entonces Mercy ya había vuelto de dibujar, con agujas de pino enganchadas a los pliegues de la falda, y los cuatro estaban a punto de hincar el diente al helado de tofe con chocolate.

—¿Dónde te habías metido? —preguntó Alice a Lily mientras su madre erguía la espalda en la silla y dedicaba a Trent una sonrisa de oreja a oreja.

Era un chico guapo de cejas pobladas con una camiseta de la Universidad de Maryland, y Alice calculó que debía de tener varios años más que Lily.

—Os presento a Trent —dijo Lily—. Vamos a ir juntos a una hamburguesería del pueblo, así que no me quedaré a cenar.

—¡Mira qué bien! —dijo Mercy, al mismo tiempo que Robin preguntaba:

—¿Y cómo vais a ir?

—Ah, Trent tiene coche —le contestó Lily.

—¿Conduces con prudencia, hijo?

—¡Papi! —exclamó Lily.

Pero Alice pensó que su padre tenía derecho a preguntarlo, y además, no le gustó el modo exagerado y desenvuelto con el que Trent le contestó.

—Sí, señor, soy un conductor excelente.

Se notaba que era un adulador, pensó Alice. Aunque Robin no se lo tomó así.

—Entonces de acuerdo, supongo —contestó—. No la traigas muy tarde.

Lily se despidió moviendo solo las puntas de los dedos y la pareja se marchó.

Alice seguía sin entender cómo era que los chicos siempre se colaban por Lily. Bueno, claro, era bastante guapa, con la cara redonda y con hoyuelos, pero eso no explicaba por qué siempre se ponían tan alerta cuando su hermana entraba en la sala. Era como si emitiese algún tipo de señal muy aguda que solo los oídos masculinos pudieran detectar. (Tanto los hombres mayores como los muchachos. Alice se había percatado de que más de un amigo de su padre miraba a Lily con esa misma atención interesada). A Alice, en contraste, solo le pedían salir muy de cuando en cuando, para actos oficiales como los bailes de la escuela. Sabía que carecía del poder de atracción de Lily. Ni siquiera estaba segura de desear tenerlo. (Desde luego, le desagradaba el aspecto de ese tal Trent).

—Bueno —dijo Robin, después de que se marcharan—, adiós a Jump Watkins, je, je.

—Vamos, por favor. Solo quiere socializar —le rebatió Mercy.

Y continuaron comiendo helado.

No obstante, a la mañana siguiente Lily se pasó el desayuno hablando de Trent esto y Trent lo otro. Trent era de Washington; jugaba al tenis en el equipo de la universidad; al año siguiente iba a entrar en el negocio de su padre, dedicado al material deportivo.

—¿Cuántos años tiene? —preguntó Alice.

—Veintiuno. ¿Por qué? —respondió Lily como si nada, y luego se puso a hablar de la casa del lago de su familia, pegadita a la orilla. Era enorme, les dijo, y la tenían en propiedad, y había una cabeza de ciervo encima de la chimenea.

—¿Has entrado? —preguntó Mercy.

—Sí, y conocí tanto a sus dos hermanas como a sus novios —dijo Lily.

Luego se excusó y fue a vestirse, porque Trent y ella iban a dar una vuelta en la lancha motora de su familia.

Mercy comentó que su intención era pintar lo que había abocetado el día anterior. Mientras Alice todavía recogía los platos del desayuno, su madre sacó su nuevo maletín de acrílicos de viaje y el bloc de láminas de tela de lienzo y los desplegó en la mesa de la cocina: la única superficie de trabajo disponible.

—¿Terminarás antes de la hora de comer? —le preguntó Alice.

—Sí, sí, por supuesto —respondió Mercy, pero Alice tenía sus dudas.

Su madre tendía a perder la noción del tiempo cuando se enfrascaba en la pintura. Lo más probable era que acabasen comiendo con el plato encima del regazo en la sala de estar, si las cosas iban como solían ir.

La propia Alice fue a darse un baño y se llevó a David, y Robin dijo que se sumaría a ellos porque era «una lástima desaprovechar el lago», como decía él, pero primero quería ver qué podía hacer con la mosquitera suelta de la ventana del dormitorio de matrimonio. Saltaba a la vista que le ponía un poco nervioso tener tanto tiempo libre por delante.

Ese día, David llevó unos cuantos juguetes al lago: media docena de pequeños soldados de plástico que hacían ruido en el fondo del cubo, salvo que él los llamaba «veterinarios». Al principio, Alice pensó que se refería a «veteranos» de guerra, pero no, cuando llegaron al lago volcó todos los soldados en la arena y le dijo:

—Este de aquí es Herman; se encarga de los animales grandes, vacas y caballos. Y ese es Don, y lleva los perros y los gatos.

—¿Dónde están los pacientes? —le preguntó Alice.

—Todavía no es la hora de ver pacientes. Primero los veterinarios tienen que hacer una reunión. «Oye, Don» —añadió con voz grave, como de adulto—. «Voy al circuito de carreras de Pimlico para ver al caballo de la pata rota. ¿Qué te toca hacer a ti hoy?» —Y entonces, con una voz ligeramente más aguda—: «La gata que han traído está a punto de tener gatitos y voy a ayudarla a parir».

Alice no acababa de ver la gracia del juego. No había ningún tipo de acción, a menos que contaras cómo hacía saltar David a los soldados desde la arena un par de centímetros cuando les tocaba el turno de hablar. Pero por lo menos se entretenía y poco a poco sus casos fueron ganando en detalles y se convirtieron en auténticas historias. (Por ejemplo, había que sacrificar a un perro porque había mordido a un niño pequeño, pero luego el veterinario demostró que el niño mentía, así que salvaron la vida del perro y el veterinario decidió adoptarlo). Alice se extendió bien su mezcla casera especial de aceite para bebés y yodo, que según los rumores debía acelerar el proceso de bronceado, porque allí el sol era mucho más débil de lo que habría sido en Ocean City. Después se tumbó boca abajo en la toalla y ojeó un ejemplar de *Mademoiselle*, el número dedicado a la universidad, que trataba sobre lo que se pondrían las universitarias ese otoño.

Al final, los zapatos de trabajo y los calcetines negros de su padre aparecieron ante Alice, y levantó la mirada para encontrarse con su cara, fija en ella.

—¿Por qué no estás en el agua? —preguntó Robin.

—Primero quiero esperar a tener mucho calor.

—¿David? ¿Te apetece venir conmigo?

—No puedo; tengo una urgencia que atender.

Su padre se quedó callado un momento, quizá tratando de averiguar qué ocurría. Luego se quitó la camiseta a toda prisa y la arrojó sobre la toalla de Alice.

—Bueno, pues yo sí me meto.

Alice se sentó y observó a su padre mientras se alejaba. Había varias personas en el agua esa mañana: una pareja joven, un hombre vigilando a un niño de un par de años y alguien no identificado que nadaba lejos de la costa. Hasta que Robin no llegó a la orilla misma, no se quitó los zapatos y los calcetines; los puso uno al lado del otro en la arena, pero se pasó un rato mirando a los demás nadadores antes de empezar a vadear.

No tenía vocación de veraneante, pensó Alice. Se notaba que le costaba esfuerzo. Mantenía los codos levantados, fuera del agua, y los omoplatos le sobresalían de la espalda como las asas de una freidora.

Ese día, la playa del lago estaba más concurrida. La mujer robusta había vuelto, seguía tumbada en su toalla de rayas como si no se hubiese ido nunca, y había una pareja con un bebé bajo una sombrilla enorme, y otra pareja con un tropel de hijos bulliciosos.

El único niño del grupo tendría unos doce años; considerablemente mayor que David, pero Alice lo intentó a pesar de todo.

—¿No te apetecería ir a hablar con aquel chico de ahí? —le preguntó a su hermano.

Pero David le dedicó la más apática de sus miradas al chico, que en ese instante se acercaba al agua a grandes zancadas.

—No. Es muy mayor.

—Pero parece simpático.

Sin embargo, David ya había vuelto a concentrarse en sus veterinarios. Elevó a uno de ellos por encima de su cabeza, para que contemplara cómo pasaba una lancha motora a lo lejos.

—«Había una vez un barquito chiquitito» —cantó—, «que no podía, que no podía, que no podía navegar...».

Alice alargó el brazo para coger su Brownie Starflash y miró por el visor. Se preguntó si los que iban en el barco serían Trent y Lily, pero estaban tan lejos que era imposible saberlo.

A juzgar por la afición de Mercy por su libro de pintura francesa emborronada, se diría que sus cuadros serían igual de difusos: no tanto un paisaje sino una abreviatura de un paisaje. No obstante, el caso es que no eran así; o al menos, no del todo. Por ejemplo, el cuadro en el que estaba trabajando cuando los tres volvieron a la cabaña. Los pinos eran esquemáticas pirámides verdes, el suelo del bosque era una extensión de pinceladas marronosas, pero luego en el primer plano, en la esquina inferior izquierda, sus sandalias de pompones abandonadas estaban definidas con tanta precisión como si las hubiera mirado con lupa. Las puntadas de hilo que definían cada tira, los poros del corcho de las suelas, incluso la diminuta abeja que se había posado sobre un fleco de un pompón: nada había quedado en manos de la imaginación. Alice consideraba que el contraste era perturbador; la abrupta transición entre lo brumoso y lo concreto provocaba que los ojos le hicieran chiribitas. ¿Se suponía que las sandalias eran un mensaje? ¿Una pista de algo? ¿Un símbolo? ¡Uf, no lo captaba!

Pero claro, siempre le ocurría lo mismo. Así que dijo lo que decía siempre:

—Qué bonito, mamá.

Y fue a quitarse el bañador. A su espalda oyó hablar a David.

—¿Tus cuadros podrían estar en un museo?

—Uy, no, no, no. —Mercy soltó una de sus risas cantarinas—. Solo pinto para mí.

Y lo mandó a vestirse.

Saltaba a la vista que Trent no tenía novia formal, dijo Lily, porque llevaba la hebilla de la Ivy League de la parte trasera de los pantalones desabrochada.

—Tal vez se le haya desabrochado sin querer —comentó Alice—. O tal vez sea un descuido.

—¿Me tomas el pelo? Es una declaración de intenciones —dijo Lily—. Todo el mundo lo sabe.

—¿No podrías preguntarle directamente si va en serio?

Lily la fulminó con la mirada.

Ya llevaban cuatro días de vacaciones allí y Lily había pasado todos y cada uno de esos días solo con Trent. Por lo que contaba, apenas salían de la casa del lago que tenía su familia.

—¿Qué hacéis allí? —preguntó Alice.

—Ah, pues nadar y esas cosas.

El único momento en que Trent se asomaba por la cabaña de los Garrett era cuando pasaba a buscar a Lily, a veces a media mañana. (Iba en coche, aunque estaban a un paseo).

—Hola, preciosa —la saludaba. Y añadía—: Hola, señor Garrett. ¡Señora Garrett, hay que ver qué guapa está!

Robin, con la tercera taza de café entre las manos, se limitaba a gruñir, pero Mercy decía:

—Ay, muchas gracias, Trent. ¿Qué tal estás hoy?

—Muy bien, gracias.

Alice hacía oídos sordos. El joven levantaba la mano un ápice en su dirección y la dejaba caer de nuevo. Y a David solo le decía:

—Hola, chaval.

—Hola —contestaba él, pero no levantaba la cabeza de lo que estuviera haciendo.

Esa mañana en concreto, después de que Trent y Lily se fueran, David anunció:

—Trent dice cosas que no son verdad.

—Ajá —dijo Alice.

Pero su madre le preguntó:

—¿Qué, amor mío? ¿A qué te refieres? ¿Qué ha dicho que no sea verdad?

—No sé, pero dice mentiras —contestó el niño.

—Vamos. A mí me parece simpático —dijo Mercy.

Era extraño, reflexionó Alice, que una mujer hecha y derecha no pudiera ver las cosas con la misma claridad que un niño de siete años. Pero claro, David parecía tener un sexto sentido para calar a las personas.

En cuanto a Robin, lo único que se dignó decir fue:

—Por lo menos tiene modales. Eso se lo concedo.

Siguió un breve silencio.

«Alice quería mucho a su padre —dijo el narrador—, pero a veces se desesperaba con él».

Entonces Robin fue en coche a la gasolinera Esso a hinchar las ruedas, y Mercy fue recogiendo los bocetos por toda la cabaña. David estaba sentado encima de la alfombra con un cuento para colorear.

—Me gusta más Jump Watkins que Trent —le dijo a Alice—. ¿Y a ti?

—Bueno, Trent es un hombre universitario, por si no lo sabías —respondió ella.

—No es un «hombre» —rebatió David.

Antes de que Alice pudiera explicarle que intentaba ser sarcástica, su madre puso su granito de arena desde la cocina.

—Quizá no te lo parezca, corazón, pero entiendo a qué se refiere Alice: es mucho más sofisticado que Jump Watkins.

David y Alice intercambiaron una mirada, pero no dijeron nada.

Esa fue la noche en la que Lily regresó tan tarde que todos salvo Alice se habían ido a dormir. Alice escuchaba la radio en la sala de estar. (La cabaña no tenía televisor. Se aburría como una ostra). El programa que había sintonizado era una especie de espacio para peticiones de los oyentes; un pinchadiscos leía en voz alta cartas de gente y luego ponía las canciones que habían pedido. «Esta es para Jerry de parte de Kate, lo echa mucho de menos», dijo, y entonces empezó a sonar «The Man in the Raincoat». A Alice le resultaba interesante. (¿Qué clase de persona debía de ser Jerry si la letra de esa canción, sobre un hombre que «se llevó mi dinero y se largó de la ciudad», hacía que Kate pensara en él?). Entonces la luz de unos faros cruzó la habitación poco iluminada y al cabo de un momento Alice oyó unos pasos que atravesaban el porche y Lily apareció por la puerta.

—¿Aún estás levantada? —le preguntó a Alice—. ¿Qué hora es?

—¿Y me lo preguntas a mí? —replicó. Pero cuando oyó su propio tono de voz, más parecido al de una madre que al de una hermana, lo disimuló a toda prisa añadiendo—: ¿Te lo has pasado bien?

—Ha sido una velada fabulosa —dijo Lily.

Se dejó caer en el sofá junto a Alice. Olía a tabaco: probablemente de Trent, porque la única vez que Lily había probado un cigarrillo la había hecho vomitar.

—Le pregunté lo de ir en serio o no. Me contestó con un piropo encantador, que no voy a repetir, y luego le dije: «Seguro que eso también se lo dices a tu novia». Y me contestó: «¿Qué novia?». Y yo dije: «Venga, vamos, sé que debes de tener novia formal». Y contestó: «Entonces ¿por qué iba a estar sentado aquí contigo?». ¡Así que...!

—¿Así que qué? —preguntó Alice.

Lily tenía los labios hinchados y las mejillas sonrojadas. Parecía superalegre y excitada; casi artificial.

—Alice, ¿puedo pedirte un favor?

—¿De qué se trata? —preguntó Alice precavida.

—Imagínate que a Trent se le pasa por la cabeza, no sé, proponerme matrimonio o algo así.

—¡Proponerte matrimonio!

—Bueno, no sé. Podría pasar. A ver, lo nuestro no es un capricho de adolescentes. ¡Es algo serio! Solo me refiero a... Supongamos que te enterases por casualidad. Que te pregunta de qué tamaño tengo los dedos o algo así.

—Lily...

—¡Deja que te lo cuente! Si te menciona algo así, ¿podrías hacerle saber que siempre he soñado con que me pidan la mano en una glorieta?

—¿Qué?

Lily se inclinó hacia ella y cerró las manos con fuerza encima del regazo.

—Desde que era pequeña me he imaginado a un hombre en un cenador pidiéndome que me casara con él. Sé que suena ridículo, pero… ¡Y adivina! Cerca de la casa de la familia de Trent hay otra casa todavía más grande que tiene la glorieta más preciosa del mundo en el jardín. ¡No me lo podía creer! La vi por casualidad cuando estábamos en el patio de su casa y de verdad que no me lo creía…

—Lily —dijo Alice—, Trent no va a proponerte matrimonio.

—¡No lo sabes!

—Tienes quince años. Ni siquiera tienes edad de conducir. Y lo has conocido hace cuatro días contados. Además, hay otra cosa… No deberías confiar en Trent.

—¡Pero si casi no lo conoces!

—Lo conozco lo suficiente para saber que no es trigo limpio. Está aquí apalancado con su familia, sin ningún amigo cerca, y descubre por casualidad a una cría menor de edad que le ronda con los ojos encendidos y entonces él se dice: «Vaya, vaya, vaya. Pero ¿qué tenemos aquí?».

—Ahora estás siendo cruel —le dijo Lily—. Lo que te pasa es que estás celosa porque no tienes a nadie. ¡Mira quién fue a hablar de estar apalancada! Solo porque tú estés sola no tienes por qué estropearme el plan a mí.

Se levantó de un salto y fue dando zancadas a su habitación. Cerró de un portazo al entrar.

Hizo tanto ruido que Alice medio esperaba que sus padres la oyeran. Era imposible que no la oyeran. Miró esperanzada hacia su habitación, pero la puerta continuó cerrada y silenciosa.

—A ver si consigues que tu hijo se meta en el agua —le dijo Robin a Mercy a la hora del desayuno del día siguiente—. Parece que quiera quedarse en tierra firme y admirar el lago desde lejos.

Mercy se volvió para mirar a David. Estaba espolvoreando los Cheerios con cucharadas de cacao en polvo; llamaba a esos experimentos «cocinar».

—¿Es verdad eso? —le preguntó—. ¿No te gusta meterte en el agua?

—El fondo tiene barro —contestó el niño.

—¿Y tú cómo lo sabes? —lo provocó Robin. Le salió como una especie de explosión—. ¡Si ni siquiera has metido un pie dentro!

—Sí he metido los pies —dijo David.

Removió los Cheerios con suma concentración.

—Se pasa la mitad del tiempo con las sandalias puestas —dijo Robin dirigiéndose a Mercy—. Se pone al final del muelle con la caña de pescar, como él dice: un trozo de cordel de la verdulería atado a un palo. Ni siquiera le pone anzuelo en la punta. Se queda ahí sentado balanceando los pies casi un palmo por encima del agua y canturrea esas canciones que le encantan. Mientras que Charlie, bueno, el hijo de Bentley…

Bentley era el nuevo amigo de Robin —el padre de los chicos bulliciosos que Alice y David habían atisbado el segundo día que fueron al lago—. Ambos hombres habían entablado conversación y habían descubierto que tenían mucho en común; Bentley era dueño de una empresa de contratistas y acababa de instalar la fontanería él mismo en la nueva propiedad de su familia. De hecho, Alice se sorprendió al oír que su padre se había percatado de si David se metía en el agua o no, porque a Bentley y a él les gustaba quedarse metidos hasta la cintura con los brazos cruzados delante del pecho mientras charlaban de aguas residuales o temas parecidos. De vez en cuando, Charlie pasaba nadando a crol por delante de ellos alardeando de cada brazada y salpicando mucho con los pies, pero Robin y Bentley se limitaban a secarse la cara en los hombros desnudos y continuaban charlando como si nada.

—Quizá Charlie podría enseñar a nadar a David —comentó Mercy.

David dejó de remover los Cheerios.

—Charlie es muy viejo —contestó.

—Ah.

—Pero ¿qué dices? —intervino Robin—. Dudo que tenga más de diez u once como mucho.

—Creo que tiene doce —dijo David.

—Once, doce... ¡Por lo menos a él no le asusta mojarse!

—Vamos, Robin, déjalo ya —dijo Mercy—. David aprenderá a nadar cuando esté preparado, igual que hicieron las chicas.

—Las chicas aprendieron a nadar mucho antes que él. Alice aprendió cuando tenía cuatro años.

En realidad, ya tenía ocho. Pero a su padre no le había preocupado en absoluto.

Ser una chica y que no esperaran nada de ti tenía algunas ventajas.

Otra ventaja era que su madre anunció después del desayuno que tenía intención de llevar a las chicas de compras al pueblo vecino. (A Alice le encantaba ir de compras). El hecho de que Lily todavía estuviera durmiendo y de que, cuando la despertaron, dijera que no podía ir porque Trent iba a pasar a buscarla no hizo que Mercy diera su brazo a torcer.

—¿Y qué? Tendrá que esperar y punto —le dijo a su hija—. Así te valorará más.

Entonces añadió que, quién sabía, quizá encontrasen un bañador nuevo para Lily, que no paraba de quejarse de que el que tenía era infantil.

—¿Un biquini? —preguntó Lily.

—Bueno..., por lo menos, un dos piezas grande.

—No quiero un dos piezas sin más. Las únicas que llevan esas bragas tan anchas son las madres.

—Ya veremos —le dijo Mercy.

—¡Yupi!

—Solo he dicho que ya veremos.

—Papi, ¿le dirás a Trent que me espere si viene a buscarme antes de que vuelva? —preguntó Lily.

—Me temo que no, cariño. Estaré en el lago, enseñando a nadar a tu hermano.

—Deja una nota a Trent —sugirió Mercy—. Pégala en la mosquitera.

Lily no parecía muy convencida, pero no dijo nada más. Al parecer, pensaba que a cambio de un biquini merecía la pena importunarlo.

Condujo Alice. Su madre se sentó a su lado y Lily detrás, tan hundida en el asiento que ni siquiera se le veía la cara por el espejo retrovisor. Tomaron la estrecha autovía por la que habían llegado a la cabaña y continuaron en la misma dirección. Pasaron por unas casitas que reseguían la carretera con rústicos carteles de madera colgados en la fachada en los que ponía en letras grabadas: FANÁTICO DE LA PESCA y TERRENOS PARA LA JUBILACIÓN. Mercy se pasó todo el trayecto charlando muy alegre. Estaba de excelente humor.

—Cuando era pequeña —les contó—, a menudo me imaginaba que después de casarme iría de compras con mi hija. ¡Jamás soñé que tendría dos! Fantaseaba con que nos probábamos ropa juntas y experimentábamos con distintos tonos de pintalabios, y con que conspirábamos para esconder todos los paquetes al llegar a casa para que no los viera su padre.

—Pero ¿en Dunnville tendrán ese tipo de tienda? —preguntó Lily—. ¿No tendrán solo las típicas tiendas de pueblo?

—Vamos, seguro que tienen sitios bonitos. ¡Es una zona turística! ¡Aquí viene gente rica!

Sin embargo, Lily había hecho bien en albergar dudas. La calle principal resultó ser la carretera por la que estaban pasando, salvo que en un tramo tenía aceras. Había una ferretería y una droguería, un café de aspecto roñoso y un establecimiento llamado Pura Moda con un único maniquí en el escaparate que llevaba un peinado de escayola que imitaba el ondulado de tenacillas de la década de 1940 y un vestido de ama de casa en una tela de cuadros verdes. A pesar de todo, entraron. Una campanilla sonó al abrir la puerta.

—¿Tienen bañadores? —preguntó Mercy a la mujer del mostrador.

Esta, con la cara amable y el pecho hinchado, se inclinó hacia delante y respondió:

—¡Por supuesto! ¡Claro que tenemos bañadores! ¡En esa percha de ahí!

Pero solo había bañadores enteros, muchos de ellos con falda.

—Este no está mal —dijo Mercy a Lily esperanzada mientras le daba vueltas a un bañador milrayas en tonos rosas con la pernera recta.

—Mamá, por favor —fue todo lo que dijo Lily.

Mercy no insistió.

Le dieron las gracias a la dependienta y salieron de la tienda. Fueron a la droguería, donde tenían los pintalabios guardados en una vitrina cerrada con llave y les pareció excesivo pedirle al joven que había en la caja que la abriera.

—¿Y qué me decís de estas diademas de tela? ¿A que son bonitas? —preguntó Mercy.

Tenían forma de media luna, forradas de tela de diferentes colores. Nada especial, pero por un instante Alice se fijó en una ancha de grogrén negro. Pensó que le iría bien para cuando se arreglara. Se detuvo a cogerla de la estantería. «Alice dejó caer el pelo sobre el hombro con despreocupación», dijo el narrador. Pero ya tenía una diadema de terciopelo negro y, en realidad, era más elegante que esa. La dejó en su sitio y continuó andando hacia la puerta. Mercy y Lily la siguieron.

Al salir a la calle, hicieron un alto para mirar qué había en la acera de enfrente. Un despacho de abogados, un quiropráctico, una zapatería con botas de trabajo masculinas expuestas. Un pequeño y oscuro colmado con el nombre de Casa Robinson que solo tenía una báscula de cobre en el centro del escaparate.

—Ay —dijo Mercy agotada—. A veces me pregunto: ¿a esto se reduce todo?

Sus hijas se volvieron para mirarla. ¿Lo pensaba «a veces»? ¿No solo en aquella ocasión?

Pero entonces Mercy sacudió los hombros y dijo:

—Bueno, quizá podamos darnos un capricho en esa tienda tan sofisticada.

Así pues, cruzaron la calle y entraron en el colmado, que en efecto era muy sofisticado, con mermeladas y especias de importación y con botellas encorchadas de vinagre aromático.

—¿Qué os parece si elegimos unos bombones para el postre de esta noche?

Y mientras Lily y ella deliberaban, Alice se paseó por el resto de la tienda. Las frutas de la sección de productos frescos estaban protegidas en nidos individuales de papel verde y parecían muy caras, y además, la familia ya había comprado toda la fruta necesaria en el puesto de la carretera; pero aun así eligió un aguacate porque en Baltimore casi nunca había. Cuando lo puso encima del mostrador en el que Mercy y Lily habían dejado los bombones, Lily dijo:

—¿En serio?

Eso hizo que Alice se lo pensara dos veces, pero entonces la clienta que iba delante de ellas —una mujer mayor que iba a comprar una latita diminuta envuelta en papel dorado— alargó el brazo y lo cogió para examinarlo de cerca, y a Alice le entró un arrebato de posesividad.

—Sí, en serio. A más tocaremos si no quieres probarlo.

Y Lily no volvió a abrir la boca.

Después de que Mercy pagase a la cajera —una mujer muy seria que no les dirigió la palabra— salieron a la luz del sol. Mercy llevaba las compras en una bolsa minúscula de Casa Robinson en color verde bosque.

—Bueno, ¿qué? —dijo—. ¿Volvemos a casa?

Las chicas no se molestaron en contestar: la siguieron por la acera.

Una vez en el coche, Mercy se retorció en el asiento.

—Tengo una idea —le dijo a Lily—: cuando volvamos a Baltimore, te compraremos un bañador en Hutzler's, ¿qué te parece?

—¿Un biquini? —preguntó Lily.

—Eh… Sí, bueno, ¿por qué no?

Mercy enderezó el cuerpo y volvió a mirar hacia delante. Alice miró el espejo retrovisor y descubrió a Lily con expresión engreída y misteriosa.

Cuando llegaron a la cabaña, el Chevrolet rojo de Trent estaba aparcado donde siempre.

—Maldita sea —dijo Lily, y empezó a forcejear con la manija de la puerta antes de que el coche hubiera parado detrás del de Trent—. Me está esperando.

—¡Mucho mejor! —dijo Mercy—. ¡Así te haces valer!

Pero podría habérselo ahorrado; Lily ya había salido del coche y subido la mitad de los peldaños del porche.

Alice y Mercy la siguieron y habían llegado casi a los escalones cuando Robin apareció en el vano de la puerta. Tenía un aspecto raro. Alice se fijó en que no llevaba zapatos ni calcetines. Iba con el bañador y una camiseta (ambos claramente mojados y pegados a la piel), pero sus pies planos blancos y nudosos estaban descalzos, y mostraba esa extraña expresión de corderillo, como si estuviera avergonzado.

—¡Hola, amor mío! —saludó a Mercy con alegría.

Ella se detuvo al llegar al último peldaño.

—¿Robin? —preguntó, desconfiada.

—¿Qué tal han ido las compras?

—¿Qué ha pasado?

—¿Qué va a pasar? ¡Nada! ¡Todo va bien!

—¿Por qué llevas esa ropa?

—Ah, es que, bueno, estábamos junto al lago, ¿sabes?, y David tuvo un pequeño percance.

—¿Un percance?

—Le entró el pánico y pensó que se ahogaba.

—¡¿Qué?!

Empujó a su marido para abrirse paso y entró a toda prisa en la cabaña. Alice y Lily la siguieron; su padre se quedó apartado y luego hizo lo mismo. Cerró la puerta mosquitera con sumo cuidado al entrar.

En la sala de estar, Trent se había puesto cómodo en el sillón, con una pierna estirada con despreocupación a lo largo de los cojines y la revista *Mademoiselle* de Alice abierta sobre el regazo. Levantó el dedo índice al ver a Lily.

—Hola, preciosa —le dijo.

—¡Hola, Trent!

—¿Dónde está? —preguntó Mercy a Robin.

Él señaló hacia la habitación de matrimonio sin abrir la boca.

La puerta del dormitorio estaba cerrada, aunque de día siempre la dejaban abierta. Mercy la abrió sin pensárselo y entró a toda prisa, todavía con la bolsa de la compra en la mano.

—¿Cariño? ¿Estás bien?

David dijo algo que sonó amortiguado y Alice no supo descifrar. Mientras tanto, Lily hablaba con Trent.

—¿Llevas mucho rato esperando?

—Bueno, más del que me gustaría, digámoslo así —respondió el joven.

Alice se asomó por la habitación. Vio a David acurrucado en su plegatín, vestido únicamente con el bañador y aferrado a su vaquero de juguete, que aplastaba contra el pecho. Mercy se sentó en el borde de la cama individual y le acarició la espalda.

—¿Te has dado un susto? —le preguntó.

Él asintió y luego sollozó.

—Ven a la sala de estar conmigo, vamos —le propuso.

El chiquillo se limitó a agarrar al muñeco con más fuerza.

—¿No quieres salir y sentarte en mi falda? —le preguntó—. Podrías probar uno de los bombones que te hemos traído del pueblo tus hermanas y yo…

Negó con la cabeza.

La madre se sentó más erguida y lo miró con atención unos instantes. Luego se levantó y regresó a la salita.

—¿Qué diantres ha pasado? —preguntó a Robin.

—Eh…, bueno, Bentley y yo estábamos, ya sabes, ahí de pie, vigilándolo…

—¿Lo tiraste?

—¿Qué?

—¿Lo tiraste al agua?

—¡No! ¡No lo tiré al agua! ¿Por qué iba a hacerlo?

—No sé, ¿algún juego tipo ahogadilla? ¿O Bentley y tú haciéndoos los machotes?

—Pero ¿de qué estás hablando?

Mercy se acercó a la mecedora y se desplomó en ella. A esas alturas Trent se había levantado del sillón; estaba esperando junto a la puerta principal mientras Lily se enrollaba la toalla formando un cilindro alrededor del bañador.

—Me voy a casa de Trent —dijo a su madre, pero esta se limitó a mirarla sin prestar atención.

—No corría peligro, Mercy, te lo juro —dijo Robin—. Bentley y yo estábamos allí mismo, al final del muelle. Solo tuve que saltar al agua y levantarlo por un brazo para ponerlo a salvo. Aunque me empapé los zapatos, te lo aseguro.

—Adiós, mamá —dijo Lily, y se marchó con Trent.

Alice le preguntó a su madre:

—¿Saco algo para comer?

En lugar de contestar, Mercy soltó la bolsa de la compra, que cayó al suelo, y se reclinó en la mecedora.

Al final David salió de la habitación, aunque tardó un rato. Apareció mientras Alice y sus padres comían; entró discretamente en la cocina y se dejó caer en la silla. Luego se sirvió una loncha de mortadela italiana de la bandeja. Todavía llevaba el bañador, pero le había añadido una camiseta, y lo acompañaba su vaquero de juguete, al que dejó tumbado boca abajo sobre su regazo. Incluso Mercy se dio cuenta de que no era un buen momento para grandes saludos. Se limitó a acercarle un poco al plato el paquete de pan de molde y continuó contándole a Robin los pormenores de la excursión a Dunnville.

—Muermoville, deberían llamarla más bien —comentó—. Confiaba en que tuvieran algunas tiendas para turistas, pero resulta que no.

—Pues se pierden una gran oportunidad —dijo Robin—. Alguien con olfato para los negocios podría instalarse aquí y hacer el agosto.

—Bueno, tarde o temprano, supongo… Cuidado, cariño —se interrumpió para advertir a David—. Estás manchando de mostaza a Barbanegra.

—Bascomb —la corrigió David.

Ese era el nombre que tenía el muñeco antes de convertirse en Barbanegra. (El cartero de los Garrett se llamaba Bascomb).

—Ay, disculpa —dijo Mercy dirigiéndose al vaquero.

David levantó a Bascomb para dejarlo en el asiento de la silla y continuó extendiéndose mostaza en el pan.

—He comprado un aguacate en el pueblo —le dijo Alice—. Se me ha ocurrido que podríamos tomarlo el viernes con nuestra cena especial de despedida, ¿qué te parece?

—Bien —dijo David, aunque no sonaba muy interesado.

—A ver, nunca he entendido por qué el aguacate se llama así —dijo Robin—. Si apenas tiene agua, ¿no? Y ¿cuándo se come? ¿Es una fruta? ¿No creéis que se parece más a una hortaliza? —Miró a David—. ¿Qué opinas, hijo?

David se encogió de hombros de un modo casi imperceptible y enroscó la tapa del frasco de mostaza.

Después de ese comentario, lo dejaron tranquilo. Ya se le pasaría a su debido tiempo. Robin fue paseando hasta la cabaña de Bentley después de comer para ayudarle con un problemilla eléctrico, y Mercy extendió las pinturas en la mesa de la cocina, mientras que Alice se puso el bañador y bajó al lago. Le propuso a David que la acompañara, pero al ver que ni siquiera se molestaba en contestar, lo dio por imposible. Lo dejó acurrucado en el sillón con Bascomb y cuando regresó, alrededor de una hora más tarde, se lo encontró dormido como un tronco. Mercy le contó que se había tirado durmiendo todo el tiempo que Alice había estado fuera.

—Creo que es una especie de proceso de sanación. Para eliminar un recuerdo perturbador del cerebro —dijo la madre—.

Cuando se despierte volverá a estar como siempre. —Y sonrió a Alice antes de pasar el pincel por la paleta de porcelana blanca.

Llevaba varios días pintando distintas secciones de la cabaña. Unas manchas rosadas que evocaban el empapelado de la habitación de las chicas, con las facetas de un pomo del escritorio de cristal tallado definidas con suma precisión con un pincel acabado en una punta tan fina como la de un alfiler. Un zócalo de la sala de estar que se disolvía en los tablones del suelo, con partículas definidas de algo que Alice supuso que era arena desperdigadas encima, aunque Robin dijo que no era arena sino indicios de termitas.

—Diría que soy más pintora de interiores que de exteriores —le comentó Mercy a Alice—. Confiaba en que estas vacaciones pudieran…, eh…, expandir mi campo de visión, pero cuando salí a pintar al bosque me sentí abrumada, ¿sabes? Como si vagara por el espacio.

—A mí me gustan más tus cuadros de la cabaña —dijo Alice.

De repente tuvo la peculiar sensación de haberse convertido, sin saber cómo, en alguien mayor que su madre; su delicada madrecita vagando en el espacio. Porque la horrible verdad era que a Alice no le gustaba ninguno de los cuadros de su madre, pese a que nunca sería tan desagradable como para decírselo a la cara.

A la mañana siguiente llovió. A quien más le afectó fue a Robin.

—Esta semana nos ha costado un riñón y parte del otro, y ahora un día entero se va a ir al traste.

—Vamos, no se irá al traste —contestó Mercy—. Todavía seguimos de vacaciones, ¿no? A pesar de todo podemos pasar tiempo juntos, como una familia.

—Ajá.

—Además, te irá bien descansar un poco de sol.

Era cierto que Robin tenía la cara ligeramente enrojecida. (De tanto estar plantado junto al lago con Bentley). A ese paso, sería el único de ellos que volviera a casa después de las vacaciones con algo de lo que alardear, porque la mezcla de aceite infantil y yodo de Alice no había tenido mucho efecto, y Mercy y David no habían pasado suficiente tiempo al aire libre. En cuanto a Lily, bueno, Alice se preguntaba cuánto tiempo del que Lily había pasado en casa de Trent se habían dedicado a nadar de verdad. Seguía bastante pálida. Esa mañana, cuando se presentó a la mesa del desayuno (la última en amanecer, como de costumbre) Mercy le preguntó:

—¿Qué vas a hacer hoy, ahora que tienes que quedarte en casa?

—¿Por qué iba a quedarme en casa? —preguntó a su vez Lily.

—Porque llueve.

—¿Ah, sí? —Lily miró por la ventana de la cocina—. Vaya, maldita sea.

—Tal vez podrías quedarte en casa por una vez y jugar todos a algún juego de mesa. Aquí tienen toda clase de juegos. Monopoly, parchís… ¡Deberías ver lo que hay en el armario de nuestra habitación!

—Ah, ya se nos ocurrirá algo con Trent —dijo Lily como si tal cosa.

Alargó el brazo y cogió el tarro de mermelada de fresa.

Mercy la escudriñó.

—¿Has sabido algo de Jump desde que estás aquí? —le preguntó a su hija.

—¿Cómo iba a tener noticias de Jump? —se defendió Lily—. No sabe mi dirección.

—Ya, pero ibas a escribirle en cuanto averiguaras cómo iba lo del correo, ¿no?

—Bueno, pues no lo hice —respondió Lily—. Y aunque lo hubiera hecho, dudo que le hubiese dado tiempo de contestar antes de que volviéramos a casa.

Extendió la mermelada en la tostada. Mercy enarcó las cejas mirando a Alice y dio un sorbo al café.

Después de desayunar, Robin fue al pueblo para echar un vistazo en la ferretería y David se entretuvo con sus veterinarios. Por su parte, Mercy ordenó la habitación mientras las chicas fregaban los platos del desayuno.

—Solo digo que más vale que no llueva mañana —le dijo Lily a Alice mientras secaba un plato.

—¿Qué ocurre mañana?

—Es nuestro último día, boba. Voy a pasármelo entero con Trent. Vamos a sentarnos en su patio; ya lo tengo todo planeado. Al lado de adivina qué. La glorieta.

Alice metió una sartén en el fregadero.

—Bueno, no le he hablado de la glorieta a Trent, así que no te emociones demasiado.

—No pasa nada, pensaba que a lo mejor se le ocurriría a él de manera espontánea. Estaremos allí sentados, se preguntará hacia dónde miro, se volverá y verá la glorieta…

Alice visualizó de repente a Lily mirando con toda la intención a Trent y luego glorieta, y, otra vez, de Trent a la glorieta, igual que a Tapón le gustaba alternar la mirada entre los seres humanos sentados alrededor de la mesa y el rosbif del trinchante. Resopló.

—¿Qué? —quiso saber Lily—. ¿Qué te hace tanta gracia? ¿No me crees? Los dos pensamos lo mismo, te lo aseguro. Es igual de romántico que yo.

—Lo dudo mucho, hermanita —le dijo Alice.

—Alice, hablo en serio. Si Trent no me pide que me case con él antes de que me marche, me muero. Me muero de verdad, te lo juro.

—Eso no va a suceder, Lily.

—Sí que sucederá —dijo Lily—. Tiene que ser así. Y no pienso añadir nada más sobre el tema.

Entonces arrojó el paño de cocina al escurridor y salió en estampida, aunque todavía les faltaba bastante para acabar de fregar.

Resultó que a lo único a lo que le apetecía jugar a David era a las familias de cartas. A Mercy le pareció bien, pero a Alice no tanto, porque esa clase de partidas duraban siglos. Y por supuesto, ese día fue así. Debían de haberle dado la vuelta al mazo de cartas media docena de veces y todavía seguían con la misma partida cuando Trent se presentó en la cabaña.

—¡Ven a jugar a las cartas con nosotros, Trent! —le propuso Mercy.

Debía de pensar que habían retrocedido a los viejos tiempos, cuando los pretendientes accedían a hacer ese tipo de cosas. Con mucho tacto, Trent fingió no haberla oído.

—¿Lista, preciosa? —le preguntó a Lily, y ella asintió y lo siguió hasta la puerta.

Llevaba su típico rollito de bañador y toalla, como si imaginara que el tiempo iba a cambiar.

Alice esperó hasta que David se concentró en las cartas de dibujos y entonces le preguntó a su madre:

—¿Crees que cuando están en su casa tienen carabina?

—¡Carabina! —exclamó su madre. Parecía que le hiciera gracia, como si fuese Alice la que había regresado a los viejos tiempos—. Por Dios, pero si tienen a toda la familia de Trent por allí. Dudo que les falte compañía.

Así pues, Alice se rindió. En cualquier caso, le tocaba tirar carta.

El viernes volvió a salir el sol. Todos se animaron. Lily quedó con Trent, mientras que Alice y Robin fueron a darse un baño, y Mercy se quedó en la toalla con David. Alice le propuso a Robin intentar llegar nadando hasta la otra orilla, pero su padre le dijo que estaba demasiado lejos. En secreto, se sintió aliviada.

Al cabo de un rato llegó Bentley, así que la muchacha dejó el lago para los dos hombres y se dirigió a tierra firme. Encontró a David y a Mercy empezando a hacer un castillo de arena, así que extendió la toalla junto a ellos y se sentó para ponerse la mezcla bronceadora.

Allí la arena solía estar demasiado suelta para hacer castillos, pero la lluvia del día anterior hizo que fuese más fácil compactarla en el cubo de David para formar torres. En cuanto Mercy lo descubrió, volvió a la cabaña y reapareció con más utensilios (tazas y moldes de yogur y recipientes de Pyrex cuadrados) para que pudieran construir una ciudad entera. Mercy se implicaba muchísimo cuando se trataba de hacer cosas. Recogió ramitas y brotes para que David las utilizara de árboles; empezó a construir los muros de la ciudad con guijarros. Le brillaba la cara por el sudor y la crema Skolex, y se le soltó el pelo del moño alto sin que se diese cuenta.

Entonces llegó el resto de la troupe de Bentley, su mujer y su panda de hijos. Tania, la esposa, extendió las toallas cerca de los Garrett mientras los niños iban a jugar al agua. Los pequeños se contentaron con quedarse en la parte que apenas cubría pero, cómo no, Charlie tuvo que tirarse al agua de cabeza y ponerse a nadar hacia los hombres para luego pasar por delante, salpicando tanto al patalear que semejaba una tormenta.

Al parecer, eso hizo que Robin se acordara de que todavía no había enseñado a nadar a David.

—¿Hijo? —lo llamó desde el agua. Se llevó las manos a la boca a modo de altavoz y gritó—: ¿Davy? ¡Vente, hijo!

Pero David continuó de espaldas al lago y siguió plantando ramitas.

—¡Dile a tu hijo que venga! —indicó Robin a Mercy.

—Tu padre te llama —dijo Mercy a David.

—Quiero volver a la cabaña —contestó el niño.

Se levantó y se sacudió las manos.

—¿Ahora? —preguntó Mercy.

Parecía sorprendida. Miró un instante hacia el lago, pero Robin y Bentley estaban enfrascados en una conversación.

—Se ha puesto un poco rojo —comentó Tania desde su toalla—. ¿Le has traído sombrero para el sol?

—¿Por qué? No, yo…

—Seguro que yo tengo uno. Por aquí, en alguna parte…

Tania empezó a rebuscar en la bolsa de playa. David se dio la vuelta y miró con ojos suplicantes a Alice.

—Yo te llevo —le dijo su hermana.

Se levantó de la toalla y le dio la mano a David. Mercy se sentó sobre las piernas, todavía con un guijarro en la mano y le preguntó:

—¿No quieres terminar nuestra ciudad?

—No, gracias —dijo David.

—Bueno… Vale. Ya te la termino yo —decidió Mercy.

Se inclinó hacia delante para colocar la piedrecita en el muro de la ciudad mientras David y Alice se alejaban.

Para comer, Alice sacó un poco de esto y de aquello: todas las sobras que tenían que acabar antes de irse a casa. Medio paquete de mortadela, medio envase de ensalada de col, una hamburguesa de la cena anterior, recalentada un momento en una sartén… Robin fue quien se comió la hamburguesa.

—Salieron bastante bien —le dijo a Mercy—. ¿A que sí?

Las había asado él en la parrilla en el patio de atrás, protegiéndolas con un cartón para que no se mojaran con la lluvia.

Se había sentado a la mesa en bañador, igual que Mercy y Alice. David, sin embargo, se había cambiado nada más entrar por la puerta de la cabaña y llevaba unos pantalones cortos y una camiseta. Saltaba a la vista que no pensaba volver al lago. Seguro que su madre se dio cuenta, pero fingió no haberse percatado.

—Ya verás cuando descubras lo que he hecho con nuestra ciudad —le dijo—. Te la enseñaré después de comer. ¡Es una obra maestra!

—Qué bien, mamá —dijo David en voz baja.

Mercy inclinó la cabeza y lo miró, pero no dijo nada más.

—Aunque la próxima vez —anunció Robin— dejaré que las brasas se asienten un poco más antes de poner la carne. Esta noche, cuando haga a la parrilla las… ¿Qué voy a hacer hoy?

—Costillas de cerdo —le dijo Alice.

—Esta noche, cuando haga a la parrilla las costillas de cerdo esperaré hasta que las brasas estén grises del todo, sí, tan grises que no se vea ni una sola ascua brillante.

—Ya las he puesto a marinar —informó Alice.

—¿A marinar?

—Llevan un rato metidas en la marinada que he preparado mezclando las cosas que encontré en el armario. En realidad, me la he inventado, pero creo que estará deliciosa.

Robin frunció el ceño.

—Eres una cocinera de lo más creativa, cariño —le dijo su madre.

—Incluso encontré vino en la alacena. Tinto. Bueno, solo un culín de una botella, pero fue suficiente junto con lo demás que añadí.

—¿Cuánto tiempo llevaba ahí ese vino? ¿No se habría puesto rancio? —preguntó Robin receloso.

—Papá, el vino no se pone rancio. Bueno, sí, pero así va bien para las marinadas. Lo pone en todas las revistas.

Su padre siguió con el entrecejo fruncido.

—Todavía me acuerdo de la berenjena.

Una vez, Alice había preparado berenjena a la parmesana para toda la familia. Su padre había tomado un bocado y luego había dejado de masticar. «¿Qué es esto? —había preguntado—. ¿Qué es la parte viscosa?».

«Berenjena», le había dicho Alice.

«Ay, por Dios», había dicho él, y había dejado el tenedor en el plato.

Quizá recordando también el plato, Mercy le dijo a su marido:

—Lo bueno de las marinadas es que potencian el sabor normal de la carne. No añaden su propio sabor, sino que potencian el sabor de la carne.

En realidad, Alice no estaba tan segura. Había muchos ingredientes poco comunes en su marinada, entre ellos aceite de sésamo negro y unos pimientitos muy monos que había en un frasco con un nombre muy largo en italiano. Aun así, le aseguró a su padre:

—Te encantará.

—Bueno… —dijo él con un hilo de voz.

Mercy le dio unas palmaditas en la mano.

Después de comer, Mercy y Robin volvieron a bajar al lago —Mercy había accedido a darse un chapuzón con él, al tratarse de su último día de vacaciones— y Alice dijo que se uniría a ellos con David en cuanto recogiera la cocina. No miró a David al decirlo y su hermano no la contradijo.

Una vez que sus padres se hubieron ido, Alice tiró los restos que no habían conseguido terminarse y fregó los platos. Después jugó con David un buen rato a las cartas. El niño dijo que tenían que apuntar los tantos y jugar hasta que uno llegase a cien puntos. Por norma general no anotaban los puntos, sino que dejaban la partida cuando alguien se quedaba sin cartas. Por eso supo que estaba intentando posponer la excursión al lago.

—Se me ocurre una cosa —dijo Alice, y apartó la baraja—. ¿Por qué no pensamos entre los dos qué podemos hacer con ese aguacate?

—¡Sí! —exclamó David, como si llevase todo el tiempo dándole vueltas al tema.

—Yo voto por una ensalada. ¿Qué opinas tú?

—Una ensalada. Ñam.

—¿Qué más ponemos en la ensalada?

—Eh…, lechuga, plátanos…

—¡Plátanos!

—O… No sé…

—¿Tomate, quizá?

—Sí, tomate.

Alice se levantó y fue hasta la nevera para ver qué quedaba en el cajón de las verduras.

—Bueno, sí tenemos lechuga, pero ya no quedan tomates. Supongo que habrá que comprar.

El recado no era una excusa; tendría que haber planeado mejor el acompañamiento. Pero bien pensado, se alegró de poder escaquearse de ir a nadar.

—Espera que me quite el bañador —le dijo a David— y nos vamos en coche al pueblo.

—¡Vale!

Así pues, fue a cambiarse de ropa al dormitorio y luego sacó el bolso de la cómoda. Cogió las llaves del coche de su padre de la repisa de la chimenea y se pusieron en camino.

La vegetación que bordeaba la carretera tenía un aspecto recién lavado tras la lluvia del día anterior. Muchos veraneantes habían salido en bicicleta, así que condujo con extremo cuidado para esquivarlos.

—Echo de menos la bicicleta —le dijo David.

—Bueno, mañana ya estarás otra vez en casa.

—Y echo de menos a Tapón y a Jimmy, el vecino, y echo de menos mi lámpara con la carreta encima.

—Tranquilo, dentro de nada volverás a verlos.

Miró a su hermano de reojo. Estaba sentado en el asiento del copiloto, con la cara vuelta hacia la ventanilla, de modo que le veía la nuca. Sin saber por qué, a Alice le pareció que tenía el cuello larguirucho y triste.

En el pueblo, las aceras estaban casi desiertas. Seguro que era el último día para mucha gente. Alice pudo aparcar justo enfrente de Casa Robinson, y al entrar en la tienda vieron que eran los únicos clientes. Alice condujo a su hermano hasta la sección de productos frescos y dejó que David eligiera dos tomates. No más, le indicó; eran escandalosamente caros.

—¡Robo a mano armada! —susurró. (Una de las frases preferidas de su padre).

—¿Nos llegará el dinero? —preguntó David.

—Sí, creo que estirando un poco, llegaremos.

El sitio parecía totalmente distinto ahora que tenía a David a su lado. Cuando la cajera de semblante serio lo vio, suavizó la expresión y cogió un tarro de piruletas.

—Toma dos —le instó.

A David no le gustaban nada los caramelos duros (decía que le dejaban ásperos los dientes), pero eligió una piruleta roja y otra verde.

—Gracias, señora —dijo.

Alice no sabía de dónde había sacado lo del «señora» final. No era algo que les enseñaran a decir a los niños en la parte de Baltimore en la que vivían.

En el camino de vuelta a la cabaña, David preguntó:

—¿Me gustan los aguacates?

—Te encantan.

—¿Cuándo los he probado?

—Pues… no lo sé —contestó Alice—. Pero estoy bastante segura de que te encantarán, porque eres una persona muy aventurera.

David apoyó la coronilla contra el respaldo del asiento, miró a su hermana y sonrió.

Cuando llegaron a la cabaña, se encontraron con el Chevrolet de Trent aparcado delante, con todas las ventanillas bajadas.

—¡Hum! —dijo Alice—. Adiós a la glorieta.

—¿Qué?

—Nada.

Salieron del coche y entraron, pero no había ni rastro de Trent ni de Lily. Debían de haber bajado al lago: Alice dejó la bolsa de la compra en la encimera de la cocina.

—Toma —le dijo David, y le tendió las piruletas.

Alice las guardó en el armario junto con las latas y tarros para quien fuera que llegase después de ellos. Luego llevó el bolso al dormitorio.

Solo que al llegar, la puerta de la habitación estaba cerrada y, cuando giró el pomo, no se abrió. Apoyó el hombro contra la puerta. Volvió a intentarlo. No ocurrió nada.

Oyó movimiento dentro: ajetreo, murmullos. Probó una vez más a girar el pomo y en esa ocasión notó que alguien lo había agarrado por dentro para girarlo con brusquedad. Al instante se abrió la puerta y salió Trent, metiéndose la camisa en los pantalones.

Alice retrocedió unos pasos. Trent cruzó la sala de estar.

—Hola, chaval —saludó a David.

—Hola —contestó el niño.

Trent salió por la puerta de la cabaña y dejó que la mosquitera se cerrara sola tras él.

Alice echó un vistazo a la habitación: Lily sentada en el borde de la cama, abrochándose la camisa, evitando mirar hacia su hermana. Luego se dio la vuelta a toda prisa y salió corriendo detrás de Trent. Llegó al porche justo cuando él entraba en el coche y lo alcanzó antes de que pudiera cerrar la puerta del conductor.

—Para —le dijo.

El chico se detuvo.

—Vete de esta casa y no te presentes nunca más —le ordenó—. No volverás a ver a Lily. Mi tío es policía y mi familia hará que te detenga si alguna vez te vemos cerca de ella.

Demasiado tarde cayó en la cuenta de que debería haber dicho «juez». Su tío era juez. Los jueces tenían más poder. Pero, a pesar de todo, Trent parecía aturdido.

—¡Vale! ¡Me voy!

Cerró la puerta de golpe y encendió el motor más rápido de lo que Alice creía posible. El vehículo fue marcha atrás y luego hacia delante y se incorporó a la carretera.

Alice entró de nuevo en la cabaña. Temblaba. La puerta del dormitorio volvía a estar cerrada, pero no trató de abrirla. En lugar de eso se dirigió a la cocina. Dejó el bolso en la mesa.

—Nos hemos olvidado de comprar aliño para la ensalada —le dijo David.

—Ya lo prepararemos nosotros —dijo Alice.

Le tembló la voz al decirlo, pero no creía que él se hubiese dado cuenta.

Las costillas de cerdo marinadas salieron riquísimas. Incluso Robin estuvo de acuerdo. Al verlas, al principio bajó las comisuras de los labios (tenían aspecto húmedo y aceitoso, y llevaban un montón de ramitas de especias por encima), pero salieron de la parrilla crujientes y con un apetitoso tono tostado.

—Vaya… —dijo Robin cuando dio el primer bocado.

—Buenas, ¿verdad? —le preguntó Alice.

—He de admitirlo —respondió.

—¡Están deliciosas! —exclamó Mercy.

David, que a menudo desconfiaba de la carne, se cortó el pedacito más pequeño del mundo y lo masticó con cautela, usando solo los dientes delanteros, pero al cabo de un momento Alice vio que cogía otro bocado, así que supo que por lo menos su hermano daba su aprobación. Y comió un montón de ensalada.

Lily no se sentó a la mesa. Estaba en su cuarto con la puerta cerrada. La habían llamado a gritos dos veces y aun así no había salido, así que Mercy se levantó y llamó a la puerta. No hubo respuesta. Abrió y metió la cabeza.

—¿Cariño?

Oyeron que Lily decía algo. Mercy se quedó callada unos instantes y luego dijo:

—Bueno, como prefieras.

Cerró la puerta y volvió a la mesa. Parecía más divertida que preocupada.

—Amor juvenil —le dijo a Robin quitándole hierro y cogió el tenedor.

—¿Qué? ¿Vas a permitir que se salte la cena? —preguntó él.

—Ya se le pasará —dijo ella al tiempo que pinchaba un trozo de tomate.

—¿Por qué se lo consientes, Mercy? ¡Es nuestra última noche de vacaciones! ¡Hemos hecho una cena especial! ¡Tiene que salir y unirse a la familia como una persona civilizada!

—Vamos, Robin. Le han roto el corazón. Seguro que recuerdas qué se siente.

—No, no lo recuerdo. Tiene quince años. Va a enamorarse de cualquier otro chico antes de que termine la semana; ya lo verás.

—Dice que nadie la comprende y que se quiere morir —replicó Mercy. Luego le preguntó—: ¿Puedo acabarme tu ensalada?

Se refería a los tres pedazos de aguacate abandonados en el plato de su marido. Robin había ido evitándolos tan a conciencia como evitaba Tapón las verduras que le ponían en el plato de comida.

—Adelante —le dijo, y se apartó para dejarle espacio y que pudiera pinchar el aguacate con el tenedor.

Así pues, se olvidaron de Lily, y probablemente fuera la mejor opción. De haber salido, se habría quedado ahí con cara de pena y surcada de lágrimas, y les habría aguado la fiesta. Porque, en realidad, el ambiente era festivo. En ese momento Mercy estaba tomándole el pelo a Robin acercándole el tenedor con un trozo de aguacate y este fingía estremecerse de terror, y David sonreía al verlos.

«Alice tomó otro bocado de cerdo —dijo el narrador— y saboreó el sutil condimento».

3

La mañana del 6 de septiembre de 1970 —un domingo, despejado y fresco pero sin rastro alguno del otoño todavía—, Robin y Mercy Garrett llevaron a su hijo David a Islington, en Pensilvania, para que empezara la universidad en Islington College. Lo dejaron instalado en su cuarto, se presentaron ante su compañero de habitación (un chico bastante simpático, a juzgar por su aspecto, aunque ni la mitad de simpático que su hijo, pensó Mercy), luego se despidieron y se fueron.

Estuvieron callados la mayor parte del trayecto de vuelta. De vez en cuando decían cosas del estilo de: «En mi opinión, a esas paredes les habría ido bien una mano de pintura» (lo dijo Robin) y «Me pregunto si David se acordará de las instrucciones que le he dado para la lavadora» (eso lo dijo Mercy). Pero por lo demás, se sumieron en esa especie de silencio que irradia pensamientos implícitos: pensamientos complicados y controvertidos que abarrotaban el aire del interior del coche.

Luego, en el Cinturón de Baltimore, a un cuarto de hora de casa, Robin dijo:

—Supongo que esta noche deberíamos desmelenarnos, ahora que volvemos a estar los dos solos. Salir a cenar a un sitio elegante o, no sé, tener sexo salvaje en el suelo del comedor o algo así. —Soltó una risita—. Si te soy sincero, en realidad estoy un poco triste.

—Claro que estás triste, mi amor —le dijo Mercy—. ¡Hemos perdido al último polluelo de nuestro nido! Es natural que nos entre el bajón.

Y a ella también le había entrado el bajón; no cabía duda. En muchos sentidos, David era el hijo más cercano a su corazón, aunque de joven había supuesto que se sentiría más unida a las chicas. Después de que Alice y Lily se marcharan de casa, quedaron solo David y sus padres, y el caos fue remitiendo y algunas veces Mercy era capaz de mantener auténticas conversaciones breves con él. Además, Alice siempre había sido tan mandona y segura de sí misma, y Lily era tan, bueno, desastre, la verdad... Pero David estaba envuelto en una especie de calma y tenía una actitud atenta y receptiva que Mercy había llegado a valorar durante los últimos años.

Pero aun así... Mercy tenía un plan en mente y, de las numerosas emociones que sentía mientras volvían en coche a casa, la predominante era la expectación.

El lunes por la mañana, en cuanto Robin se fue a trabajar, Mercy se dirigió al armario ropero y sacó la caja grande aplanada que había recogido en el supermercado. La abrió, reforzó la base con precinto y empezó a llenarla de ropa.

No metió toda su ropa, claro. Qué va. Si alguien miraba en los cajones de la cómoda, después de que los removiera un poco, nunca adivinaría que faltaba algo. Los jerséis de lana seguían allí, pero solo los que no se ponía apenas (los descoloridos o los poco favorecedores). La ropa interior seguía ahí, pero solo la que tenía la goma de la cintura dada de sí. La caja no era extragrande (tenía que ser capaz de cargar con ella varias manzanas) y no la apretó demasiado. Aún había colgadas muchas prendas en el armario, que no había repasado siquiera.

Pero tenía todo el tiempo del mundo para hacerlo.

Dobló las solapas de la caja para cerrarla, se la cargó sobre una cadera y la bajó a la cocina. Luego salió por la puerta trasera.

Era el Día del Trabajo, y aunque Robin sí había ido a la tienda como siempre, muchos de los vecinos seguían durmiendo. Mercy recorrió toda su calle sin cruzarse con nadie y, una vez que dobló la esquina para tomar Belvedere, los pocos peatones que vio eran desconocidos. No la miraron ni de reojo.

En Perth Road, torció a la derecha al llegar a la tercera casa desde la esquina —una casa de listones blancos con un jardincito delantero no muy cuidado— y siguió un camino liso que rodeaba el edificio hasta el garaje. En un lateral de esa fachada posterior había una escalera de madera de aspecto frágil. La subió y abrió la puerta de su estudio.

No era la clase de estudio acondicionado para vivir en él. En algún momento, alguien debía de haber hecho obras para un hijo adolescente con muchas ganas de independizarse, o para un marido que anhelase un refugio propio. Sin contar el diminuto lavabo empotrado en el rincón del fondo, el espacio era un único cuadrado abierto con una ventana que daba al patio. La zona de la cocina no era más que una encimera forrada de linóleo con un fogón eléctrico en medio y una nevera en miniatura al lado. Había una mesita de formica y una única silla en la que Mercy no se sentaba nunca, porque le gustaba pintar de pie. Había tubos de acrílico y tarros con pinceles y blocs de tela de lienzo de distintas medidas desperdigados por toda la superficie de la mesa: el único desbarajuste que se permitía. El sillón era un sofá cama con una funda de pana marrón descolorida, y sobre la cajonera que tenía al lado había una lámpara con borlas que únicamente aguantaba una bombilla de cuarenta vatios. Más linóleo en el suelo, pero con un diseño distinto del que tenía la encimera. Ni una cortina; solo una pantalla de papel amarillento. Ni alfombra. Ni armario.

A Mercy le encantaba.

Al principio, Robin se había mostrado reticente cuando su esposa le había propuesto alquilarlo. Desde entonces habían pasado tres años y ya hacía tiempo que las dos hijas se habían marchado.

—¿Por qué no pintas en el cuarto de las niñas? ¡Su habitación está muerta de aburrimiento! —le había dicho.

—El cuarto de las chicas es nuestra habitación de invitados —había respondido Mercy.

Los Garrett nunca tenían invitados que se quedasen a dormir. Los pocos familiares de Mercy vivían cerca y los de Robin estaban casi todos muertos, y no conocían a nadie fuera de la ciudad. Pero Robin se quedó sin argumentos, porque aunque él era el único que llevaba un sueldo a casa, la tienda era de Mercy, así que ella tenía voz y voto en la economía familiar. Mercy se preguntó cómo habría terminado la conversación de no haber sido así. Robin estaba orgulloso de tener una mujer que pintase, ella lo sabía, pero sospechaba que lo concebía como una afición, igual que bordar o hacer ganchillo.

Eso iba a cambiar, si Mercy tenía éxito en su empeño.

Sacó los escasos artículos que había en la cajonera (material extra de pintura, una revista *Life* antigua) y los sustituyó por la ropa que había llevado. También había cogido un cepillo de dientes y un tubo de pasta, un gorro de ducha, un peine y un bote de champú. Dejó todo eso en el cuarto de baño, que hasta entonces solo había contado con una pastilla de jabón y una toalla de manos. Después se sentó en el sofá cama y miró por la ventana. Eso era lo que tenía en mente hacer allí: sentarse a pensar, a sus anchas. O no pensar. Dejar la mente en blanco. Además de pintar, por supuesto.

Desde donde estaba sentada solo alcanzaba a ver la copa del roble que se alzaba en el jardín trasero de los Mott. Detrás estaba el cielo, pero en ese instante no podía verlo, porque el roble aún tenía todas las hojas. Es más, las hojas ni siquiera habían empezado a ponerse amarillas; tenían un lustroso verde intenso que le proporcionaba una sensación de paz.

Al final, se levantó, recogió la caja vacía y se marchó a casa.

El martes llevó una toalla, un paño de cocina, un juego de sábanas y una manta de franela. Le quitó la funda al sofá cama, le puso las sábanas y volvió a colocársela. Dejó la funda de la almohada en el cajón para cuando tuviera una. Se le había olvidado que allí no había almohadón: solo una hilera de cojines de pana apoyados en la pared. Iría a comprar uno el sábado, cuando tuviera el coche.

Y, si por casualidad Robin estaba en el taller del sótano el sábado, incluso era posible que Mercy cargase algunos de los objetos más pesados (unos cuantos platos, un par de sartenes, la radio reloj de la habitación de las chicas) para dejarlos en el estudio cuando pasara por allí.

Notó una especie de vuelco en el corazón al pensarlo, una sensación de entusiasmo que no había sentido en años.

El miércoles era el primer día en que podían esperar recibir carta de David. Es decir, suponiendo que el correo desde Pensilvania solo tardase un día. Pero como era la parte oeste de Pensilvania, tal vez tardase más. Además, no tenían garantías de que les hubiera escrito tan pronto. Su madre se lo había pedido; se lo había suplicado. «Escríbenos un par de líneas en cuanto te acomodes —le había dicho—, solo para que sepamos que estás bien». Y Robin había añadido: «Hijo, ya sabes cuánto se preocupa tu madre». Pero David era impredecible.

De todos modos, aun sabiéndolo, Mercy se pasó la mañana pululando por la casa y esperando a que llegara el cartero. Resultó ser en vano. Incluso Robin llamó desde la tienda para preguntar, lo cual demostró que ella no era la única que se preocupaba por su hijo.

—Ojalá pudiéramos llamarlo por teléfono —dijo ella—. Me apunté el número de su residencia.

—¿Qué? ¿Para oír cómo cae el dinero mientras intentan localizarlo?

—Ya lo sé. Tienes razón.

Así pues, en lugar de eso llamó a sus hijas. Desde que había dado a luz, Alice se quedaba en casa (Kevin y ella tenían un bebé de nueve meses), así que era fácil de localizar, pero difícil de mantener al aparato.

—¿Qué esperabas? ¡David es un tío! —le dijo a Mercy—. Con un poco de suerte, te entera... ¡No! ¡Robby! ¡Sácate eso de la boca! —Habían llamado al bebé Robin, aunque era niña—. Dáselo a mamá, cielo. Mamá, tengo que dejarte. Se está zampando la comida del perro.

A Lily costaba más localizarla. Era sorprendente, porque en esos momentos estaba en paro. (Mercy tenía la impresión de que se pasaba más tiempo en paro que trabajando). Pero quizá hubiese encontrado algún empleo. En cualquier caso, su teléfono sonó y sonó, de modo que al final Mercy colgó y fue al estudio como de costumbre.

Ese día se llevó un surtido de faldas. Nunca había sido muy amiga de los pantalones, solía ponerse falda o vestido. Pero para los vestidos hacían falta perchas y el estudio no tenía armario, mientras que las faldas podían guardarse planas si era preciso. Lo había pensado mucho. Había dejado hueco a propósito en el cajón inferior de la cajonera, que era muy largo.

Desde el día anterior, en el estudio había un olor distinto. Tenía un leve aroma floral que identificó como «su» olor. O por lo menos, el olor de la marca de detergente que usaba.

Mientras estaba allí, probó a llamar a Lily de nuevo desde el teléfono de la cocina. Esta vez sí lo cogió.

—¿Dígame? —Su voz sonó precavida, como si temiera una mala noticia.

—¡Hola, cariño! —contestó Mercy con alegría—. ¿Qué tal estás?

Hubo un silencio, seguido de:

—Te lo voy a contar sin rodeos, mamá —dijo Lily—. Estoy embarazada.

—¡Ay! —Mercy hizo una pausa—. ¿Embarazada...?

Oyó un bufido que podría haber sido una risa.

—¡Vaya, cariño, es maravilloso! —exclamó Mercy.

Lily siempre había dicho que B. J. y ella no querían tener hijos, pero claro, la gente podía cambiar de opinión.

—Tenía pensado contároslo en la cena de despedida de David —dijo Lily—, pero me entró el canguelo.

—Seguro que B. J. está emocionado —comentó Mercy para tantear.

—No es suyo —respondió Lily.

Mercy encajó la noticia.

—Sabía que reaccionarías así —dijo la joven.

—¡Qué! ¡Si no he reaccionado! Lo estoy asimilando, nada más. ¿Qué piensas hacer?

—¿Qué puedo hacer?

—¿Lo sabe él? —preguntó Mercy.

—No.

—¿No sabe que estás embarazada o no sabe que el hijo no es suyo?

—Ni una cosa ni la otra.

—Vaya —dijo Mercy con sequedad—. Sin duda eso explica por qué no querías contárnoslo delante de él.

—Al contrario. Por eso quería contároslo. Para que todos vosotros pudierais hacer, ya sabes, de parachoques.

—¿Me estás diciendo que podría ponerse violento? —preguntó Mercy.

—¿B. J.? Imposible.

Mercy se preguntó cómo podía estar tan segura. B. J. era mecánico de motos y le encantaban las cazadoras de cuero negro y las botas de cuero con cadenas en los tobillos.

—Bueno, es un alivio.

—¿Cómo demonios puede ser que siempre, siempre, te desvíes del tema y te centres en otra cosa, eh? —le reprochó Lily.

—¡Desviarme del tema! ¡Pero si el tema es este! Me cuentas que vas a tener un hijo y es natural que me pregunte por la reacción del padre. —Hizo una pausa. Rectificó—: Me refiero a la figura paterna.

—Bueno, es que B. J. no es el padre ni será la figura paterna. Ninguna de las dos cosas.

—De acuerdo. ¿Y quién es?

Se sintió bien consigo misma por haber mantenido la compostura, sin escandalizarse. Sin embargo, Lily no parecía impresionada.

—Ah, nadie, un tío de Dodd —dijo como si tal cosa.

—¿De… de la inmobiliaria? —preguntó Mercy.

Ese era el último trabajo que había dejado Lily, o quizá la hubieran despedido: era recepcionista en la empresa Dodd, Goldman.

—Exacto. Es agente allí.

—Ah —dijo Mercy, pero se quedó atónita. Un agente inmobiliario no era en absoluto el tipo de Lily—. ¿Cómo se llama?

—¡Mamá!

—¿Qué? ¡Es el padre de mi nieto! ¡Necesito saber cómo se llama!

—Por Dios —dijo Lily, y se echó a llorar.

—Lily, preciosa. Lily, vamos. Tenemos que pensarlo bien. Hay que pensarlo con calma y todos juntos. ¿Le has contado lo del bebé?

—Está casado —respondió Lily.

«Ha cascado» fue como se oyó entre las lágrimas.

Entonces fue Mercy la que dijo:

—Por Dios...

—Claro, tenías que escandalizarte, ¿no? —dijo Lily.

Mercy hizo oídos sordos. Esperó mientras su hija se sonaba la nariz.

—Bueno —dijo al fin—. Para que podamos verlo desde todos los ángulos... ¿Es imprescindible que B. J. sepa que él no es el padre?

—¡Qué! ¿Te refieres a que le mienta?

Mercy notó que se ruborizaba.

—No que le mientas, exactamente. Solo que omitas la verdad. Podría ser... un detalle hacia él.

—¡Pero eso está mal! —dijo Lily.

—Ay, sí, lo siento. Yo...

—Y además, si B. J. fuera el padre, tendría que haber sido la inmaculada concepción.

—Ah.

—Ya no estamos enamorados.

Mercy se preguntó por qué no se había dado cuenta. La familia los veía muy poco —se habían fugado juntos cuando Lily cursaba segundo en un centro de estudios superiores, en el que B. J. ni siquiera estudiaba, y desde entonces vivían en un piso pequeño del centro—, pero siempre le había parecido que eran felices.

Y sin embargo:

—Si pudiera marcharme de aquí sin más —decía Lily en ese momento—. Ir a algún sitio para pensar un tiempo. Hacer un crucero o algo así.

—¡Un crucero! —exclamó Mercy.

Era una idea tan peregrina que por un segundo se preguntó si lo había oído bien.

—O por lo menos alejarme de los dos, de B. J. y de Morris, hasta que me aclare las ideas.

Morris. Mercy apuntó el nombre en la memoria. Cuántas personas inesperadas parecían surgir en la vida de alguien cuando tenía hijos.

—Anoche se me ocurrió que podría pedirte que me dejaras instalarme una temporada en tu estudio —dijo Lily—. Dormir en el sofá, calentar una lata de sopa en el hornillo…

Mercy se removió, incómoda.

—Eh, bueno. En realidad, tendría más sentido que te quedases en la habitación que compartías con Alice. Porque tiene camas de verdad y tal.

—¡En mi habitación! ¿Es que no sabes lo fracasada que me sentiría si volviese a mi cuarto infantil?

—Bueno, no hace falta precipitarse ni decidir nada ahora —le dijo Mercy—. ¡Pero mira! Podrías ir al médico y averiguar si de verdad estás embarazada. A lo mejor solo es un retraso.

—¿Un retraso de tres meses?

—Ah.

Por la mente de Mercy cruzaron las últimas ocasiones en las que había visto a su hija: Lily de visita fugaz para pedirles la batidora, Lily en la cena de despedida de David. ¿Llevaba ropa muy ancha esos días? Es posible, pero siempre vestía de manera muy desenfadada.

—Bueno —dijo Mercy—, de todos modos, deberías ir al médico. ¿Cómo te encuentras, por cierto?

—Estoy bien. ¿Qué sabes de David?

Mercy arrastró el pensamiento hasta la razón por la que había llamado a su hija.

—Ni una palabra. Creía que quizá hoy nos llegaría una carta, pero el cartero ya ha pasado y no nos ha traído nada.

—Yo no me haría demasiadas ilusiones —le dijo Lily.

—No, ya…

—Ahora prométeme que no le contarás a papá ya sabes qué, ¿de acuerdo? Espera a que decida qué voy a hacer.

—Muy bien, cariño —dijo Mercy—. Sé que encontrarás una solución.

Se despidieron y colgaron.

Mercy se quedó pensando: eran demasiadas cosas que asimilar, no solo el embarazo de Lily sino el desastroso estado de su matrimonio y la inesperada aparición de como se llamase.

Morris, eso era.

Le avergonzó reconocer que su mayor preocupación era cómo disuadir a Lily de mudarse a su estudio.

El jueves, al ver que tampoco tenían noticias de David, Mercy le mandó una postal de su taco de postales de museos: un Seurat. «¡Te echamos de menos! —escribió—. Necesitamos saber que estás bien. Escríbenos, por favor». No le contó nada de lo que pasaba en casa porque quería dejarlo con la incógnita. Además, en ese instante no tenía ninguna noticia que pudiera compartir con él. El embarazo de Lily era un secreto y en cuanto a su propia mudanza al estudio, Robin debería ser el primero en enterarse.

En parte, temía ese momento.

Echó la postal en el buzón de la esquina de camino al estudio. Ese día le tocó el turno al calzado. Había sustituido la caja de cartón por una bolsa de lona en la que había metido un par de zapatos de vestir, unas sandalias y las zapatillas de estar en casa. No obstante, lo que no había pensado con antelación era dónde los guardaría una vez allí. Paseó la mirada por la habitación, que aún tenía un aspecto satisfactoriamente despoblado. Era vital no añadir ningún extra. Al final, optó por meterlo todo en el armarito más profundo que había debajo de la encimera de la cocina. Al fin y al cabo, no tenía previsto cocinar mucho en el estudio. Podía permitirse prescindir de un armario para alimentos.

Por primera vez en toda la semana, se dirigió a la mesa y estudió con atención el único dibujo que había apoyado contra un tarro lleno de pinceles. No era una obra a medias. Estaba acabado del todo. El tema era su casa; más en concreto, el comedor. Un vago resplandor de la mesa de comer y un borrón de alfombra y un bosque de patas de silla como palos, salvo uno de los asientos, que era la trona que usaban sus hijos de pequeños, y cuyas patas estaban microscópicamente detalladas, cada filigrana y hendidura, igual que el conejo de peluche con chaleco, el conejo de Robby, que estaba tumbado boca abajo en uno de los barrotes, donde la niña lo había tirado.

Junto a ese cuadro había un taco de tarjetas que reproducían la misma estampa en miniatura. En el borde blanco de la parte inferior ponía su nombre y el número de teléfono del estudio, seguido de «Deje que una artista profesional pinte un retrato de su casa».

Ella era casi profesional, ¿o no? ¿O debería haber dicho una artista «experimentada»? Había deliberado un buen rato, pero aun así no estaba segura de haber dado con la opción más apropiada.

Se había formado en la LaSalle School, en la calle Veintiséis. Había pasado un año y medio allí y había soñado con estudiar algún día en París. Ahora no lograba imaginar cómo se le había ocurrido semejante idea. Su padre no era rico, se mirase como se mirase. ¿Acaso pensaba que le darían algún tipo de beca? ¿O que iría de aprendiz con algún pintor francés famoso? Lo único que recordaba ahora era una imagen mental de la habitación abuhardillada en la que fantaseaba que viviría: el techo inclinado y la ventanita estrecha con vistas a los tejados parisinos.

Aun con todo, la LaSalle School era una institución muy respetada.

Su intención era repartir las tarjetas por las tiendas de víveres del barrio y pincharlas en los tablones de anuncios de las lavanderías, así como junto a la caja registradora de Suministros de Fontanería Wellington. Pero antes tendría que contárselo a Robin.

El viernes supieron de David. ¡Por fin! Escribió en una hoja cuadriculada del cuaderno y mandó la carta en uno de los sobres en los que Mercy ya había puesto la dirección y el sello y que le había metido en el bolsillo de la maleta. «Queridos papá y mamá —escribió—. Me gusta mucho estar aquí, aunque tengo que estudiar álgebra y no me motiva nada. Con cariño, David».

Mercy llamó a Robin al teléfono de la tienda y le leyó la carta.

—Ajá —respondió su marido—. Seguro que ahora se arrepiente de no haber prestado más atención en la clase de matemáticas.

—¡Sí que prestaba atención! ¡No es culpa suya si no tiene una mente matemática!

—Ajá.

Robin seguía disgustado por que David hubiera elegido Literatura como troncal. (Quería ser dramaturgo). Tal como lo pintaba Robin, la lengua y la literatura eran las asignaturas más inútiles del mundo. (Por no hablar de escribir obras de teatro).

A continuación, Mercy llamó a Lily. Una de las ventajas de tener noticias de David era que le servía de excusa para ponerse en contacto con ella.

—Bueno —dijo después de leerle la breve carta en voz alta—, ¿cómo te encuentras, amor mío?

—Estoy bien.

—Me refiero a…

—Sí, ya sé a qué te refieres.

—Entonces ¿has…? ¿Has pensado en…?

—¡No me presiones, mamá, ¿vale?! ¡Ya me las apañaré!

—Por supuesto que sí, pero…

—Ahora me arrepiento de habértelo contado.

Bueno, por lo menos ya no lloraba. Era un progreso. Mercy carraspeó.

—Me preguntaba —dijo con pies de plomo— si te habías planteado hablar largo y tendido con B. J. y contarle la verdad sin tapujos y preguntarle si podríais empezar de nuevo.

—Mamá, no tienes la menor idea de con qué tengo que lidiar aquí.

—No —dijo Mercy—. Desde luego que no. Pero vas a necesitar ayuda, cariño. Y te lo digo por experiencia: los matrimonios pasan fases. Casi tienen encarnaciones. Puedes tener un buen matrimonio y un mal matrimonio, y ambos pueden ser el mismo pero en distintos momentos.

—Bueno, pues el mío es malo y luego peor —dijo Lily.

—¡Vamos, no hablas en serio!

—No tenemos absolutamente nada en común.

—Muchas parejas no tienen nada en común —respondió Mercy.

—Quizá eso a ti te funcione, mamá, pero yo no pienso resignarme.

—¡Resignarte! —soltó Mercy. Se sintió herida—. ¡Mírala! ¡Ella sí que es especial!

Clic. Lily había colgado.

Pues mejor, pensó Mercy. Y después pasó un rato merodeando por la casa y soltando chasquidos exasperados con la lengua mientras se le ocurrían otras cosas más hirientes que podría haberle dicho a Lily.

Desde que Robin había podido permitirse a un ayudante, había tomado por costumbre librar los sábados. Había sido idea de Mercy. Le había dicho que debería pasar más tiempo con sus hijos. Sin embargo, al final resultó que sus hijos ya estaban bastante atareados con actividades propias, así que había acabado por retirarse al sótano, donde pasaba el rato entretenido con proyectos varios mientras Mercy se llevaba el coche para hacer recados. Por la noche se reunían y cenaban algo especial, de vez en cuando en un restaurante, pero casi siempre en casa. Robin decía que los precios que se gastaban en los restaurantes eran un robo a mano armada.

Ese sábado en cuestión se quedaron en casa. Mercy preparó unas salchichas de cerdo con croquetas de patata, uno de los platos favoritos de Robin, y abrió una lata de cerveza Natty Bohemian sin que él se lo pidiera. Ella se sirvió una copa de Chianti y puso un vinilo de Frank Sinatra en el tocadiscos y se enfundó el vestido con escote de pico que le gustaba a su marido y se maquilló un poco, aunque no tanto como para que él dijera que la prefería cuando iba con la cara lavada. Robin advirtió el esfuerzo que había puesto Mercy en prepararlo todo.

—Vaya, qué bonito —dijo cuando se sentó—. ¡Incluso hay un jarrón de flores!

—Es nuestra primera noche de sábado como un par de viejos —bromeó Mercy—. Se me ha ocurrido que podríamos celebrar la ocasión.

—Ay, amor mío, tú nunca serás vieja.

Ella desdobló la servilleta y la dejó sobre el regazo.

—Hablando de ser viejos —añadió—, creo que ahora que no tengo a nadie de quien cuidar me voy a aburrir como una ostra.

—¡Puedes cuidarme a mí!

—Sí, pero… El caso es que se me ha ocurrido que podría dar un paso adelante con la pintura.

—Una idea excelente —respondió Robin. Se puso mostaza.

—Y hasta ganar un dinerillo, si puedo.

Su marido dejó el frasco de mostaza.

—Vamos, Mercy, no nos falta dinero. No hace falta que vayas a trabajar.

—¡No, no! ¡No pensaba en ir a trabajar! Me refiero a que podría vender mis cuadros a algún cliente.

Robin enarcó las cejas.

—Bueno, vale, cariño, pero no estoy seguro de…

—Te cuento mi idea. Ya sabes que hay personas muy orgullosas de su casa, ¿verdad? ¡Incluso tú y yo! Por ejemplo, siempre me emociono cuando nuestra glicinia empieza a florecer en la parte izquierda del porche y alguien se para al pasar y me dice lo preciosa que está.

—Sí, bueno…

—Así que, ¡retratos del hogar! ¿Lo pillas? ¡Retratos de las casas de la gente! Pondría un anuncio que dijera: «Artista dispuesta a desplazarse a su casa para captar su aura».

—¿Su qué?

—Su carácter único, especial, ¿sabes? O sea, a ver: si tuviera que pintar nuestra casa, me concentraría en esa glicinia. O ¿recuerdas el cuadro que hice hace un tiempo, el de la trona de la pequeña Robby en el comedor?

Robin inclinó la cabeza.

—Me refiero a que el salón en conjunto solo se insinúa, más o menos, pero después se destaca de manera especial la trona con las patas que entran y salen y tienen, digamos, grabados en la madera.

—Están torneadas —dijo Robin.

—Sí, torneadas, y el conejo de peluche de Robby está tumbado en uno de los barrotes de la silla.

—Ya sé de qué cuadro hablas —comentó Robin, pero seguía con una arruga en la frente.

—Se lo mostraría a la gente y le preguntaría: «¿Qué sería especial en su casa? ¿Le gustaría que lo pintara?». Incluso se me ha ocurrido que los clientes le darían todavía más valor si fuese yo quien eligiera el rincón. Si yo tuviera que «leer» su casa, como si les leyera el horóscopo en la palma de la mano, y les dijera: «Esta es el alma de su casa. La característica que la define. Su esencia».

—Bueno —dijo Robin. Alisó la frente. Asintió con la cabeza—. Sí, claro, amor mío. Adelante, te animo a que lo hagas.

Luego cogió el tenedor y empezó a mezclar la mostaza con las salchichas.

—Aunque me temo que implicaría pasar más tiempo en el estudio —comentó Mercy.

—Bueno, tienes tiempo de sobra.

—Incluso es posible que tuviera que quedarme a pasar la noche allí alguna que otra vez.

—¿Tendrías que qué? —Volvió a soltar el tenedor.

Esa era la parte más difícil.

—Bueno, ya sabes… Empezaría un encargo, me enfrascaría en él y perdería la noción del tiempo…

—Ajá —dijo Robin.

—Así que he pensado que si dejara una manta a mano en el estudio, podría acurrucarme en el sofá cama y echar una cabezadita en lugar de volver andando sola a casa de noche.

A eso siguió un silencio, salvo por la voz de Frank Sinatra cantando «Strangers in the Night».

—Mercy, ¿me estás dejando?

—¡No, qué va! —dijo ella, y alargó el brazo por encima de la mesa para agarrarlo de la muñeca—. No, querido mío, ¡jamás te dejaría! ¿Cómo se te ha ocurrido tal cosa?

—Pero me estás diciendo que ya no quieres dormir conmigo.

—Solo he dicho, o sea, de vez en cuando. Por ejemplo, pongamos que tuviera una fecha límite de entrega.

Robin no habló. Tenía los labios levemente abiertos y buscaba la cara de su esposa; parecía abatido. Mercy sintió mucha pena por él. Le agarró aún más fuerte la muñeca.

—Queridísimo mío —le dijo—, ¡eres mi marido! ¿Cómo iba a abandonarte?

—Pero nadie te va a poner una fecha límite solo por un cuadro…

De pronto, ya no le dio tanta pena Robin. Le soltó la muñeca.

—También se puede fijar un día de entrega para un cuadro.

—Es tu manera de alejarte de mí.

—No, es mi manera de ganar un poco de… independencia.

—¿Quieres ser «independiente»? —preguntó Robin. Pronunció la palabra con cierta distancia, podría decirse, como si le resultara de mal gusto.

—Mira, Robin. ¿Recuerdas la boda de Alice, cuando nuestra hija estaba montando la lista de invitados? Y me dijo: «La nueva esposa del padre de Kevin no parece tener muchas luces, así que ¿podrías ocuparte de ella en el banquete y hablar como hacéis las amas de casa, por favor?».

—Vale...

—¡Como si yo tampoco tuviera dos dedos de frente, ¿sabes?!

—No se refería a...

—Había invitado a todas las demás profesoras e incluso a la directora del centro, así que gracias a Dios yo iba a estar por allí, eso era lo que quería decir, porque yo no era más que un ama de casa.

—Solo es una expresión —le dijo Robin—. No es un insulto. Yo no soy más que un fontanero, ¿y qué? Todos acabamos encasillándonos unos a otros. Así se abrevia, eso es todo.

—Ser «ama de casa» es sinónimo de no ser nadie, ¿sabes?

En realidad, debería dejar de decir «¿sabes?», porque la cuestión era que él no lo sabía; no tenía la menor idea.

—Mercy, si me dejases no lo soportaría.

—No voy a dejarte. Te lo prometo.

—Pues tiene toda la pinta de que sí —insistió Robin.

«Doo, be, doo, be, doo», cantó Frank Sinatra.

Qué tontorrón.

Así pues, durante los siguientes días Mercy continuó durmiendo en casa. Se despertaba y preparaba el desayuno de Robin; arreglaba la casa y pululaba por allí hasta que él se marchaba a trabajar. (¡Vamos, vete! ¡Vete de una vez!, le decía mentalmente. ¿Cuánto rato más vas a tardar en irte?). Luego, en cuanto él salía por la puerta, Mercy volaba al estudio. Ya no le quedaban muchas cosas que llevar. Tenía allí todo lo básico, e incluso eso le parecía excesivo, porque había visualizado su futura vida en una habitación vacía. Le resultaba casi perturbador descubrir que por fuerza se iba instaurando cierto grado de desorden: el hervidor de agua en el fogón eléctrico, el paño de cocina colocado en el borde del fregadero.

Ya había distribuido unas cuantas tarjetas. Incluso había tenido una respuesta, no por teléfono sino en persona, cuando una señora la vio por casualidad pinchando una en el tablón de la tintorería.

—¿Pinta retratos de casas? —preguntó la mujer.

—¡Sí! ¿Le interesa? —respondió Mercy.

—Bueno, se lo pregunto porque mi marido y yo acabamos de comprarnos una casa en Guilford.

—¡Podría pintarla! Podría acercarme, pasearme por la casa, captar su personalidad…

—Solo era una idea —dijo la mujer.

—Tome una tarjeta —le dijo Mercy y casi a la fuerza le puso una en las manos a la mujer—. Este es el número de mi estudio; me encontrará allí casi todos los días entre semana. Si no contesto, siga insistiendo.

Después se marchó, porque no quería parecer demasiado insistente. Pero dos días más tarde, la mujer sí la telefoneó. Dijo que una vez que hubieran arreglado la casa tal como la querían, quizá le pidieran a Mercy que fuese a verla, y Mercy estuvo de acuerdo en que lo mejor era dejar que la casa tuviera tiempo de expresar su verdadero ser. «Su verdadero ser», repitió la mujer, y Mercy notó un toque de aprobación en su tono de voz que le dio esperanzas.

Mientras tanto, David seguía sin escribirles. Mercy le mandó un par de cartas preguntándole cosas concretas («¿Qué tal te va la clase de matemáticas?», «¿Te cae bien tu compañero de habitación?»), pero no obtuvo respuesta.

—Típico —dijo Robin—. El chico ya se ha olvidado de nosotros. Ya sabía yo que pasaría esto.

—¡Vamos, Robin! ¿Cómo puedes decir eso? ¡Siempre ha estado muy unido a nosotros!

—No hemos estado unidos desde la primaria —dijo Robin, y Mercy dejó el tema, porque nunca iban a ponerse de acuerdo en cuanto a David.

Alice y Lily tampoco habían recibido noticias suyas, pero estaban menos inquietas porque tenían otras preocupaciones entre manos. La pequeña Robby pilló la roséola y Alice se pasó tres noches seguidas sin pegar ojo. Era casi imposible localizar a Lily por teléfono y, cuando sí contestaba las llamadas, era solo para decir que no, que no sabía nada de David, y que no, no había decidido nada. Adiós.

Entonces, un viernes por la noche hacia finales de mes, mientras Mercy y Robin veían las noticias locales, Lily llamó al timbre de su casa. (Lily nunca llamaba al timbre; ella entraba sin más). Quien respondió fue Robin, y Mercy lo oyó decir:

—¡Lily! —Y luego, de forma enigmática—: ¿Hola?

Mercy se levantó del sofá y se unió a él. Se encontró a Lily presentándole a un hombre de cuarenta y tantos con traje de negocios.

—Papá, este es... ¡Hola, mamá! Mamá y papá, os presento a Morris Drew.

—Hola, Morris —dijo Robin, pero con tono interrogante.

A Mercy le tocó pasar por delante de su marido y tenderle la mano.

—Encantada de conocerte, Morris. Vamos, pasad.

El apretón de manos de Morris era firme y profesional. Era un hombre anodino: altura media, constitución regordeta, gafas gruesas de lentes redondas, y Mercy supo que le iba a costar memorizar aquella cara.

—Es un placer conocerla, señora Garrett —contestó.

Hablaba con esa falta de acento que lucen los locutores de radio.

Al entrar, Morris se sacudió muy bien los pies en el felpudo, aunque no había llovido. Mercy fue a apagar la televisión. (Habían atisbado a un hombre paseando un animal que parecía un lobo en Druid Hill Park).

—¡Bueno! —exclamó Robin, y se frotó las manos.

Lily y Morris se sentaron en el sofá. Robin eligió el sillón reclinable, pero no inclinó hacia atrás el respaldo; se quedó con la espalda recta, alerta, como si se preparara para encajar un revés. Mercy se sentó en la mecedora.

—Morris y yo queremos daros una noticia —dijo Lily de inmediato—. Vamos a casarnos.

—¿Qué...? —preguntó Robin.

¿Y qué pasaba con el matrimonio que ya tenía su hija?, debía de estar preguntándose. Mercy era la única que sabía lo suficiente para preguntarse además por el matrimonio que Morris ya tenía. Daba la impresión de que quedaban muchos cabos sueltos, muchas cosas que asimilar y aceptar. Pero Lily debía de haber decidido que el enfoque más sencillo era saltárselo todo e ir directa al desenlace.

—No va a ocurrir de inmediato —les dijo—, aunque he pensado que os gustaría tener la primicia. Morris está peinando el mercado a la espera de que salga la casa ideal.

Robin puso cara de aturdido.

Mercy intervino para evitar un silencio incómodo.

—Cuando hayáis encontrado un sitio que os guste, iré a pintar un retrato de la casa como regalo de bodas.

—¿Qué? Vale —dijo Lily, y no hizo más preguntas—. Gracias, mamá.

Y Morris añadió:

—Gracias, señora Garrett.

Así pues, parecía que la táctica de Lily había funcionado. En un abrir y cerrar de ojos, todos esos incómodos obstáculos habían desaparecido sin más.

O por lo menos, desaparecieron de la superficie. Robin se quedó prácticamente callado durante el resto de su visita y dejó que Mercy llevase el peso de la conversación, y cuando Lily le dio un beso en la mejilla justo antes de marcharse, también se quedó en silencio y dejó que lo besara. Pero en realidad estaba perplejo e indignado, y tan pronto como se cerró la puerta tras ellos, cargó contra Mercy como si fuese todo culpa suya.

—Pero ¿qué pasa aquí? —le soltó airado—. ¿Cómo es que una mujer casada puede plantarse en la puerta de casa de sus padres y presentarles a su nuevo prometido sin que digamos ni mu?

—Vamos, cariño —dijo Mercy—. Nadie se hace idea desde fuera de lo que sucede dentro de un matrimonio; lo sabes por propia experiencia.

—No sé de qué me hablas —contestó Robin.

A ver, por supuesto que no lo sabía. Su propio matrimonio era transparente como el cristal, un libro abierto, justo lo que parecía. Obviando el hecho de que ahora Mercy pasaba varias noches a la semana separada de él.

La primera noche, le dijo que tal vez volviera tarde porque estaba trabajando en un cuadro que se le resistía. La segunda noche —una semana después más o menos—, le dijo lo mismo. Estaba calculado. Quería que Robin empezase a encajarlo por etapas. Y funcionó, porque cuando se quedó allí la tercera noche sin anunciárselo con antelación, no la llamó para preguntarle dónde estaba ni se presentó allí para enfrentarse con ella. Eso no quiere decir que estuviera contento con la situación, claro. Le decía impertinencias, se quejaba y se lo ponía difícil; las mañanas que seguían a aquellas noches no paraba de mirarla de reojo y de abrir la boca para hablar, pero luego se refrenaba.

Sin embargo, Mercy siempre estaba presente esas mañanas. Se aseguraba de volver antes de que su marido se despertase y tenía el desayuno preparado en la mesa cuando él bajaba a la cocina.

Tenía intención de dejar de hacerlo en algún momento. Pero todavía no.

El día después de conocer a Morris, Alice telefoneó a su madre.

—Bueno, ¿qué? —preguntó. Y luego esperó—. A ver, creo que tuvisteis visita de Lily, ¿no? —dijo por fin.

Alice y Lily nunca habían estado muy unidas. No tenían nada en común, suponía Mercy. Pero daba la impresión de que sí charlaban sobre sus padres de vez en cuando, de ese modo furtivo, con esos movimientos de cabeza típicos de las hermanas, porque era evidente que Lily le había pedido a Alice que indagara un poco. De todos modos, Mercy se mostró hermética.

—Ajá —contestó.

—¿Y qué os pareció Morris?

—Parecía simpático —dijo Mercy con voz neutra—. ¿Lo has visto?

—Sí.

¿Cuántas veces? ¿Con ocasión de qué? ¿Le parecía agradable? ¿Un hombre de fiar? ¿Qué creía que se cocía allí exactamente?

Mercy no formuló ni una sola de esas preguntas.

—Quizá lo invite a cenar un día con toda la familia.

—Vale… —dijo Alice, esperando sin disimulo que dijera algo más.

—¿Estáis libres Kevin y tú este domingo?

—En principio iremos a casa de su madre.

—¿Y el domingo que viene?

—Ese día sí podríamos combinarnos.

—Bien. Hablaré con Lily.

Y entonces Mercy se despidió sin haber dado su veredicto sobre Morris.

En parte, disfrutó de la conversación.

La lástima fue que Robin se negó a invitarlos a cenar en familia.

—Espera, ¿qué? ¿Quieres abrir nuestra casa al donjuán de nuestra hija?

—¡Donjuán! —exclamó Mercy. Se sorprendió de que su marido utilizase esa palabra—. Es su prometido, amor mío. Queremos darle la bienvenida a la familia.

—Pero ¿cómo puede tener un prometido cuando ya tiene marido, eh? ¿Qué dice B. J. de todo esto?

A Robin siempre le había caído mal B. J. A su espalda lo llamaba Elvis. Cuando B. J. y Lily se fugaron, Robin juró que seguro que tenían «una razón» y pareció casi decepcionado al comprobar que no había embarazo de por medio.

Hablando del tema…

Ojalá Mercy pudiera contarle a Robin que Lily estaba embarazada. Quizá así se mostrara más comprensivo.

Por otra parte, tal vez esa noticia acabara de hacerle perder los papeles.

Fue esa posibilidad, y no tanto la promesa hecha a Lily, lo que le impidió compartir la noticia con él.

Le devolvió la llamada a Alice y le dijo que tendrían que posponer la cena familiar.

—Vaya… —dijo Alice, y esperó a oír los motivos.

—No estoy del todo segura de cuándo podremos hacerla —dijo Mercy.

Después se apresuró a preguntarle cómo iban los progresos psicomotrices de Robby. La niña había alcanzado la etapa en la que era capaz de agarrarse y hacer fuerza para ponerse de pie pero todavía no sabía cómo sentarse. Se quedaba de pie berreando en el parque del comedor, agotada, hasta que Alice le doblaba las rodillas a la fuerza y la bajaba al suelo. Y, acto seguido, Robby volvía a levantarse. Alice tenía muchas cosas que decir al respecto. Se olvidó de insistir con el tema de la cena.

La mujer a la que Mercy había conocido en la tintorería se llamaba Evelyn Shepard y llamó a mediados de octubre para invitar a Mercy a que diera una vuelta por su casa.

—Creo que por fin estamos bien instalados —dijo la señora Shepard— y me gustaría saber qué elegiría pintar si la viera.

—Estaré encantada de ir a echar un vistazo —dijo Mercy.

—Si pudiera venir cuando también esté mi marido…

—Claro que podría.

—¿Y tal vez traerse algunas muestras de su obra? Le enseñé el cuadro que sale en la tarjeta, pero…

—Por supuesto. Llevaré mi porfolio —dijo Mercy.

Y se apuntó mentalmente que tendría que rebuscar en los cajones del escritorio de casa a ver si encontraba la carpeta de cartón forrada de piel que todavía guardaba de sus años en LaSalle.

Eligieron un sábado por la mañana, de modo que Mercy tuviera el coche. Aparcó en la calle de los Shepard para llevarse una impresión general de la propiedad al acercarse; quería llegar armada, por decirlo de alguna manera. Era una casa colonial de tres plantas, como tantas, de ladrillo rojo y las contraventanas de color verde bosque. Bueno, no importaba; en cierto modo prefería los interiores a los exteriores. Pulsó el timbre y luego lo miró con detenimiento. Parecía que se le hubiera aguzado la vista y estaba atenta a todos los detalles; pero era un timbre nada excepcional, un botón de goma blanca puesto en una ostentosa placa de cobre.

Evelyn Shepard abrió la puerta.

—¡Buenos días, señora Garrett! —le dijo.

—Por favor, llámeme Mercy —contestó la pintora.

—Yo soy Evelyn. ¿Quiere pasar?

Evelyn iba con tacones, un sábado por la mañana en su propia casa. Tacones bajos, pero aun así. Era un poco más joven que Mercy, y sin embargo ya parecía una matrona, con el pelo castaño cuidadosamente rizado y un vestido de flores vaporoso con un cinturón que le marcaba el talle.

—¿Clarence? —llamó—. Ha llegado la artista.

Condujo a Mercy por el vestíbulo (alfombra persa, lámpara de araña de cristal) hasta entrar en el salón, que era muy espacioso y formal, con un piano en un rincón. Los ojos de Mercy iban haciendo clic, clic, clic, registrando todo lo que podían.

—Tienen una casa preciosa —dijo por educación, y se sentó donde le indicó Evelyn, en un resbaladizo sofá con tapizado de raso, pero se puso de pie al instante, en cuanto Clarence entró en la sala.

—¡Ay! ¡Clarence! —exclamó su esposa, como si su aparición la hubiera sorprendido—. Te presento a Mercy Garrett, la artista.

Clarence era mayor que su mujer: de pelo canoso y con bigote, con un pañuelo de seda anudado que florecía del cuello desabrochado de la camisa. Aparte de en las películas inglesas, Mercy nunca había visto un pañuelo semejante. La estampa le dio confianza. En un abrir y cerrar de ojos, fue capaz de ubicar a esas personas: recién instaladas en una casa diseñada para ser imponente, vestidas con prendas que habían comprado ex profeso para vivir a la altura de las expectativas que creían que se tenía de ellas.

—Su casa es muy bonita —repitió, y en esa ocasión su voz sonó más firme. Les sonrió con calidez.

Después de eso, fue coser y cantar. Los Shepard se colocaron uno a cada lado de Mercy mientras esta iba sacando cuadros de su porfolio; un porche soleado, una barra de desayuno y lo que denominó una «sala de música». (No era tal, sino la salita de Alice y Kevin, pero de manera instintiva alteraba su vocabulario para adaptarse a las circunstancias). Con cada dibujo, cuando el punto focal del cuadro se destacaba entre los borrosos elementos que lo rodeaban, Evelyn decía «¡Ah!», pero Clarence permanecía callado.

—Entonces este —comentó Evelyn al ver el de la supuesta sala de música— con la fotografía en la mesita del fondo… Imagino que será una foto del primer dueño de la casa, ¿me equivoco?

Se refería a una fotografía expuesta junto a una caracola: el padre o el tío de Kevin o alguien así con una gorra del ejército con visera, que relucía con aspecto beligerante en un marco de plata decorado con unas infinitesimales bolitas de plata en los bordes.

—Sí, un antepasado por parte del marido.

Y pasó al siguiente cuadro: el dormitorio de matrimonio de su casa. Un rectángulo de la cama, unos brochazos para los tablones del suelo y, después, parte de una mecedora con un camisón doblado sobre uno de los brazos, con todas las arrugas y costuras definidas en estilo hiperrealista.

—¿La esencia de esa casa es un… camisón? —preguntó Clarence.

—Calla, Clarence —le dijo Evelyn.

—Y aquí tenemos la habitación de mi nieta —anunció Mercy. (Se llenó de orgullo al decirlo).

Unas líneas verticales de lo más esquemáticas insinuaban los barrotes de la cuna de Robby, pero había detallado tanto la alfombra de retales trenzados sobre la que estaba el mueble que el estampado de capullos de rosa del viejo vestido veraniego de Mercy se distinguía perfectamente en una de las tiras de la trenza.

—Sigo pensando que es muy peculiar. —Evelyn soltó un largo suspiro.

—¿Se ha planteado alguna vez pintar toda la escena con detalle, en lugar de solo una parte? —preguntó Clarence.

—¡Por supuesto que sí! —respondió Mercy—. Cualquiera puede hacerlo. Pero mi objetivo es ofrecer algo que tenga más significado. Quiero concentrarme en la característica única que revela el alma de una casa.

El hombre parecía preocupado.

—¿Y si decide que el alma de la casa es el cuarto de baño o algo así?

Mercy se echó a reír.

—Le aseguro que es muy poco probable que ocurra.

Aunque, en realidad, en uno de los cuadros que todavía no les había enseñado había plasmado la partición verde de machimbre que albergaba el pequeño «aseo de la criada» del taller del sótano que usaba Robin. Cerró la carpeta con un chasquido y volvió a sonreír a Clarence.

—En cualquier caso, siempre pueden decidir que no lo quieren una vez que vean lo que he hecho. Tienen poder de veto absoluto.

Evelyn se sentó más erguida y dio una palmada. Miró expectante a Clarence.

—Ah —contestó el hombre—. Y… ¿podría decirnos cuánto cobra?

Había barajado la posibilidad de subir el precio de cien a doscientos dólares en cuanto había visto aquel piano tan majestuoso, pero Mercy se había dado cuenta de que él no valoraba demasiado su obra.

—Cien dólares —dijo con timidez.

Clarence miró a Evelyn.

—Bueno. De acuerdo.

—¡Sí! —exclamó su mujer con otra exhalación profunda.

—Pendiente de aprobar cómo queda, por supuesto —añadió Clarence.

—Por supuesto —respondió Mercy.

El 1 de noviembre, un domingo, Mercy llamó por teléfono a David. Decidió hacerlo a última hora de la tarde, suponiendo que sería más probable pillarlo en la residencia; pero aun así, el chico que cogió la llamada tardó un buen rato en localizarlo.

—¿Garrett? —oyó que gritaba el muchacho, y luego, más alejado—: ¡Eh, Garrett! ¿Dónde te habías metido, tío?

Mercy había llamado desde el teléfono de la cocina y se sentó junto a la mesa mientras esperaba. Pensó que era buena señal que el chico llamase a su hijo «tío». Implicaba que eran amigos. Miró a Robin, que estaba en la otra punta de la estancia, con intención de contárselo, pero en ese momento le daba la espalda, plantado delante de la nevera, como si su única razón para estar allí fuera cogerse algo de picar. Con ánimo perverso, Mercy cambió de opinión y no le dijo nada.

La conexión era de esas en las que se cuelan conversaciones de otras líneas que se entrelazan sin saber cómo con la propia. Oyó una risita, un débil «¿Qué?». Cuántas vidas felices y despreocupadas se desarrollaban en otras partes.

—¿Sí? —dijo David.

—¡Hola, cariño!

—Hola, mamá.

—¿Qué tal te va?

—Pues bien. ¿Pasa algo?

—Bueno, nada, salvo que nunca sabemos de ti.

—Ay, lo siento. Es que estoy muy liado —dijo David.

—¿Te mandan mucho trabajo?

—Sí, la verdad es que sí, pero de momento sigo el ritmo.

—Me alegra saberlo.

—¿Qué tal estáis todos por ahí?

—¡Estamos bien! ¿Quieres hablar con papá?

—Claro.

—¿Robin? —Mercy extendió el auricular y Robin se apartó de la nevera con aire de sorpresa—. Tu hijo —le anunció.

Él cerró la nevera y se dirigió a ella despacio, con fingida reticencia, lo que provocó que Mercy chasquease exasperada la lengua. Cogió el auricular.

—¿Diga? —Y luego—: Ah, hola, hijo.

David dijo algo con tono de pregunta y Robin respondió:

—Vamos tirando. ¿Y tú?

Tal y tal de David.

—Pregúntale por Acción de Gracias —dijo Mercy en un susurro imperioso.

—¿Eh? ¿Qué? Tu madre quiere saber qué harás en Acción de Gracias.

Otro murmullo de David.

—Pues no lo sé, la verdad. Supongo que saber si vas a venir a casa o no —dijo Robin, y Mercy volvió a chasquear la lengua y le quitó el teléfono.

—¿David?, sabes que ponen un servicio lanzadera para las vacaciones, ¿verdad? Desde la facultad hasta la estación de autobuses Greyhound, el miércoles previo a Acción de Gracias.

—Sí, pero me parece un trayecto muy largo para ir solo un par de días —contestó David.

—No son un par de días; son miércoles, jueves, viernes...

—Había pensado que podría aprovechar para quitarme de en medio el trabajo de Historia —dijo David.

—¿Y no podrías hacerlo en Baltimore?

Robin escudriñaba la cara de su mujer.

—Ya, pero aquí tengo la biblioteca y todo.

—Ah —contestó Mercy.

—¿Cómo está Robby? ¿Ya ha aprendido a caminar?

—¿Caminar? No lo sé, supongo que le falta poco. —Le dio la impresión de que la charla avanzaba a trompicones—. Bueno, te paso otra vez con papá —dijo.

Le tendió el auricular a Robin, pero este lo rechazó y sacudió las manos formando una cruz delante del cuerpo. Mercy volvió a llevarse el teléfono a la oreja.

—Me parece que ya ha dicho todo lo que tenía que decir.

—Vale, pues adiós, mamá —dijo David.

—Adiós, mi amor.

Colgó.

—¿No va a venir? —le preguntó Robin.

Ella negó con la cabeza.

—Bueno, es natural —comentó él—. Tiene amigos allí, sus estudios…

—Ya lo sé.

—En realidad, es buena señal.

—Ya lo sé —repitió Mercy.

A quien sí tuvieron en casa por Acción de Gracias fue a Morris Drew.

Lily se presentó en el estudio una mañana entre semana, después de haber ido a buscar a su madre a la casa familiar, dijo; y apenas se había acomodado en el sofá cama cuando anunció el propósito de su visita.

—Mamá, no pienso ir a la comida de Acción de Gracias de este año a menos que pueda llevar a Morris.

No la pilló del todo desprevenida. Por supuesto, Mercy y ella habían estado en contacto por teléfono durante las semanas anteriores —quizá no tan a menudo como le habría gustado a Mercy, pero lo suficiente para saber que Lily y Morris seguían siendo pareja, que B. J. había aceptado el divorcio como si ni siquiera le importara y que el divorcio de Morris ya estaba en marcha—. Entonces Lily le dijo que habían comprado una casa de tres habitaciones en Cedarcroft y que pensaban mudarse allí en cuanto hubiesen cambiado el tejado.

—Por eso era una ganga —añadió—. Morris logró que nos bajaran mucho el precio. Claro, sabe mucho de esas cosas.

¿Y la pobre esposa de Morris? Y ¿dónde se había ido B. J. exactamente? Y ¿qué había del bebé?

De todo eso, el futuro bebé era lo único sobre lo que Mercy sentía que podía preguntarle.

El bebé estaba bien, dijo Lily con despreocupación. (Todavía no se le notaba que estaba embarazada, aunque llevaba un blusón ancho con el que era difícil saberlo). Sacó una polaroid del monedero: una foto de una casita blanca convencional con una marquesina sobre los peldaños de la entrada.

—El año que viene podréis ir a nuestra casa a celebrar el día de Acción de Gracias —le dijo a su madre—. ¿A que es bonita?

—Sí, es…

—Pero este año todavía no está lista para invitados —añadió. Volvió a guardar la foto en el monedero—. Ya sé lo que me vas a decir. Sé que papá está que trina. Anoche, por teléfono, me dijo que solo podía llevar a B. J. en Acción de Gracias. ¡Como si eso fuese una opción! B. J. se ha ido a vivir a Fells Point.

—¿Hablaste con papá por teléfono?

—Sí, y me dijo que te quedabas a trabajar hasta tarde. ¿No te ha dicho que llamé?

—Supongo que no ha tenido oportunidad de hacerlo —dijo Mercy. (Había pasado la noche en el estudio y esa mañana había sido la primera vez que no había vuelto a casa para desayunar).

—Pero puedes convencerlo, mamá; sé que tú puedes. Puedes conseguir que cambie de opinión. Y eso que no paraba de decir que B.J. era un irresponsable, ¿te acuerdas? Y Morris es muy responsable. Sabe ganarse el pan, te lo aseguro, y además será un buen padre; siempre ha querido tener hijos. ¿No vas a hacer que papá nos deje ir juntos por Acción de Gracias?

—Pues claro que lo haré, amor mío —dijo Mercy, y lo dijo con confianza.

Era inconcebible que Robin perdiera el contacto con su propia hija a propósito. ¡Pero si la familia era lo más importante para él! Había pasado buena parte de su juventud sin familia, a eso se debía.

—Lo único que hace falta —le dijo a Lily— es que Morris, no sé, se explique un poco más. Digamos que pillasteis a tu padre por sorpresa, ¿sabes? Se me ocurre una cosa: venid los dos a casa esta noche y dejaremos a los hombres en la sala de estar mientras nosotras vamos a buscar unos refrigerios. Así Morris puede contarle a tu padre que sabe que ha sido un shock, que su intención no era que las cosas saliesen así, que se enamoró perdidamente de ti en cuanto te vio. Y luego que le anuncie lo del bebé: que sabe que llega en un mal momento, pero que de todos modos está muy emocionado con la idea, que te respeta mucho, que tiene intención de seguir siempre a tu lado… Bueno, ya sabes.

Lily asentía con muchas ganas.

—Sí, sí, puede hacerlo —contestó—. A Morris se le dan muy bien esas cosas.

Mercy estaba segura de que sí. Solo le daba rabia no acordarse de qué aspecto tenía el hombre.

Bueno, al final salió todo bien. Al principio Robin puso cara de póquer... En realidad, intentó seguir a Mercy y a Lily a la cocina, hasta que su mujer le ordenó que se quedara en la sala de estar con Morris. Pero cuando regresaron con el café, Morris le estaba contando a Robin por qué convenía decantarse por las tejas de pizarra en lugar de por la tela asfáltica y Robin asentía y decía:

—Cuánta razón tienes, sí, sí. Ya lo creo que sí.

Así pues, Morris fue en Acción de Gracias.

Se puso un traje marrón y corbata, mientras que Lily estrenó un vestido premamá. Alice le dio una charla a Lily sobre el parto natural. Kevin les habló a Morris y a Robin sobre las ventajas de los centros comerciales cerrados. La pequeña Robby se negó a sentarse en su trona y fue trastabillando por el comedor con los puños en alto, practicando a caminar. Y Mercy se sentó en la cabecera de la mesa sonriendo, sí, sonriendo a todos ellos.

Para el retrato de la casa de los Shepard, Mercy eligió el vestíbulo de la planta superior, y se concentró en especial en el reloj del abuelo que había entre las dos puertas de los dormitorios. A decir verdad, no había sido su primera opción. Lo primero que había elegido había sido un rincón oscuro del cuarto de coser de Evelyn Shepard: un baúl pequeño trotado de la época del servicio militar de Clarence, del que sobresalían varios retales de todo tipo de colores, texturas y estampados. Pero tuvo la sensatez de no decirlo.

Ese reloj era inmenso y con unos grabados muy ornamentados, el péndulo de cobre se balanceaba pensativo tras un rectángulo de grueso cristal, su esfera era un disco de porcelana en color crema rematado por un arco de lunas de cobre resplandeciente en distintas fases. Clarence le dijo a Mercy que siempre le había tenido mucho cariño, dando a entender que había pasado por su familia de generación en generación. Evelyn le contó a Mercy que lo habían encontrado en una tienda de antigüedades de New Market, en Maryland, hacía un año y medio. Lo que ninguno de los dos parecía saber (o quizá simplemente no quisieran saberlo) era que abajo, cerca de la base, en el lateral izquierdo, justo por encima de la moldura de huevo y dardo, alguien había grabado torpemente con un objeto punzante las iniciales CTM. Huelga decir que Mercy incluyó las iniciales en el cuadro.

Se debatió mucho antes de decidirse a mostrarles a los Shepard la obra acabada. Si le pedían que quitase las iniciales, ¿se negaría a hacerlo? Qué bobada: no valía la pena entrar en una diatriba sobre la libertad de expresión. Pero aun así… Dudaba. Al final resultó que sus preocupaciones fueron en vano. A Evelyn Shepard le encantó el cuadro y Clarence dijo que estaba bien. No parecieron fijarse más en las iniciales pintadas de lo que se habían fijado en las reales.

En un principio, Mercy había fantaseado con que los Shepard hablaran de ella a sus conocidos, con que su encargo pudiera dar lugar a otros entre sus amigos una vez que vieran el cuadro. Pero no fue así. (¿Lo habrían colgado los Shepard en algún lugar donde no lo vieran las visitas? No tenía ni idea). Quien sí habló de ella a diestro y siniestro, para su sorpresa, fue Morris Drew. La llamó al teléfono del estudio una o dos semanas después de Acción de Gracias para preguntarle si podría llevarse unas cuantas tarjetas al despacho.

—Cuando alguien se compra una casa —le dijo— suele estar muy orgulloso de su hogar. Podría incluir una tarjeta con los papeles de la escritura. Quizá a algunos clientes les apetezca que les pinten un retrato.

Mercy se sintió conmovida. Y surtió efecto: una pareja joven que acababa de comprar apartamento llamó para preguntarle precios y dijo que se lo pensaría, y luego una mujer mayor llamó para encargarle un cuadro para su hijo y su nuera, que acababan de comprar una casa victoriana preciosa en la parte equivocada de Roland Park.

No podía decirse que Mercy se ganara la vida con eso. Pero tenía la esperanza de poder hacerlo algún día.

En navidades, David por fin volvió a casa. Parecía más seguro de sí mismo y más cómodo en su propia piel; llevaba el pelo tan largo que le caía por encima de la frente como una gavilla de trigo y había tomado la costumbre de repetir: «¿Tengo razón o no?» al final de casi todas las frases. Pero ay, ¡qué alegría les dio verlo! Mercy no paraba de buscar excusas para darle abrazos o pasarle la mano por la espalda cuando lo adelantaba al andar. Se pasaba la mayor parte del tiempo vete a saber dónde con amigos, pero aun así Mercy pensaba que en la casa se respiraba otro ambiente.

Durante las tres semanas enteras que David estuvo en casa de sus padres, Mercy no se fue a dormir ni una sola noche al estudio e incluso durante el día iba mucho menos. Se vio obligada a apañárselas con la ropa y los productos de aseo que había dejado en la casa, lo que le hizo tomar conciencia de lo completo que había sido su traslado. Bueno, sí, podía decirse que se había mudado. Habían llegado al punto en que Robin le preguntaba: «¿Estarás en casa esta noche?», sin darlo por hecho ya; y si ella decía que sí, se ponía muy contento y mostraba alivio. Y cuando Alice y Lily la llamaban, probaban primero en el número del estudio, casi sin ser conscientes de hacerlo. Ninguna de sus hijas preguntó de forma directa qué sucedía. Ninguna le preguntó: «¿Te has marchado? ¿Vais a divorciaros papá y tú?». Tal vez no quisieran saberlo. Tal vez, como los Shepard, prefirieran no ver las iniciales grabadas en el reloj. Por su parte David, por supuesto, no tenía motivos para preguntar, pues, que él pudiera ver, nada había cambiado.

Se acordó de la primera vez que Lily había llevado a Morris de visita, cómo les había anunciado sin preámbulos que iba a casarse con él, pasando por alto con despreocupación el hecho de que tanto ella como Morris ya estuvieran casados y sin mencionar ni de refilón su embarazo. ¿De verdad era tan sencillo convencer al mundo de que la vida seguía su curso habitual?, se había preguntado Mercy.

Al parecer, sí.

En enero hubo una ola de frío y Mercy compró una manta eléctrica. Primero se planteó comprarse un edredón, pero habría abultado demasiado por debajo de la funda de pana del sofá cama. (Seguía teniendo muchos reparos en que se notara que el sofá también era una cama). Ocultó el mando de la manta debajo de uno de los cojines para que nadie sospechara.

El suelo de linóleo estaba tan helado que lo notaba incluso a través de las suelas de los zapatos, así que se compró unos pesados zuecos de gamuza y los rellenó con plantillas de borreguillo de imitación que compró en la droguería. La única calefacción del estudio provenía de un antiguo radiador eléctrico fijado a una pared, así que movió la mesa más cerca del punto de calor para no congelarse mientras trabajaba.

No tenía mucha relación con la pareja de ancianos a los que les alquilaba el estudio —apenas intercambiaban saludos si coincidía que ellos estaban en el jardín cuando Mercy pasaba por delante— y, con el invierno, se habían vuelto casi invisibles. No obstante, una tarde oyó que alguien subía las escaleras exteriores del estudio y cuando abrió la puerta se topó con el señor Mott, jadeando con pesadez en el descansillo.

—Buenas tardes, señora Garrett —la saludó.

—Ay, hola. ¿Qué le trae por aquí?

—Me gustaría pedirle un favor.

—¿De qué se trata?

Mercy se apartó para dejarlo pasar y el anciano se quitó el gorro de lana tejido a mano mientras su inquilina cerraba la puerta. Era un hombre grande y corpulento con un poblado bigote blanco y no parecía estar en muy buena forma física.

—Tiene que ver con nuestra hija, Elise —dijo—. Van a quitarle un tumor para saber si es benigno o maligno.

Pronunció las tres últimas palabras con sumo cuidado, como si estuvieran en otro idioma.

—Oh, no, cuánto lo siento —dijo Mercy.

Al parecer, el señor Mott tomó su respuesta como una invitación a acomodarse, porque cruzó la estancia y se sentó en el sofá cama. Mejor dicho, casi se cayó en él. Mercy también se acercó y se sentó a su lado.

—Vive en Richmond —continuó el anciano— con su hijo, y no tienen a nadie más. Su marido murió hace un par de años. Así que mi esposa y yo vamos a ir a cuidar de Dickie mientras Elise está en el hospital.

—Claro, normal —dijo Mercy.

—Nos preguntábamos si podría cuidar usted de nuestro gato.

—¿Tienen un gato? —preguntó Mercy para ganar tiempo.

Nunca había tenido tratos con felinos.

—Desmond —dijo el hombre, con urgencia en la voz.

El nombre le habría parecido gracioso de no ser porque estaba muy concentrada en averiguar qué se esperaba de ella.

—Entonces… Entonces quieren que… ¿le lleve comida todos los días?

—En realidad, habíamos pensado que podría instalarse aquí —dijo el anciano, y echó un vistazo al estudio.

—¡Aquí!

—Me he dado cuenta de que últimamente se pasa el día aquí. Y nos sentiríamos mal de dejar tanto tiempo solo a Desmond. O sea, cuando es para un fin de semana o así no pasa nada, pero…

—¿Cuánto tiempo piensan ausentarse? —preguntó Mercy.

—Todavía no lo sabemos, ese es el problema. ¡Podría ser un santiamén! El caso es que no lo sabemos. Y Desmond no necesita casi nada, pero aun así… En la casa todo el tiempo solo, día y noche… No le dejamos que salga nunca porque no queremos que mate a los pájaros…

—Ya, pero este sitio es bastante pequeño —dijo ella.

—No es taaaan pequeño. Podría poner el arenero en el cuarto de baño, allí cabría seguro.

—¡Arenero!

—Y yo le traería la comida y todo lo que necesita.

¿No podían enviarlo a algún sitio? ¿No existían las guarderías para gatos o algo similar? Pero Mercy decidió no preguntárselo. El señor Mott la acribilló con una mirada fija y suplicante. Tenía los ojos de un marrón descolorido, los párpados inferiores enrojecidos y con bolsas.

—Estaré encantada de cuidarlo.

Porque si vas a hacerle un favor a alguien, solía decirle su padre de niña, lo mejor es hacerlo con elegancia.

Desmond era un aburrido gato gris con la cara más bien cuadrada y las patas cortas y gruesas. Llegó en un trasportín pequeño con una ventanita de malla a cada lado, pero escapó de un salto en cuanto el señor Mott dejó la bolsa en el suelo y desabrochó la tapa. Salió disparado hacia la zona de la cocina, irguió la cola y la sacudió ligeramente. Mercy tenía la impresión de que cuando un gato sacudía la cola no significaba lo mismo que cuando un perro meneaba el rabo de lado a lado.

Mientras el señor Mott regresaba a su casa a buscar las provisiones para Desmond, Mercy se sentó en el sofá cama y observó cómo el gato iba olfateando todos los tablones del suelo. Después se subió con un ágil salto a la silla de la cocina y estudió las pinturas y pinceles que había encima de la mesa. Estaba de espaldas a Mercy, pero había algo tembloroso y alerta en su postura que la llevaba a pensar que el animal era plenamente consciente de su presencia. Al cabo de un rato, volvió a saltar al suelo con un ruido seco que pareció hacer temblar todo el estudio. ¡Y ella que siempre había pensado que los gatos eran delicados!

El señor Mott regresó jadeando más fuerte que nunca, cargado con una cosa que parecía una sartén de plástico llena con varios saquitos y cuencos.

—Lo ideal es que solo tome esta marca de pienso para gatos —informó—. Es por sus riñones. Se encuentra en casi todas las tiendas de alimentación. No tiene permitido tomar comida enlatada. Él le dirá que sí, pero ya le advierto que no.

Mercy se preguntó cómo iba a decírselo el gato. Además, le daba la impresión de que el señor Mott hablaba como si fueran a ausentarse tiempo suficiente para que tuviera que ir a comprarle otro saco de pienso. Empezaba a preocuparse.

—Nos llevaremos bien, señor Mott —dijo a pesar de todo—. No se preocupe más por él. Confío en que a su hija le vaya todo bien.

Y se despidió del anciano con una sonrisa. Lo saludó con la mano mientras cerraba la puerta.

El arenero sí cabía en el cuarto de baño, pero justo, e iba con una espátula de plástico que Mercy colocó sobre el recipiente. Tuvo que colocar el plato de agua de Desmond y el de la comida (ambos innecesariamente grandes, en su opinión) en el suelo de la cocina, junto a la encimera, donde se veían desde cualquier punto del estudio. Eso violaba su política de no acumulación. Se puso triste. Se dijo que con el tiempo dejaría de verlos, pero ese pensamiento la puso todavía más triste.

De todos modos, en conjunto Desmond resultó ser menos intrusivo de lo que Mercy temía. No era quejica ni maullaba mucho; tampoco era un gato faldero. Cuando ella se sentaba en el sofá cama, Desmond se sentaba a su lado en lugar de encima. Se tumbaba enroscado como un nautilo y ronroneaba. Por la noche, dormía entre sus tobillos pero por encima de la manta, así que el único momento en el que era consciente de su presencia era cuando Mercy movía los pies o se daba la vuelta en la cama. Entonces percibía el cálido peso del animal que apresaba las mantas.

Adoptó la costumbre de hablarle mientras pintaba. Eran comentarios sueltos; no hablaba con voz infantilizada ni nada parecido. «Vaya por Dios —le decía—. Mira qué he hecho». O «¿Qué opinas, Desmond? Me da miedo haberlo sobrecargado». Y Desmond le dedicaba una mirada contenida antes de continuar lamiéndose la espinilla izquierda.

A menudo, mientras pintaba, Mercy se ponía a bucear por su pasado casi sin querer, como si merodeara por una casa vieja. Pensaba en su padre, que solía llevarla a pasear por el barrio los domingos cuando era pequeña para que su madre, ya inválida, pudiese descansar. «Fíjate en las manchas de óxido que hay debajo de ese alero de ahí —le decía su padre—. Sí, debajo del alero de la señora Webb. No sé cuántas veces le he dicho que tiene que limpiar la canalera». Y una vez, cuando se puso a llover: «¿Te has preguntado alguna vez de dónde sale la lluvia?». «La verdad es que no», dijo su hija sin pensar, pero de todos modos él se lo contó: le habló de la evaporación, la condensación… Ahora se daba cuenta de que su padre la adoraba y sintió una profunda oleada de arrepentimiento por no haber sabido verlo antes.

Pensaba en cómo era Robin cuando la cortejaba, cuando se pasaba sin cesar por la tienda y se inventaba que necesitaba cualquier cosa solo para poder verla de refilón detrás de la caja registradora. Era tan tímido; tan callado y respetuoso. En aquella época estaba de moda que los chicos llamaran «niñas» a las chicas de su edad y las trataran con ese aire interesante y condescendiente con el que Humphrey Bogart, por ejemplo, trataba a las damas que lo adoraban. Pero Robin había llamado a Mercy «señorita Wellington» hasta que ella le dijo que no lo hiciera. De vez en cuando la pronunciación delataba que era de un pueblo —decía «¿ande vas?» en lugar de «¿adónde vas?» y «acabao» en lugar de «acabado»—, pero se esforzaba mucho por usar bien la gramática, y siempre intentaba utilizar palabras más largas de lo necesario. «Me preguntaba si te gustaría ir a algún acontecimiento social», le decía. Resultó que se refería a ir al cine; Mercy ya no recordaba a cuál habían ido. Aquella tarde hacía tanto calor que, una vez acomodados en las butacas, Mercy había sacado un frasquito del bolso y había empapado en loción un disco de algodón, que luego se había pasado por el labio superior. Después se le había ocurrido darle un leve codazo en el brazo a su acompañante y le había ofrecido el frasquito, y él la había mirado sorprendido y había cogido otro disco y se lo había metido en la boca. Mercy había apartado la mirada al instante, fingiendo no haberlo visto. Temía que se le ocurriera tragárselo para salvar la papeleta, pero al cabo de un momento percibió un movimiento subrepticio en la oscuridad cuando Robin se quitó el algodón de la boca y, quién sabe, quizá se lo metió en el bolsillo con disimulo o lo tiró debajo del asiento.

Tenía unos ojos increíblemente azules, que parecían más claros que los del resto de la gente. Le daban un aspecto esperanzado y de fiar. Tenía los labios muy bien perfilados, con un piquito doble en el centro que Mercy encontraba intrigante. Sabía todo lo que había que saber (al parecer, de manera instintiva) sobre cualquier tema mecánico. En ese sentido, era muy similar al padre de Mercy.

La llevó a Canton para que conociese a su única pariente cercana, una tía abuela con quien había pasado temporadas en una vivienda adosada de cuatro metros de fachada. Era una mujer de cara afilada y seria que podría haber resultado amenazadora si no hubiese tratado a Mercy con tanta deferencia. Insistió en que Mercy se sentase en la única silla cómoda y pidió disculpas varias veces por la cena que les ofreció: una sopa de remolacha y de segundo una especie de rollito de hojas de col relleno de carne picada. «Sé que no es lo que se dice sofisticado», afirmó la anciana. Y Mercy contestó: «Pero por favor, si mi padre tiene una tienda». Y la tía Alice dijo: «Ya lo sé». Mercy no era nada arrogante, pero, de hecho, mientras vivió la tía Alice (ocho años más), esta nunca llegó a sentirse relajada en compañía de Mercy. Fue a su boda, una ceremonia sencilla en la que los novios iban con ropa de calle, con un sombrero decorado con un pájaro y un traje de domingo mucho más formal que el vestido de la propia novia.

Después de casarse, Mercy y Robin alquilaron la planta superior de una casita en Hampden, y Mercy se introdujo en la vida doméstica como si hubiese nacido para eso. Cosa que, en realidad, era cierta. Nadie que ella conociera imaginaba en aquella época alguna otra ocupación para las esposas aparte de llevar la casa y criar a los hijos. Cuando estalló la guerra y otras mujeres se pusieron a trabajar fuera de casa, Mercy ya estaba embarazada de Alice. Luego, dos años más tarde, llegó Lily, y Mercy dejó de preguntarse qué quería hacer con su vida. Estaba ocupada día y noche; algunas veces se ponía muy nerviosa, pero a Robin no se le habría pasado por la cabeza ofrecerse a ayudarla aunque hubiera estado presente, cosa que casi nunca ocurría. A veces tenía la impresión de que apenas cruzaban dos palabras antes de caer rendidos en la cama.

Era un buen marido. Trabajaba mucho y la quería. Y Mercy también lo quería. Pero de cuando en cuando, sin que viniera a cuento, alimentaba la fantasía de marcharse de casa. Bah, no lo pensaba en serio, claro. Era solo una idea peregrina, fantasías del tipo «entonces sabrá lo que valgo», que imaginaba que debían colarse en la mente de todas las mujeres de su época cuando sentían que los demás daban por supuesta su sumisión. Se divertía imaginando qué disfraz se pondría el día de la fuga: se teñiría el pelo de negro azabache, por ejemplo, y se pondría unos pantalones de vestir negros y entallados con la raya planchada delante, y quizá incluso empezaría a fumar, porque ¿quién iba a soñar siquiera que Mercy Garrett fumase? Saldría muy digna del vecindario, formando aros de humo durante todo el trayecto hasta Penn Station, y nadie se fijaría en ella.

Por lo menos, no había hecho realidad esa fantasía, pensó. Por lo menos se había quedado a cumplir con su obligación, había preparado miles y miles de comidas, limpiado la casa a diario y después se había despertado al día siguiente y había vuelto a limpiar la misma casa. Y, en el fondo, ahora rememoraba ese tiempo con cierto afecto, pese a que ni por todo el oro del mundo le habría gustado revivirlo. Todavía notaba las mejillas suaves de sus hijos contra las suyas. Todavía notaba sus manitas colándose entre las suyas. Oía la voz cómicamente sensual de Lily cantando «Un elefante se balanceaba»; oía la risa contagiosa de David. ¡Ay, y la postal de cumpleaños que Alice le había hecho en tercero! «Querida mamá. Prométeme que nunca jamás jamás te morirás». Y esa encantadora semana de ocio que habían pasado en el lago Deep Creek, sus primeras vacaciones familiares auténticas y, de hecho, las últimas, cuando las chicas ya eran adolescentes y estaban a punto de salir del nido. Todo había ocurrido tan rápido, pensó, aunque en el momento pareciera interminable. Y en líneas generales, se las había apañado bien. No tenía nada que reprocharse.

Aun con todo, una noche soñó que vivía en alguna especie de estado policial y ella caminaba por una calle gris con un gigantesco abrigo de pieles negro. Un hombre de uniforme la detenía y le decía que ese abrigo parecía el de X, una famosa revolucionaria, así que ¿cómo debía actuar?

Ella le contestó: «Bueno, digamos que ahora sería muy muy difícil localizar a X». Entonces exhaló una larga voluta de humo y ambos se rieron con malicia.

El señor Mott la telefoneó dos veces: la primera fue más o menos una semana después de que le dejara a Desmond, para preguntar cómo iba todo y decirle que ya habían operado a su hija, pero que estaría hospitalizada más tiempo del que esperaban en un principio; la segunda fue a principios de febrero, para disculparse por tardar tanto en volver, pero sin darle más información. Mercy tampoco preguntó; le dio la impresión de que no convenía. «No se preocupe por nosotros —le dijo—. Estamos bien». Y lo decía en serio.

Un domingo por la mañana, al despertarse, se encontró con dos palmos de nieve en la calle. La mesa redonda de metal del patio de los Mott tenía encima una cúpula de nieve, como un iglú, y el tejado de la casa reproducía tan bien el blanco opaco del cielo que Mercy era incapaz de distinguir la línea que los dividía. Las dos claraboyas parecían suspendidas en el espacio vacío.

Se sentía a gusto y segura; se preparó un desayuno copioso y comió en bata de estar en casa. Mientras tanto, el gato se apostó en equilibrio precario en el alféizar de la ventana y contempló la nieve, transfigurado. «Menuda sorpresa, ¿eh?», le dijo Mercy. Y Desmond volvió la cabeza un instante para mirarla y enarcó las cejas.

Sonó el teléfono: Robin, por supuesto.

—¿Todo bien por allí? —le preguntó.

—Sí, estoy bien. ¿Qué tal todo en casa?

—Bastante bien, aunque todavía no han limpiado las calles. Voy a ir a verte andando para llevarte las botas, así podrás volver conmigo caminando.

—¡Eh, no lo hagas! ¡Me las puedo apañar!

—No me importa; la caminata me irá bien —contestó Robin.

—Robin, de verdad. Justo estaba enfrascada en mitad de un cuadro. Tenía pensado trabajar todo el día y tengo comida y bebida de sobra. ¡Podría quedarme días encerrada!

—Bueno, pero se me ha ocurrido que podríamos encender la chimenea y acurrucarnos los dos.

—¡Ah, la chimenea, buena idea! Enciéndetela y ponte cómodo y alégrate de que no tienes que ir a ninguna parte. ¡Yo desde luego estoy encantada!

—Ah.

—¡Voy a adelantar un montón!

—Ah.

—Ya volveré más tarde. ¡Adiós!

Pero ese «más tarde» resultó ser tres días más tarde. A esas alturas, ya habían despejado las calles, aunque no las aceras, así que pudo volver andando al hogar familiar, pero por la parte asfaltada. Robin estaba en la tienda cuando Mercy llegó a casa; era a primera hora de la tarde. Encontró la cocina un poco desordenada (un bote de cacao en polvo abandonado en la encimera, platos apilados en el fregadero) y, a juzgar por la manta y la almohada que vio en el sofá, supuso que Robin había pasado por lo menos una noche delante del televisor en lugar de subir a la cama.

Primero puso una lavadora con la ropa sucia que había llevado del estudio, a la que añadió lo que encontró en la pila del cuarto de baño; después ordenó la cocina y preparó un pastel de carne con la ternera picada que había en la nevera. Su intención era meterlo en el horno alrededor de las cuatro y media o las cinco, para que pudieran tomarlo para cenar. Pero ni siquiera eran las dos y una vez que acabó de repasar el correo, aspirar la alfombra de la sala de estar y sacar la ropa de la lavadora para meterla en la secadora, cambió de opinión. Escribió una nota a Robin: «Ponlo una hora a 180 ºC» y la pegó con celo en el recipiente del pastel de carne, que había metido en la nevera a la altura de la vista, donde era imposible que no lo viera. Después se puso las botas de la nieve y regresó al estudio.

La primavera se adelantó ese año y llegó a principios de marzo. Los capullos de lavanda empezaron a motear el césped, entre las briznas de hierba, donde no se suponía que debían crecer. Una mañana, el inmenso roble de los Mott se llenó de pajarillos, tantos que de repente el árbol desnudo parecía tener abundantes hojas, y comenzaron a gorjear atareados, igual que cientos de tijeras abriéndose y cerrándose sin parar. Desmond los observaba desde el alféizar con los ojos como platos y la mandíbula temblorosa.

Lily dio a luz, un niño, y Morris y ella se mudaron a la casa nueva. Tenían intención de casarse en cuanto solucionaran los respectivos divorcios. Robby la de Alice empezó a hablar y, una vez que se puso, ya no paró; Alice apuntaba todas las cosas graciosas que decía. David escribió para contarles que iban a representar en el auditorio de la facultad una sátira que había escrito él.

En abril, Mercy invitó a tres amigas cercanas al estudio a tomar el té: Darlene, del instituto, y Carolyn y Bridey, cuyos hijos habían crecido junto a los de Mercy. Las pocas veces que se reunían últimamente era solo para ir al cine o para comer en alguna cafetería de la zona; no tenía necesidad de contarles de dónde venía o a dónde volvería luego.

Su excusa para recibirlas en el estudio fue que deseaba enseñarles sus retratos, pero les sirvió un auténtico té de una tetera y unas galletas que había comprado en el Giant igual que si las hubiera invitado a su casa. Sus tres amigas se sentaron en fila en el sofá cama y fueron dando sorbos de las tazas que había llevado en su bolsa de lona. Todas dijeron que les gustaban mucho los retratos. Bueno, qué iban a decir si no, claro, pero el caso es que Bridey le preguntó:

—Entonces, si tuvieras que pintar mi casa, ¿en qué parte te centrarías?

—No podría saber qué rincón sería de antemano —contestó Mercy—. Tendría que hacer algunos bocetos rápidos y generales y luego volver aquí para acabar de decidirme.

—¿Y eso por qué? ¿Por qué no necesitarías pintar la parte detallada mientras estuvieras en la casa en cuestión?

—Porque el verdadero motivo por el que pinto algo con mucho detalle es que termina siendo lo único que recuerdo —dijo Mercy con paciencia—. Al final, resulta que es la única parte que de veras he visto. Así que sé que debe de ser lo más importante.

—Ya veo —dijo Bridey, aunque no parecía muy convencida.

Cuando las mujeres se marcharon, Desmond salió del cuarto de baño, donde estaba escondido y repasó todo el perímetro de la estancia, reclamándola como propia.

En una apacible tarde de principios de mayo, Mercy oyó que alguien subía las escaleras exteriores. Supuso que sería Robin; sus hijas estarían preparando la cena a esas horas. Se levantó a toda prisa del sofá cama y apagó la radio. (En teoría se quedaba allí para trabajar, no para estar ociosa). Pero cuando salió a abrir la puerta se encontró con el señor Mott, sí, el señor Mott jadeando y sudando con una camisa milrayas de manga corta que hacía que sus brazos pareciesen bochornosamente desnudos.

—¡Hombre, señor Mott! —exclamó—. ¡Ha vuelto!

—Pero no he vuelto del todo. Solo he venido a recoger un par de cosas de la casa.

—¿Qué tal está su hija?

—No muy bien.

—Vaya, lo siento mucho.

—Le están dando uno de esos tratamientos, ya sabe, varias sesiones de quimio —dijo—. Parece que se le ha extendido por todas partes.

—Oh, no.

—Sí… —musitó el anciano. Después miró por detrás de Mercy y añadió—: ¡Ahí estás! —El gato lo miró con ojos inexpresivos desde su sitio habitual en el sofá cama—. ¿Qué tal te va, muchacho?

—Ah, Desmond está estupendo. Nos llevamos bastante bien —dijo Mercy—. ¿No quiere pasar y…?

—El caso es que vamos a tener que instalarnos allí —dijo el señor Mott—. Nos mudaremos a casa de mi hija, en Richmond. Tenemos que ayudarle con nuestro nieto. En fin, Elise no puede cuidar de él. Ahora mismo ni siquiera puede ir a verla al hospital, porque incluso el germen más insignificante podría ser su fin. Y Dickie apenas tiene ocho años, ¿sabe? Así que la señora Mott y yo vamos a tener que instalarnos allí.

—Pero… Quizá cuando todo vuelva a la normalidad… —dijo Mercy.

Él se limitó a mirarla a los ojos.

—Mi sobrino se quedará en nuestra casa —informó el anciano al cabo de un rato—. Acaba de divorciarse. Así que puede dejar el dinero del alquiler en nuestro buzón como siempre y él nos lo entregará.

—Desde luego —dijo Mercy.

—Y ¿le apetecería quedarse con Desmond?

—¿Quedármelo? Se refiere a… ¿para siempre?

—Exacto.

—¡Huy, no! Lo siento, no podría.

—No podemos llevarnos el gato a Richmond porque Dickie es alérgico. Y mi sobrino detesta los gatos; ya se lo he preguntado.

—Verá, la verdad es que no llevo una vida compatible con tener un gato.

—Pero se las ha apañado bien hasta ahora, ¿a que sí? No le ha supuesto ninguna molestia, ¿no?

—No, no, en absoluto. Aun así, no quiero un gato —insistió Mercy.

—Pero entonces ¿qué voy a hacer? ¿Cómo voy a gestionarlo? ¡Ya tengo demasiadas preocupaciones! Todo se está desmoronando y no sé hacia dónde huir, y ahora me he encontrado con que el calentador perdía agua y está todo el sótano empapado desde hace no sé cuánto, cuando mi sobrino me juró por Dios que nos haría el favor de controlar esas cosas. Estoy… ¡abrumado!

Desde luego, Mercy se había percatado. El hombre se estaba hundiendo. Ay, esa sensación de indefensión, de acoso y encierro, esa sensación de peso, de que todo se te cae encima y te estrangula y exige más de ti, ¡todo a la vez!

Le puso una mano en el brazo, en la triste piel arrugada del antebrazo.

—De acuerdo. Me quedaré con Desmond —le aseguró—. No se preocupe más por eso. Lo hago encantada.

—Gracias.

Dicho esto, el casero se dio la vuelta para marcharse. Mercy no se ofendió; sabía que el hombre no estaba de ánimo para hablar por hablar. Dejó caer la mano que aún tenía apoyada en el brazo del señor Mott, que abrió la puerta y salió.

El sábado siguiente fue a casa por la mañana para recoger el coche, igual que hacía todos los sábados. Era la única mujer que conocía que en aquellos tiempos no tuviera vehículo propio, pero no quería esa atadura y, además, a Robin le hubiera parecido un gesto ostentoso. Fue directa a la puerta del garaje, sacó las llaves del bolso, se metió y encendió el motor.

Una vez en el estudio, sacó el trasportín de Desmond del rincón de detrás de la puerta. Aunque estaba poco acostumbrada a los gatos, sabía muy bien que no convenía que el animal lo viera con antelación. Lo dejó sobre la encimera de la cocina y desabrochó la tapa antes de ir a pescar al gato del sofá cama. Desmond solo se resistió un poco; parecía sorprendido más que disgustado. Lo metió en la bolsa y cerró de golpe la tapa en un santiamén, y luego la bajó por las escaleras. Era como llevar una bola de jugar a los bolos, por cómo se removía el peso que había dentro y hacía inclinarse la bolsa, pero aguantó hasta el final. Mientras tanto, Desmond guardó silencio. Mercy temía que se pusiera a maullar. Pero le dio la sensación de que era un silencio expresivo, una especie de crepitar de las ondas de radio. Hasta que aparcó en el refugio para animales y se dirigió al asiento del copiloto para sacarlo del trasportín, el animal no dijo nada, e incluso entonces se limitó a un único e interrogante «¿miau?».

Mercy cerró la puerta del copiloto y se dirigió al edificio a toda prisa con el gato a cuestas.

Cuando regresó al estudio, recopiló todos sus accesorios (los dos cuencos y los sacos de arena y de pienso, el arenero y la espátula perforada que había al lado) y los tiró en el cubo de basura del callejón. Después volvió a entrar en el estudio. El silencio se hacía patente. Aunque no lograba adivinar por qué. No es que Desmond fuera un gato ruidoso.

Le convenía hacer la compra de la semana entonces para poder devolverle el coche a Robin, pero antes decidió sentarse un rato a descansar. Se acomodó en el sofá cama con las manos cruzadas; ni siquiera trató de parecer ocupada. Ni siquiera encendió la radio. Se limitó a escuchar el silencio.

Llegó el verano, pero David solo fue a casa de sus padres unos cuantos días, porque había encontrado trabajo con una compañía de teatro. Los niños abarrotaron el barrio, cantando, riendo y peleándose. El roble del jardín trasero de los Mott se había llenado de tantas hojas que los pájaros más pequeños que había en sus ramas cantaban invisibles, pero a menudo veía cómo unas aves más grandes (¿gavilanes?, ¿alguna especie de halcones?) sobrevolaban en círculos el árbol y luego volvían a elevarse. Por primera vez, Mercy se preguntó si ciertos pájaros eran famosos entre los demás por su distintivo estilo de vuelo; si se enorgullecían de ejecutar un arco especialmente elegante o una pirueta que cortaba el aliento mientras los demás los observaban con admiración.

Después de mirar un rato por la ventana, sacudía los hombros y se apartaba para regresar al cuadro que tuviera entre manos en ese momento. La piña tallada en un poste de escalera. Los flecos con borla de una cortina. El tope de puerta con forma de perro de hierro negro con una cola que recordaba una pluma erguida.

¿He pasado algo por alto?, pensaba de vez en cuando. ¿Se me escapa algo?

Pero solía desestimar las dudas y volvía a coger un pincel fino como una pestaña.

4

Ningún miembro de la familia Garrett le daba demasiada importancia a la Pascua. Bueno, sí, compraban cestas ya llenas y baratas para los niños si las veían por casualidad en el supermercado, o a veces participaban en alguna búsqueda de huevos organizada en el vecindario solo para parecer sociables, pero ahí acababa la cosa, más o menos.

Por eso, cuando David llamó por teléfono una tarde de abril de 1982 y propuso acercarse en coche ese domingo para la comida de Pascua, los pilló por sorpresa. Con quien habló fue con Lily. Estaba trabajando; ahora era la encargada de la tienda de su padre, pues el joven Pickford había querido volver a los orígenes, a la vida natural, y se había trasladado a vivir a la zona boscosa de Montana.

—Suministros de Fontanería Wellington, ¿dígame? —contestó al descolgar.

—Lily, ¿eres tú? —dijo su hermano.

—¿David? ¿Va todo bien?

Porque David no era muy aficionado a llamar por teléfono, por decirlo suavemente.

—Sí, estoy bien, pero llevo mil horas intentando localizaros. Primero llamé a mamá: no lo cogió. Y luego a Alice, pero tampoco cogió el teléfono.

—Bueno, claro que no. Alice es la más escurridiza de todos nosotros. —Lily lo dijo porque le había sentado un poco mal que hubiese llamado antes a Alice que a ella. De hecho, Alice solía ser fácil de localizar—. Ya sabes, compartir coche, el grupo de madres, las reuniones de la asociación de familias…

—Entonces se me ocurrió llamar a papá —dijo David, con lo que hirió todavía más los sentimientos de Lily—. Me alegro de haberte encontrado a ti por lo menos.

—Ajá.

—Quería preguntaros por Pascua.

—¡Pascua! ¿Qué pasa con Pascua?

—Bueno, se me ha ocurrido que podría ir a veros para la comida de Pascua. Y llevar a una amiga.

—¿Una amiga? —pregunto Lily. (Puso la antena).

—Mi amiga Greta.

—Ah.

Lily miró por toda la tienda, para ver si encontraba a Robin. ¿Dónde estaba? Aquel era un momento histórico.

—Entonces ¿crees que todos estarán libres?

—¡Pues claro que sí! —respondió Lily.

O cambiarían de planes para poder estar libres; ponía la mano en el fuego a que sí.

—Calculo que nosotros podríamos llegar a las doce o así —dijo David—. No podemos quedarnos a dormir porque no tenemos fiesta el lunes de Pascua.

—¿Ah? ¿Greta trabaja en el mismo centro que tú? —preguntó.

—Exacto. ¿Avisarás a los demás?

—¡Sí, desde luego! Ya sabes que estarán…

—Vale. Adiós.

—¡Tengo muchas ganas de conocer a Greta!

Pero David ya había colgado.

Entonces él tenía treinta años, era profesor de Literatura y Arte dramático en un instituto de las afueras de Filadelfia. Hacía varios años que impartía clases allí. Vivía en una casa que había alquilado con opción a compra. En otras palabras, había sentado la cabeza. Había echado raíces. Y sin embargo, nunca jamás, ni en una sola ocasión, había llevado a alguna chica a casa para que la conociera su familia. Lo único que sabían de su vida privada era lo que iba dejando caer, y cuando lo presionaban para que les diera más detalles («¿Pasarás las vacaciones de primavera con tu amiga Lois? ¿Esa tal Lois es alguien especial?») se cerraba en banda y cambiaba de tema.

Por lo tanto, no es de sorprender que sus planes para Pascua causaran un revuelo. Lily se lo contó en primer lugar a su padre, a quien localizó en el almacén. «¡No me digas!», fue lo único que respondió. (Pero mientras tanto, la miraba fijamente a los ojos y puso toda su atención en la noticia). Después llamó a su madre al estudio. Tampoco la encontró. Así que llamó a Alice, quien ya había llegado a casa y reaccionó de un modo bastante satisfactorio:

—¡Menudo notición! ¿Te ha dicho por qué? ¿Ha dicho algo tipo «presentársela a la familia»? ¿O tipo «me gustaría que todos conocierais a esta persona»?

—Solo me ha dicho que vendría con una amiga.

—Quizá sea solo una amiga, sin más.

—Sí, pero…, y luego me preguntó si todos estaríais libres ese día. Ah, y también dijo «nosotros». Noté algo peculiar en cómo dijo «nosotros».

Alice se quedó callada un momento.

—Greta —musitó luego—. Ajá…

—Me pregunto si será extranjera —dijo Lily.

—Por mí perfecto si es extranjera.

—Sí, por supuesto; solo intentaba hacerme una...

—Bueno, está claro que comeremos aquí —dijo Alice.

—¡Qué! ¿En vuestra casa?

—¿Dónde si no?

—Pero si quiere llevar a Greta a casa, por decirlo de alguna manera —dijo Lily—, ¿no sería más normal que la llevara a la casa familiar en la que antes vivía él? ¿No se trata de eso?

—A ver, Lily, piénsalo. ¿Cuánto hace que mamá no prepara un banquete?

—Bueno, pero... O sea... Vale, entonces deberíais venir todos a mi casa. Al fin y al cabo, estoy aquí mismo, en la ciudad.

Alice no vivía en la ciudad; Kevin y ella se habían mudado a un pueblo del condado de Baltimore. Al resto de la familia les parecía incomprensible: ¿cómo podía elegir vivir tan apartada? Estaba tan aislada..., y sus hijos crecerían sin saber lo que era la vida auténtica.

—Si hace bueno, incluso podríamos comer en la terraza —comentó Alice como si no hubiera oído a su hermana.

Tenían una terraza embaldosada tan grande como la propia casa. Anexa había toda una zona de cocina-comedor exterior, incluso con armarios y cajones. A Lily le parecía que solo querían alardear. Aunque no se lo decía a su hermana, claro.

—Bastante tendrán con los atascos que se montan siempre en vacaciones; ¿por qué quieres obligarlos a ir hasta tu casa?

—¿Porque aquí tenemos sitio para ellos? —respondió Alice—. ¿Porque seremos dos, cuatro... seremos once personas en la mesa, contando los niños? Y vuestro comedor es tan enano...

Alice y Lily no hablaban con frecuencia; solo cuando había algún tema que atañía a sus padres o algo similar. Y casi nunca quedaban solas. En ese momento, Lily recordó por qué. (Por norma general, solo se veían cuando David estaba en la ciudad. En realidad, parecía irónico que él, de todas las posibles personas, fuese el aglutinante de la familia. ¡David, que era la antítesis de la conexión!).

—Podría prepararlo como un bufet —dijo Lily.

Alice soltó algo parecido a una risa, pero que en realidad no lo era.

—Ja, no, no, no. Lily, no se te ocurra montar un bufet cuando hay niños de por medio.

—Pero pondría…

—Y, además, tenemos la sala de juegos abajo —dijo Alice—. De modo que si al final hace frío, los críos pueden entretenerse allí. Ya sabes cómo se ponen cuando están encerrados mucho rato.

—Bueno, de todos modos, creo que esto es hablar por hablar, porque estoy segura de que mamá dirá que para algo tan importante…

—Dirá que para una ocasión tan importante, no sabe qué preparar. —A Alice le… encantaba terminar las frases que su hermana dejaba a medias.

—Bueno, voy a preguntárselo —insistió Lily—. En cuanto la localice.

—Pues buena suerte con eso —dijo Alice.

Mercy contestó que para una ocasión tan importante, no sabía qué preparar.

—Pero podría ayudarte yo —dijo Lily—. Podría llevar el plato principal, por ejemplo, y la ensalada. Lo único que tendrías que hacer sería preparar uno de tus postres especiales.

—No es solo eso —insistió Mercy—. La comida es lo de menos. Está todo lo que hay que limpiar y preparar, arreglar las flores, planchar el mantel… Tengo que admitir que últimamente no llevo muy al día las tareas del hogar.

Era extraño, decía siempre el marido de Lily, que algo tan evidente no saliera nunca en las conversaciones: su madre se había ido de casa. A veces Lily hacía algún comentario a propósito para provocarla, del estilo: «Mamá, creo que deberías saber que papá lleva muchos días con una tos muy fuerte y no consigo convencerlo de que vaya al médico o de que por lo menos se coja unos días libres. Creo que podría ser neumonía». Entonces su madre respondía: «¿A que es exasperante?», como si hubiera sabido lo de la tos desde el principio, aunque bien podían haber pasado un par de semanas desde la última vez que algún miembro de la familia la había visto. «Bueno —añadía—, ya le leeré la cartilla. ¿Qué te parece?». Y, por supuesto, Robin llamaba a Lily esa misma noche para decirle: «Tu madre me obliga a ir mañana a ver al doctor Fish, así que tendrás que hacerme el favor de abrir la tienda. Siento tener que pedírtelo, pero ya sabes lo pesada que se pone». Su tono tímidamente engreído daba mucha lástima a Lily. Estaba tan orgulloso de tener una esposa que se preocupaba por su bienestar.

«¿Se lo ha preguntado alguien? —comentó Morris en una ocasión—. ¿Le habéis preguntado: "Papá y tú estáis separados, divorciados o qué exactamente"?».

«No veo que tú se lo hayas preguntado», se defendió Lily.

«¡Yo! Yo no tengo derecho».

«¿Y yo sí?».

«Bueno, eres su hija».

Sí, pero…

En realidad, no se sentía la hija de Mercy. O, mejor dicho, no sentía que Mercy fuese una madre. Sentía que Mercy se parecía más a esos gatos que no consiguen reconocer a sus propias crías una vez que han crecido.

—De acuerdo, mamá. Y ¿qué te parece si todos venís a nuestra casa en lugar de quedar en la vuestra? —propuso entonces Lily—. Lo único que tendrás que hacer es ir. ¿Cómo lo ves?

—O quizá a casa de Alice —sugirió Mercy.

—¡La de Alice! ¿Por qué no la mía?

—Bueno, cariño, tú eres una mujer trabajadora. Alice tiene más tiempo libre. Pidámosle a Alice que lo organice.

—Solo lo dices porque no confías en mí —le recriminó Lily.

—¡Que no confío en ti!

—Nunca vas a cambiar la imagen que tienes de mí, ¿verdad? Soy la niña problemática, la que dejó los estudios. Soy la esposa infiel y la rompehogares y la madre soltera. No puedes admitir que una persona sea capaz de cambiar. Pero ¡tengo treinta y ocho años! ¡Dirijo una tienda! ¡Vivo en un matrimonio muy feliz y tengo un hijo que es el primero de la clase!

—Bueno, por supuesto que sí, cariño —dijo Mercy con tono apaciguador—. Ya lo sé.

En ese instante, era innegable que las dos parecían madre e hija.

Morris se refirió a la situación como «la hora de dar la aprobación a la prometida».

—Ponte los zapatos, colega —le dijo a su hijo la mañana de Pascua—. Vamos a dar nuestra aprobación a la prometida.

—¿Qué?

—Vamos a conocer a la nueva novia de tu tío David.

—Oye, no sabemos si es su novia —intervino Lily—. No nos ha dicho a las claras que lo sea.

—Por supuesto que lo será. De lo contrario, ¿por qué iba a molestarse en que la conociéramos? —preguntó Morris.

Trataba de hacerse el nudo de la corbata delante del espejo del recibidor. Lily se estaba poniendo la parka. (Al final ese día hacía frío, una lástima). No iba ni la mitad de arreglada que Morris; se había puesto pantalones y un jersey de cuello alto. Y su hijo Robby, que había estado viendo dibujos animados en pijama hasta unos minutos antes, se había puesto su típico atuendo de vaqueros y sudadera y en ese momento intentaba calzarse las zapatillas de deporte sin soltar el huevo de chocolate que estaba desenvolviendo. Lily chasqueó la lengua y se arrodilló para meterle un pie en la zapatilla.

—Te acuerdas de tu tío David, ¿verdad? —le preguntó.

—Claro.

—Pues va a venir con su amiga Greta.

—¿Es guapa?

—Aún no lo sabemos. —Le ató los cordones a su hijo y siguió con la otra zapatilla antes de que se le ocurriera añadir—: Pero qué más da.

—Para mí sí es importante —dijo el niño.

Acababa de cumplir once años, pero parecía mucho más pequeño: un niño rellenito de cara redonda y con gafas que se parecía a su padre. A Lily le sorprendió que se hubiera planteado siquiera si las chicas eran guapas o no.

—Ya verás como Alice dice que he puesto algo redundante en la ensalada —le dijo a su marido una vez que estuvieron en el coche.

—¡Redundante!

—Ya verás como dice que no debería haber puesto tomates cuando ella va a servir sopa de tomate o algo así. Pero se lo pregunté. Le dije: «Dime lo que has pensado de menú para asegurarme de que no repito nada». Y me contestó: «Todavía no lo he decidido». Me dijo: «Nunca he preparado un banquete de Pascua en mi vida; ¿cómo voy a saber qué ofrecer?».

—¿Qué tal jamón? —sugirió Morris al tiempo que ponía el intermitente para girar—. Creo que es típico de Pascua.

—No me gustan nada los tomates —dijo Robby con voz aguda desde el asiento de atrás.

—Ya lo sé, mi amor —dijo Lily—. Apártalos en un rincón del plato y cómete lo demás. —Bajó la mirada hacia la fuente que llevaba en las manos, aunque estaba tapada con papel de aluminio y no se veía lo que había dentro—. Por lo menos no le he puesto jamón a la ensalada.

Se incorporaron al Cinturón de Baltimore, donde el tráfico era sorprendentemente denso. Lily había dado por hecho que todo el mundo seguiría en la iglesia a esas horas.

—Confío en que no lleguemos tarde —dijo—. Alice quiere que estemos todos allí antes de que llegue David. Quiere montar algo tipo comité de bienvenida.

—Vamos bien de tiempo —respondió Morris—. David también tendrá que lidiar con el tráfico, acuérdate.

Morris era su roca firme. Siempre podía contar con él para apaciguar sus nervios.

—¿Tiene champiñones? —preguntó Robby de repente.

—¿El qué tiene champiñones? —dijo Lily.

—Si le has puesto champiñones a la ensalada.

—¿Es que no me conoces? —preguntó Lily y se volvió para mirarlo con fingida indignación—. ¿Me crees capaz de hacer eso?

El muchacho no se rio. Se subió más las gafas en el puente de la nariz: un indicio de que estaba nervioso.

—Además, no me gusta cuando los mayores dicen «Robby el Chico».

—Tienen que decir «Robby el Chico» para diferenciarte de «Robby la Chica» —le recordó su madre—. No querrías que te confundieran con una niña, ¿verdad?

—¿Por qué Robby la Chica no puede tener su propio nombre?

—Bueno —dijo Lily—, en realidad, ese nombre es tan tuyo como suyo. Es más, incluso se lo pusieron antes que a ti.

—Pero debería llevarlo un niño, porque Robin es el nombre del yayo.

Eso era justo lo que había comentado Lily durante la primera visita de su familia después de que ella diera a luz. Alice había acusado a Lily de ser una copiona; y Lily había dicho:

«Pero mi bebé es niño, así que tiene más derecho a llevar ese nombre».

«Robin no solo es nombre de niño —había respondido Alice—. Es más, suele ponerse para niña».

«Pero en este caso ¡nuestro padre se llama Robin!».

«Y además —añadió Alice—, yo soy la mayor».

«¿Y eso qué tiene que ver?».

«El mayor de los hijos es quien tiene derecho de poner los nombres de la familia».

«¡Primera vez que lo oigo!», exclamó Lily, y entonces Mercy había intervenido:

«¡Santo Dios! ¿Os estáis oyendo? —les recriminó—. Yo soy la que debería sentirse herida. Dos nietos distintos llevan el nombre de vuestro padre y ninguno el mío».

«Bueno, nadie puede echarme la culpa por no haber llamado Mercy a mi hijo», le dijo Lily, pero sirvió para que dejaran de discutir.

¿Por qué no había utilizado Alice el nombre Mercy? Bueno, quizá no le gustara y ya está. Pero entonces Lily se preguntó si de verdad su madre se había sentido herida. Aunque parecía contenta cuando lo había soltado.

Morris giró a la izquierda en Garden Gate Garth, una calle serpenteante de casas de rancho bajas y alargadas con céspedes desprovistos de árboles. Al llegar al camino de entrada de Alice, en mitad de la calle, empezó a girar, pero Lily dijo:

—Espera, vamos a aparcar en la calle. No querrás que la gente aparque detrás de nosotros y nos impida salir.

—Claro, a lo mejor necesitamos largarnos a toda prisa —dijo Morris chasqueando la lengua, pero retrocedió y aparcó junto a la acera. Después de apagar el motor, miró a Lily—. ¿Preparada? —le preguntó.

—Preparada.

Se volvió para dirigir a Robby una sonrisa alentadora, pero el niño ya había comenzado a salir del vehículo. Siempre tenía muchas ganas de ver a sus primos.

Quien les abrió la puerta fue Kevin.

—¡Feliz día de Pascua! —exclamó. Era un hombre rubio y pulcro, bronceado incluso en abril. Vestía unos pantalones caquis y un polo de color rosa—. Hey, hola, colega —le dijo a Robby.

—Hola —saludó él con timidez.

—¿Mucho tráfico en el Cinturón? —preguntó Kevin a Morris.

—Bastante —dijo Morris, y siguieron a Kevin hasta la sala de estar.

Robby la Chica y Eddie estaban de rodillas junto a la mesita baja, enfrascados en un puzle gigante. Robby la Chica apenas levantó la cabeza cuando Robby, el hijo de Lily, se acercó a ellos, pero Eddie dijo:

—Hola, Robby. ¿Nos ayudas con el puzle?

—Vale —contestó.

Eddie solo tenía nueve años, pero lucía el mismo estilo de golfista que le gustaba a su padre. La ropa de Robby el Chico, por el contrario, era la más ancha que podían comprarle. (Alegaba que era alérgico a las costuras).

En momentos así, Lily quería tanto a su hijo que sentía una especie de herida física.

—Alice está en la cocina —le dijo Kevin.

—Gracias —respondió Lily, y se dirigió a la parte posterior de la casa con su ensalada.

Se fijó en que habían extendido al máximo la mesa del comedor, vestida con el mantel herencia de la madre de Kevin y adornada con un centro de jacintos en tonos rosa y lavanda.

—Qué flores tan bonitas —le dijo a Alice al entrar en la cocina.

Su hermana estaba inclinada sobre la puerta del horno abierta, haciendo algo con un pedazo enorme de carne.

—¿Eh? Ah, gracias —contestó.

Cerró el horno y se incorporó para quitarse las manoplas acolchadas. Se había puesto un traje de pantalón entallado muy formal, en azul marino, y acababa de «hacerse mechas» para realzar el color del pelo, o así creía Lily que lo llamaban.

—Puedes dejar la ensalada por ahí —le indicó señalando con la barbilla—. ¿Has traído el aliño hecho o prefieres que lo preparemos aquí?

—Ah, ya está aliñada —dijo Lily.

—¡Que ya está aliñada!

—Lo he hecho en casa.

Alice la miró con desaprobación.

—¿Qué? —preguntó Lily.

—¡Nada! —exclamó Alice irritada—. He decidido que comeremos cordero.

—Ah, bien. —Lily se alegró de que no fuera jamón.

—Y le pedí a mamá que trajera uno de sus postres.

—Bien pensado.

—Además, tenemos un par de botellas de champán en la nevera, por si acaso. Lo digo por si David nos da un notición…

—¿Te dijo algo cuando lo llamaste? —preguntó Lily—. Me refiero, a algo sobre Greta.

—Ni una palabra. Le dije que íbamos a comer en nuestra casa y contestó: «Bien». Le dije: «¡Tenemos muchas ganas de conocer a Greta!», pero se limitó a decir: «¿Me recuerdas vuestra dirección?».

—Típico —dijo Lily.

—¡Es más soso que... el pan sin sal!

—En fin: tíos —dijo Lily.

Pero se prometió que Robby nunca acabaría siendo así. No, si ella podía evitarlo.

Alice sacó un cuenquito de porcelana de la nevera.

—He preparado gelatina de menta casera —dijo.

—¡Madre mía! ¿Y no es muy difícil?

—Bueno, quería que fuese una comida especial.

—Supongo que es mejor que mamá decidiera no cocinar —dijo Lily—. Desde luego, no habría sido tan especial.

—¡Buf, desde luego que no! —exclamó Alice. Contempló el bol de gelatina con una expresión satisfecha.

—¿Te acuerdas? —preguntó Lily—. Cada vez que nos quejábamos de una comida nos decía: «Bueno, vuestro padre nunca se ha quejado». Y luego se ponía a describir con pelos y señales lo mucho que le encantaban...

—¡Sus tartaletas de salmón! —terminó Alice por ella.

—Pastel —dijo Lily.

—¿Qué?

—Su «pastel» de salmón.

—Ah, sí —dijo Alice—. ¡Ja! Pastel de salmón, para la primera cena de su matrimonio. Su auténtica cena de recién casados en aquel apartamento diminuto de Hickory Avenue y ¿qué le prepara a su marido? Un pastel de salmón, hecho con salmón enlatado. —Negó con la cabeza—. Y con mayonesa de bote, sin duda —añadió.

—Sin duda —dijo Lily, incómoda. (¿Acaso no estaba bien la mayonesa de bote?).

Sonó el timbre. Las dos hermanas se miraron. Fueron directas a la entrada de la casa.

Pero solo eran sus padres. Kevin estaba acompañándolos a la sala de estar.

—¿Qué tal el tráfico? —le preguntó a Robin.

—Ah, soportable —dijo su suegro.

Había hecho un esfuerzo (camisa de cuadros bonita, pantalones de pana limpios), pero no se había arreglado. No era fácil conseguir que Robin se arreglara. Mercy, por el contrario, llevaba una blusa blanca de volantes y una falda de lana buena con zapatos de tacón. Le tendió una bolsa de papel de estraza a Alice.

—Helado —anunció.

—¡Ah! —exclamó Alice. Miró de reojo a Lily.

—¿Todavía no han llegado?

—Aún no —dijo Alice, y se dirigió a la cocina con el helado.

—¿Qué tal, chicos? —preguntó Robin a sus tres nietos.

Estos levantaron la mirada del puzle y murmuraron un saludo, pero solo Robby la Chica se puso de pie y le dio un abrazo.

—Hola, yayo —le dijo.

—Hola, preciosa.

—Hola, abuela.

Robby la Chica abrazó a Mercy, quien le dio un beso en la coronilla. En realidad, las dos se parecían mucho, ambas con esa especie de pelo rubio dorado que, por desgracia, se había saltado a las hijas de Mercy.

—Un poco de retención en la JFX… —le decía Robin a Morris en ese momento.

—Creo que han llegado —comentó entonces Robby la Chica.

Todos miraron hacia el ventanal, que estaba velado por un visillo blanco, de modo que solo podían intuir la estampa al otro lado. Aun así, dejaba ver lo suficiente para que Morris pudiera decirle a Lily:

—Veo que también han aparcado en el bordillo. —Y la miró con picardía.

Una, dos, tres siluetas difusas se acercaban por el camino de entrada.

—¿Tres? —preguntó Alice. Sin que los demás se dieran cuenta, había salido de la cocina—. ¿Con quién han venido?

Era una niña. Alguien de baja estatura con falda.

Se miraron unos a otros.

—¡Hombres! —exclamó Alice.

Llamaron al timbre.

Kevin y Alice fueron juntos al recibidor.

—¡Hola! —oyeron los demás que decía Kevin.

—¡Bienvenidos! —dijo Alice por su parte, y luego, en el tono cariñoso que usaba con los niños—. ¡Hey, hola!

Murmullos, murmullos. Una voz femenina habló un momento y luego David dijo:

—Confío en no haber llegado tarde.

—No, no…

Y entraron todos en el comedor, con David a la cabeza.

El primer momento en que Lily veía a David siempre la sobresaltaba. Mentalmente, tenía una imagen fija de él congelada en algún punto de su adolescencia: el pelo todavía dorado, la cara aún sin formar, un esbozo. Pero ahora tenía el pelo de un rubio más oscuro, liso y hacia abajo y con las puntas demasiado largas, como si hubiera esperado una o dos semanas de más para ir a la peluquería, y su cara había adoptado una forma más cuadrada. Ese día llevaba unos vaqueros descoloridos y una camisa de franela con los puños desgastados. Lily supuso que era el espíritu de profesor que había en él. Los profesores tenían fama de vestir de forma descuidada.

La mujer que lo seguía era varios años mayor que él; tranquilamente diez o puede que incluso más. Llevaba de la mano a una niña que debía de tener unos cinco o seis años, y las dos presentaban una expresión idéntica: seria, concentrada, a punto de fruncir el ceño. Kevin y Alice aparecieron tras ellos. La expresión de Alice era un poema.

—Hola a todos —saludó David—. Me gustaría presentaros a Greta Thornton y a su hija, Emily. Greta, estos son mis padres, Robin y Mercy; mi hermana Lily...

Greta tenía el pelo castaño claro, corto y encrespado, y con el flequillo levantado, y lucía un vestido de lana marrón ajustado que podría haber salido de la década de 1940. El pelo de Emily era más pálido, lo llevaba recogido en unas trenzas tan tensas que le estiraban la piel de las sienes. También su ropa parecía anticuada: un vestido estampado oscuro de manga larga y unos rígidos zapatos de cordones con calcetines por la rodilla.

—Encantada de conocerlos —dijo Greta, y le tendió la mano a Robin.

Fue uno por uno estrechándoles la mano a todos, incluso a los niños, que se habían puesto en pie a toda prisa con aspecto azorado. Emily no les dio la mano, pero se desplazaba con tal dignidad, siguiendo de cerca a su madre y mirando a cada persona sin pestañear, que bien podría haberlo hecho.

—Encantada de conocerte, Greta —dijo Mercy.

—¿Mucho tráfico en la I-95, hijo? —preguntó a su vez Robin.

—Se circulaba bien —dijo David quitándole hierro—. Emily, ¿te apetecería ayudarlos con el puzle? Emily es la reina de los puzles —les dijo a los demás niños.

Robin la Chica se sentó otra vez en la alfombra y dio unas palmaditas en el suelo, a su lado, pero Emily rodeó la mesita baja y se sentó en el sofá, casi en el borde y con la espalda perfectamente recta. Cogió una pieza del puzle, una de las del borde que solo tenía cielo azul, y la estudió con suma atención antes de dirigir la mirada al propio puzle.

Los hombres debatían sobre el sinsentido de cerrar todo un carril de tráfico en vacaciones. Mercy le preguntó a Greta si había estado alguna vez en Baltimore. Alice se escabulló del salón de la forma más discreta posible (Lily supuso que para colocar un cubierto más en la mesa).

De hecho, Greta no había estado nunca en Baltimore.

—Soy de Minnesota —le dijo a Mercy.

Su forma de hablar no era del todo extranjera, pero sí acartonada y precisa, y pronunció la te de Minnesota de una forma más marcada de lo que lo habría hecho un nativo.

—¿Y das clases en la escuela de David? —preguntó Lily.

Greta desvió la mirada hacia ella. Tenía los ojos de un gris luminoso que transmitían una serenidad extrema, insensibilidad, casi.

—Soy la enfermera del centro —dijo marcando todas las sílabas.

—¡Ay, enfermera!

—Llevo un año allí.

—Entonces ¿hace un año que conoces a David?

—Sí.

Greta continuó mirando con calma a Lily. Hubo un breve silencio durante el cual se oía el tintineo de la porcelana y la plata procedente del comedor.

—Greta, ¿te apetece un jerez? —preguntó de forma repentina Kevin.

Lily y su madre intercambiaron una mirada sobresaltada. ¿Bebidas fuertes a plena luz del día? ¡Y jerez! ¿En serio que Kevin y Alice tenían una botella de jerez?

—No, gracias —dijo Greta.

Otro silencio. Kevin no preguntó si alguien más quería jerez. Parecía haber abandonado la idea por completo.

—Le dije a Greta que de camino a casa tendríamos que darnos una vuelta por el centro para que pudiera ver Harborplace —comentó David.

—Ay, sí, desde luego, ¡tienes que enseñarle Harborplace! —dijo Mercy—. Baltimore está muy orgulloso de esa zona del puerto —le dijo a Greta.

Aunque Lily sabía a ciencia cierta que Mercy consideraba Harborplace un centro comercial glorificado.

—Tiran fuegos artificiales desde allí el Cuatro de Julio —añadió cantarina Robin la Chica, y los dos niños asintieron con entusiasmo.

Emily se inclinó hacia delante un par de dedos más y colocó la pieza del puzle que aún llevaba en la mano. Así unió hábilmente dos largas tiras de cielo.

—No sé si es buena idea meteros en el jaleo del tráfico de Harborplace un día festivo —le dijo Morris a David.

—Bueno, nos arriesgaremos —contestó este.

A Lily le dio la impresión de que se le notaba distinto. Parecía más relajado que de costumbre. Y tal vez se hubiera echado unos kilos encima. Siempre había sido más bien delgado.

Alice apareció en el vano de la puerta del comedor.

—¡La comida está lista! —anunció.

El ambiente general se distendió al oírlo, se notaba el alivio. Todos se pusieron de pie y se dirigieron a la mesa. Hasta entonces Lily no se había fijado en que Greta cojeaba un pelín al andar. Era como si dudase un instante antes de apoyar el pie derecho, lo que la hacía parecer mayor de lo que era; no solo demasiado vieja para David, sino también para tener una hija tan pequeña. Para ser sinceros, Lily no acertaba a calcularle la edad.

Alice colocó el cordero en la cabecera de la mesa, delante de Kevin, en una bandeja aderezada con perejil y unas cositas rojas con aspecto de pimientos, y había abundantes acompañamientos, entre ellos, la ensalada de Lily.

—Greta, podrías sentarte a la derecha de Kevin —le indicó Alice—. Mamá, tú ponte a la izquierda…

—Supongo que por eso nunca me he preocupado demasiado por las celebraciones de Pascua —comentó Mercy, mirando el centro de jacintos—. Tonos rosa y lavanda, juntos. Me pregunto a quién se le habrá ocurrido la combinación.

—Emily, cariño, tú vas en la punta, junto a Eddie —continuó organizando Alice.

—¿No tengo más remedio? —preguntó Emily con vocecilla aguda.

Se dirigía a su madre; tenía los ojos fijos en la boca de Greta.

—No tienes más remedio —le dijo Greta con firmeza.

—Greta —dijo entonces Alice—, si prefieres que se siente a tu lado…

—No, estará bien allí —zanjó ella.

Así que Emily se sentó junto a Eddie y dobló las manos sobre el regazo.

Lily intentó recordar si alguna vez había oído a algún otro niño formular la pregunta de esa manera: «¿No tengo más remedio?».

Su hijo habría preguntado: «¿Y por qué?».

A ella le asignaron un asiento al lado de Robby. Podía pegar ligeramente el brazo a la manga de la sudadera de su hijo, sin que este se diese cuenta. El niño se reía de una historia que estaba contando Robby la Chica. A los chiquillos los agruparon en una punta de la mesa y los tres primos se pusieron a charlar entre ellos mientras Emily los miraba en silencio. Robby la Chica les hablaba de su profesor de música, que estaba muy gordo. ¿Por qué a los niños les resultaba tan divertida la obesidad?

O a la mayoría de los niños, por lo menos. A Emily no.

El padre de Lily desplegó la servilleta, que estaba plegada formando una especie de ala.

—¿Qué ha preparado? ¿Rosbif? —preguntó a Lily en voz baja.

—Cordero —respondió ella.

—Ajá.

Robin consideraba el cordero algo exótico.

Como Lily y Greta estaban en el mismo lado de la mesa, Lily no pudo seguir analizando a la mujer durante la comida. Sin embargo, sí tenía una buena vista de David, sentado en diagonal respecto de ella. Se fijó en que le mandaba miraditas a Greta, incluso mientras escuchaba la valoración de Morris sobre el mercado inmobiliario actual. Y se percató de que su expresión se suavizaba cuando Greta se rio de algo que había dicho Kevin. Sin duda, estaba nervioso porque quería que ella se sintiese a gusto.

No había quien se tragara que Greta era solo una amiga, pensó Lily.

Pero al mismo tiempo, no hubo ningún anuncio oficial que requiriera brindar con champán. La mayor parte de la conversación se centró en ponerse al día: Kevin les habló de una propuesta que había hecho para desarrollar un centro comercial cerca de Towson; Mercy anunció que Koffee Kafé había accedido a exponer cuatro de sus cuadros.

—Mi madre pinta retratos de casas —le dijo David a Greta, porque en realidad, buena parte de los comentarios tenían por objeto que Greta se ubicara. Una especie de «Así somos», por decirlo de algún modo.

De todas formas, a intervalos regulares alguien soltaba alguna variante de «¿Y cómo eres tú?».

—Dime, Greta —la interpeló Alice, poniendo expresión alerta—, ¿siempre has trabajado de enfermera escolar?

Y Greta respondió en la misma línea: igual de alerta y con una digna simpatía.

—No, trabajé en urgencias de hospital hasta que nació Emily.

—Ah, claro, supongo que los horarios de urgencias serían difíciles de compaginar con una niña pequeña —dijo Alice.

—Muy difíciles —contestó Greta.

Se hizo el silencio.

—¿Y su padre está…? —preguntó entonces Alice.

—Estamos divorciados —respondió Greta.

—Ah.

Otro silencio.

—¡Bueno! —exclamó Morris casi gritando—. ¿Todavía llevas el viejo Volkswagen, David?

—¡Por supuesto! Pienso llevarlo hasta que se le caigan las piezas.

—Reconozco que te envidio —le dijo Morris—. Si no fuera por la política de empresa, me compraría un Escarabajo mañana mismo, te lo aseguro. Trabajo en una inmobiliaria —añadió en un aparte mirando a Greta—. Nos obligan a llevar coches grandes para acompañar a los clientes a ver las casas.

Y de ese modo volvieron a entrar en el bucle de «Así somos».

Por su parte, David dijo que sus estudiantes de teatro iban a representar una obra que había escrito él para el día de la graduación. Y Robin (en respuesta a una pregunta de David) dijo que no, que no tenía pensado jubilarse en breve.

—En realidad, ahora que tengo a Lily apenas trabajo. Lily es mi encargada —le dijo a Greta.

—Debe de ser genial —contestó ella.

Lily tenía la impresión de que la comida no terminaría nunca.

El helado que había llevado Mercy era de chocolate. Un envase de un kilo de helado de chocolate de compra. Parecía que hubiera elegido a propósito el postre más humilde que se le hubiera ocurrido. De hecho, eso fue justo lo que les dijo:

—Ya sé que todos aborrecéis los platos sofisticados —comentó mientras Alice lo servía en platitos.

Alice soltó otra de sus no risas.

—¡Mamááá, ja, ja! No es que los aborrezcamos; es solo que en esta familia tenemos… gustos normales.

—Exacto —dijo Mercy. Y luego añadió mirando a Greta—: Una vez hice un curso de repostería francesa, antes de casarme.

—¡En serio! —exclamó Greta por educación.

—Pero resultó ser en balde.

—Oh, seguro que no.

Mientras tanto, los niños se comían encantados su helado; salvo Emily, que apenas había tocado la comida y ahora escuchaba la cháchara de los demás niños, mirando primero a uno y después a otro con un leve atisbo de sonrisa en la comisura de los labios. Hacía que, en comparación, Robby el de Lily pareciese increíblemente extrovertido.

Cuando Alice propuso tomar el café en la sala de estar, Lily se levantó y empezó a recoger los platos, pero Alice le dijo:

—¡Ay, no te preocupes!

Greta, por el contrario, se limitó a levantarse y se alejó cojeando sin hacer ademán siquiera de recoger. Los demás se fijaron. O por lo menos, Lily y Alice se fijaron, e intercambiaron una mirada socarrona.

En la salita, Robin se hundió en el sofá.

—Después de tanta comida, no sé si sentarme o tumbarme a dormir —comentó.

Pero David y Greta se quedaron de pie.

—Creo que deberíamos ponernos en marcha —dijo David a Alice.

—¡Qué! ¿Ya? ¡Pero si aún no os habéis tomado el café!

—Tenemos un buen trecho de carretera por delante y si queremos pasar por Harborplace...

Los demás también se habían sentado (habían recuperado los puestos que habían ocupado antes, como solían hacer) pero en ese momento se levantaron y el ambiente general se tiñó de inseguridad y nerviosismo.

—Emily —dijo Greta—. Hora de irnos.

Emily, que había vuelto a sentarse junto al puzle, se puso en pie de inmediato y se colocó junto a su madre.

—Dales las gracias, por favor —le indicó Greta.

—Gracias por la comida —dijo Emily a Alice con una cantinela ritual.

—Ah, de nada, cariño —respondió Alice.

—Habéis sido muy amables por invitarnos —dijo Greta con gran formalidad, y luego miró a David.

—¡Sí, una gran comida, Alice! —dijo él—. Me ha encantado veros a todos.

David los saludó con la mano y se dio la vuelta para encaminarse alel vestíbulo. Kevin salió detrás de ellos para recogerles los abrigos.

Desde luego, no eran una familia especialmente afectuosa, pero en otras circunstancias David por lo menos habría abrazado a su madre y a sus hermanas para despedirse, y les habría dado una palmadita en la espalda a sus cuñados.

Era culpa de Greta, pensó Lily. Sabía que estaba sacando conclusiones precipitadas, pero no podía evitar la sensación de que en cierto modo David estaba bajo la «influencia» de Greta.

Por supuesto, no lo dijo en voz alta. Después de que los tres se marcharan, se limitó a decir:

—¡Bueno!

—¡Vaya, vaya! —dijo Kevin al mismo tiempo mientras volvía del vestíbulo y se frotaba las manos con rapidez.

—En fin, qué interesante, ¿no? —comentó Alice.

Pero entonces Morris, el querido Morris, dijo:

—¿No es fantástico que David haya encontrado a alguien? Y ¿a que la cría era muy educada?

Todo el mundo lo miró con ironía, incluso Robin.

Entonces Alice fue a la cocina a buscar el café y Lily la siguió para sacar las tazas, y cuando regresaron parecía que los demás habían recuperado las ganas de hablar.

—¿Cuántos años tendrá Greta? —preguntó Kevin.

Y Robin la Chica levantó la mirada del puzle y dijo:

—Pues yo creo que Emily se comportaba de manera rara, ¿vosotros no?

—Vamos… —dijo Morris.

—Bueno, personalmente prefiero no criticar a Greta y a Emily —dijo Mercy—. Ni siquiera las conocemos. Apenas hemos podido hablar con ellas. Y ¿eso por qué? Es culpa de David. Sí, la culpa de todo la tiene David. Ay, ¿por qué estaba tan distante? ¿Está enfadado con nosotros por algo?

—Está molesto por el verano del fontanero —dijo Robin de repente.

—¿Perdona? —preguntó Morris.

Los demás no reaccionaron, pues ya conocían la historia.

—Me refiero al verano después de terminar el instituto —le contó Robin a Morris—. Antes de empezar la universidad. Quería apuntarse como voluntario en no sé qué compañía de teatro, un grupo del centro, pero le dije que tenía que trabajar en algún sitio donde le pagaran. ¡Su facultad no era barata! Y es verdad que nos llegaba para pagar la matrícula y demás, gracias al dinero que había heredado Mercy de su padre, pero era una cuestión de principios. ¿O no? Me refiero a lo que implicaba zanganear por ahí con esa panda del teatro como si fuese un niño rico y luego entrar en la universidad en otoño con todos los gastos pagados y sin preocuparse del mundo. Le dije: «No, señor. No, tendrás que hacer algo este verano para poner tu granito de arena». Eso le dije. «Búscate un trabajo con el que por lo menos puedas pagarte los imprevistos». Y todavía pienso que hice lo correcto. A ver, decidme, ¿de qué otro modo iba a aprender? ¿De qué otro modo iba a saber cómo funciona el mundo real?

—Bien dicho —lo alentó Morris.

—El caso es que le busqué un empleo con un amigo mío que era fontanero. Un trabajo de verdad, quiero decir: pelearse con las tuberías y cavar zanjas, arrimar el hombro como todo hijo de vecino. Y desde luego, lo hizo; lo sacó adelante. Pero se pasó el tiempo de morros. No me dirigía ni una palabra ni respondía a mis preguntas. «Bueno, ¿qué tal te ha ido el día?», le preguntaba. Y él me decía: «¿Cómo crees que me ha ido?».

—¿Cómo crees que le iba? —intervino Mercy. Estaba sentada en la mecedora, en el otro extremo de la habitación; se balanceaba con tanto ímpetu hacia delante que la taza tintineaba en el platito—. ¿Qué esperabas que te dijera?

—Entonces llegó septiembre —continuó Robin, como si Mercy no hubiera abierto la boca— y se marchó a la universidad.

No volvió hasta Navidad y luego otra vez en las vacaciones de primavera. Más o menos por esas fechas le pregunté: «Hijo, ¿qué planes tienes cuando acabe el curso?». Y me dijo: «Bueno, lo que está claro es que no volveré a pasarme otro verano del fontanero». Y después de los exámenes se quedó en Islington, hizo no sé qué con una compañía de teatro de allí y no vino a vernos ni una sola vez antes de que empezase el segundo curso. Y eso no es todo: no volvió a pasar en nuestra casa más de un par de días seguidos.

—Venga, eso no es verdad —dijo Mercy—. ¡Venía más de dos días en las vacaciones de Navidad! En las vacaciones de Navidad estaba con nosotros por lo menos una semana.

Robin se limitó a levantar las cejas mirando a Morris, como si ese comentario corroborara su argumento.

—Bueno —dijo Morris—, pero está claro que cada persona está hecha para un trabajo distinto.

—¿Acaso crees que a Paul Dee le gustaba desatascar desagües? —preguntó Robin.

—¿A quién?

—Al tipo con el que lo mandé a trabajar. ¿Crees que se moría de ganas de meterse en el sótano de otra persona y bucear por las tuberías atascadas y hasta arriba de porquería?

—Bueno, pero no sé, quizá trabajar en una librería…

—¿Paul Dee? Ni siquiera tengo claro que supiera leer.

El comentario hizo reír a los demás, pero Morris insistió, obstinado.

—Me refería a David —le dijo a Robin—. Podría haber encontrado un empleo que fuese más compatible, tal vez. Lo único que digo es que cada tipo de persona está hecha para un tipo de trabajo distinto.

—Ajá.

—Como un tío con el que fui al instituto —dijo Morris—, ha acabado podando árboles para ganarse la vida. Subido a quince metros de altura sin importar qué tiempo hiciera, saltando de una rama a otra. Una vez le dije: «Richie, pero ¿cómo eres capaz de hacer eso?», y me contestó: «¿Estás de broma? ¡Me paso el día al aire libre! No soy un esclavo metido en una oficina, ni tengo que camelarme a ningún capullo que quiera comprarse una casa. ¿Cómo eres capaz de hacer eso?», me soltó.

—Lo que yo intentaba enseñarle a David —dijo Robin— es que a veces un hombre tiene que apretar los dientes y hacer lo que tiene que hacer. Da igual que no sea «compatible» o como quieras llamarlo. Da igual qué «tipo» de persona sea. Tiene que ir en contra de su naturaleza y convencerse de que es capaz de hacer lo que haga falta.

—Ya entiendo —dijo Morris.

—¿Me equivoqué? ¿Crees que hice mal?

En ese momento, pareció que le estaba preguntando a la sala entera, pero Morris fue quien respondió.

—No, no, te entiendo —dijo con afecto.

Y ninguno de los demás dijo ni pío.

—No creo que David esté enfadado por el trabajo de aquel verano —le dijo Alice a Lily esa noche por teléfono—. A ver, mira cómo lo dijo: «el verano del fontanero». Como si fuera una broma. Una anécdota. Sé que odiaba el trabajo, ¿y quién no lo habría hecho?, pero sobrevivió. Cualquier cosa se puede aguantar si dura tres meses. No, creo que la culpa la tiene mamá. Es culpa suya por irse de casa.

—Vamos, por el amor de Dios, David ya se había independizado para entonces —dijo Lily—. ¿Qué más le daba a él dónde viviera mamá?

—Pero ya sabes lo que dicen sobre los padres que se divorcian en cuanto un hijo se marcha de casa. Dicen que es igual de traumático que si lo hubieran hecho antes, o incluso peor, porque al chaval se le añade el sentimiento de culpa al pensar que fue por él; no debería haberlos dejado solos.

—Eso es ridículo —contestó Lily—. Para empezar, mamá y papá no se han divorciado. Y en segundo lugar, no estoy segura de que David sepa siquiera que mamá ya no vive en casa, y eso que ya hace un montón de tiempo. Al fin y al cabo, casi nunca va a verlos. Y además, es muy egocéntrico; reconócelo.

—¡Egocéntrico!

Por supuesto, Alice tenía que ofenderse por eso. Siempre había tenido debilidad por David; era una de esas hermanas mayores entregadas que se comportan como una segunda madre, casi como una madre «en competición». Mientras que Lily, que tenía ocho años cuando nació su hermano, lo había visto como una especie de estorbo.

—Egocéntrico ahora y egocéntrico antes —le dijo a Alice—. Reservado, hermético... ¿Alguna vez nos dio la menor pista de quiénes eran sus amigos, o sus novias?

—Eso es porque es un tío. A los tíos no les gusta hablar por hablar.

—¿Ni siquiera de pequeños? A Robby le encanta hablar.

—Bueno, a David también cuando era pequeño. ¿No te acuerdas? —Le asomó una sonrisa en la voz—. ¿Recuerdas aquel chiste del ratón que tanto le gustaba?

—No.

—Un ratón y un elefante se encuentran en la selva y el ratón mira hacia arriba y dice: «¡Madre mía, qué grande eres!». —Alice puso una vocecilla al decirlo—. Y el elefante dice —añadió con voz atronadora—: «¡Madre mía, qué pequeño eres!». Entonces el ratón dice —otra vez con vocecita aguda—: «Bueno, es que he estado enfermo».

Hubo un silencio.

—¿Lo pillas? —preguntó Alice.

—Sí, claro que lo pillo —dijo Lily—, pero...

—Se partía de risa cada vez que contaba ese chiste. Y lo contaba muuuchas veces, a todo el mundo. Pero piénsalo: la gracia era la excusa barata y ridícula que ponía el ratoncillo. ¿No te parece sorprendente que un crío de cinco años lo comprendiera?

—¿Tenía cinco años? —preguntó Lily.

—Sí, cinco. Aún iba a preescolar.

—Entonces ¿qué intentas decirme: que ahora comprende que no vale la pena hablar con su familia?

—Noooo. Lily.

—¿Comprende que una mujer divorciada no sé cuántos años mayor que él es la mujer con quien quiere casarse?

—¡No ha dicho nada de casarse!

—Dime que de verdad crees que Greta es solo una amiga —la retó Lily.

—Bueno, ¿quién sabe? Quizá sí —dijo Alice.

Luego cambió de tema y empezaron a hablar sobre el postre que había llevado Mercy.

Ni a Lily ni a Morris se les ocurrió preguntarle a Robby qué opinaba de Greta, pero al día siguiente para cenar, el niño dijo:

—Mamá, ¿la madre de Emily va a casarse con el tío David?

—No lo sabemos, mi amor —contestó Lily—. ¿Por qué lo preguntas?

—Porque papá dijo que era la novia del tío David, pero Emily me dijo que no.

—Ah, ¿en serio? —dijo Lily. Morris y ella se miraron—. ¡Pues fíjate!

—Emily ya tiene un papá en Minnesota, por eso lo dice.

—Ah —dijo Lily.

—Fue a verlo en Navidad, ella sola.

—Qué bien.

Robby se llevó la cuchara del revés a la lengua, cargada de puré de patata, pensativo. Luego preguntó:

—Cuando papá y tú os casasteis, ¿vuestra familia dio la aprobación al prometido?

Lily se rio, sobre todo por la sorpresa. Era asombroso lo que Robby podía retener en la cabeza.

—Desde luego que sí —contestó—. Primero lo conoció la tía Alice y después el yayo y la abuela, y a todos les encantó.

—Bueno, yo no diría tanto. —Morris alargó el brazo para coger una tostadita—. Tuve que mantener una conversación muy complicada con tu yayo —le dijo a Robby—. Estaba hecho un manojo de nervios.

—¿Y de qué hablasteis en esa conversación?

—Eh… —dijo Morris.

—Tejados —dijo Lily—. Mantuvisteis una conversación acerca de si teníamos que poner un tejado de pizarra o no en casa.

—Ah, eso fue más tarde —dijo Morris antes de añadir, mirando a Robby—: Primero le conté al yayo que mi relación con tu madre iba pero que muy en serio. Le conté que la primera vez que la vi, fue cuando se presentó en el trabajo con aquella caja para documentos, aquella caja alargada blanca y negra de rejilla tan seria, y la puso en el escritorio, la abrió y sacó un tubo de crema de manos y un cactus minúsculo en una maceta de cerámica y una foto enmarcada de su gato, que por cierto, se había muerto; era una foto de su gato muerto…

—Por Dios, Morris —dijo Lily.

—¿De qué murió el gato? —preguntó Robby a la vez.

—Era una gata —dijo Lily—, y murió de vieja.

—¿En la foto estaba muerta?

—No, en la foto no estaba muerta. Menuda ocurrencia —dijo Lily.

—Entonces, después de que el yayo oyera eso —le dijo Morris a Robby—, me dijo: «¡Bueno! En fin». —Morris puso las palmas hacia arriba en un gesto de derrota—. «Pues adelante», me dijo.

—¡Ja! —dijo Robby—. ¡Ganaste, papá!

—Desde luego que sí —dijo Morris, y entonces Lily y él se sonrieron uno a cada lado de la mesa.

Había omitido bastantes detalles de su historia. Por ejemplo, los largos meses que había adorado a Lily con ojos centelleantes después de ese primer encuentro, una actitud que lo convirtió en el hazmerreír de todo el despacho y a la que ella restaba importancia. Y las conversaciones azarosas que empezaron a mantener de vez en cuando en el comedor de la empresa. Y cómo ella se fue convenciendo de que, en realidad, era un hombre muy agradable; muy simpático y comprensivo. Aunque por supuesto no era su tipo. Hasta que de repente, un día, sí lo fue.

Cuando sospechó que se había quedado embarazada, entró en pánico. Se dio cuenta de que todos esos años de vida alocada se basaban en la presuposición de que podría volver a empezar de cero siempre que quisiera, pero resultó que no era así. Aquello era irreversible; era real. Un embarazo auténtico y real, en la época previa al aborto legal. Un hombre requetecasado…, con un matrimonio inquebrantable, supuso Lily, como solían ser las parejas consolidadas sin hijos. Eso fue lo que la llevó a darle la noticia como una afirmación, no una pregunta: «Estoy embarazada, pero no espero nada de ti; me las apañaré sola».

Eso fue después de que la despidieran de la inmobiliaria (un pequeño problema con un retraso crónico por las mañanas) y no tenía ni idea de qué haría para ganarse la vida. Pero se limitaba a aparcar el problema. Algo saldría.

Entonces una noche la despertó el timbre de casa, caminó medio dormida hasta el recibidor y se asomó por la mirilla y vio la cara blanca y seria de Morris, sus gafas que le hacían parecer un búho.

«Tengo que estar aquí —dijo él cuando le abrió la puerta—. No puedo no estar. —Y entró y dejó en el suelo una maleta de vinilo absurdamente pequeña—. Por favor, no me pidas que me vaya», le rogó.

Fue el «por favor» lo que le llegó al alma. Aunque no se le había pasado por la cabeza decirle que se fuera, por supuesto.

Sabía que su familia se reiría de él. O por lo menos les parecería gracioso. Sabía que podía parecer estirado y demasiado serio, dado a contar el argumento completo de las películas y a emitir ruiditos bajos, como murmullos, para llenar el silencio cada vez que buscaba una palabra; e iba a acabar con una de esas barrigas inmensas si no dejaba de comer galletas. ¡Menudo contraste con los hombres de su pasado!, pensaría su familia: esos hombres atractivos, guapos y atrevidos que siempre le habían gustado. (B. J. con su cazadora de motero, tan gallardo y cortés hasta que se casaron y de repente empezó a verla como su bola y su cadena). Sin embargo, ya no se sentía ni remotamente atraída por ese tipo de hombres. Esos tres meses de terror le habían aclarado las ideas —y la habían hecho trizas— y juró que nunca volvería a ser tan vulnerable.

En ese momento, Morris asintió de pronto para sí, como si hubiera llegado a alguna conclusión privada.

—¿Sabes qué? —dijo—, a lo mejor ayer Greta estaba igual de nerviosa que yo la primera vez que vi a tu padre. A lo mejor es de esas personas que se comportan con frialdad cuando se sienten inseguras y nos cae mejor cuando nos conozca más y empiece a sentirse aceptada.

—Ay, cariño, eres un amor —respondió Lily.

Y alargó el brazo sobre la mesa y apoyó la mano un instante sobre la de él.

—Bueno —dijo Robby al fin—, yo apruebo a Greta.

—Ah, ¿sí, colega? —dijo Morris.

—Y entonces Emily podría ser mi amiga.

—Ah, Emily. —Morris chasqueó la lengua—. Bueno, de hecho, Emily podría ser tu amiga aunque no se casaran.

—¿En serio?

—Por supuesto —dijo Morris.

—Ah, qué bien —contestó Robby.

Y volvió a hundir la cuchara en el puré de patatas.

Salvo que sí se casaron.

Quien les dio la noticia fue Alice. Llamó aquel mismo viernes por la noche, mientras Lily veía *El increíble Hulk* con Morris y Robby.

—¿Diga? —contestó Lily al descolgar.

—Bueno, se han casado —le soltó Alice.

—¿Qué?

—David y Greta. Se han casado.

—¡Madre mía…! —exclamó Lily, y Morris la miró con un interrogante dibujado en los ojos—. Espera, voy al otro teléfono —le dijo a Alice. Le acercó el auricular a Morris y fue a la cocina a buscar el supletorio—. Ya lo tengo —dijo, y en cuanto oyó que Morris colgaba, añadió—: Cuéntamelo desde el principio.

—No hay mucho que contar. Me ha llegado una postal de agradecimiento de Greta en la que ponía… espera.

Lily oyó que su hermana rebuscaba entre unos papeles al otro lado de la línea.

—Ponía: «Querida Alice: gracias por la deliciosa comida de Pascua. Me encantó conoceros». Salto de párrafo. «A David y a mí nos gustaría contaros que ayer, después de las clases, nos casamos. Emily fue nuestro único testigo, porque no queríamos aspavientos. Confío en que nos deseéis mucha felicidad. Atentamente, Greta Thornton Garrett».

—¿Y ya está?

—Sí, ya está.

—Bueno, estupendo —dijo Lily tras una pausa—. Supongo que tenían derecho a hacerlo como quisieran.

—Sin previo aviso —replicó Alice—, sin anunciar nada antes. ¿Qué pasa? ¿Tenían miedo de que les aguáramos la boda? Y además, ¿quién es la que nos lo cuenta al final? ¡Greta! ¡Ni siquiera es David! ¡Nos lo cuenta Greta! Me siento como si acabara de comunicarnos que nuestro hermano ha muerto.

—¡Vamos, Alice!

—Todavía no se lo he contado a papá y a mamá. Ni siquiera se lo he contado a Kevin. Es como si pensara que, si no lo digo en voz alta, no ha ocurrido.

—¿Has llamado a David?

—¿A David?

—¿Lo has llamado para darle la enhorabuena?

—¿Estás loca? Sinceramente, Lily, sé que no estás tan dolida como yo; siempre tuviste celos de él porque hasta que nació habías sido la pequeña. Pero ¿es que no ves lo doloroso que es esto? No sé si podré volver a quererlo como antes.

—¡No tenía celos! —exclamó Lily.

—Vamos, por favor. Mira quién se pone quisquillosa ahora —dijo Alice, seguro que dirigiéndose al techo.

—¡No me importaba que él fuese el pequeño! O sea... Mira, Alice, piensa en lo que dijo Morris. ¿No deberíamos alegrarnos sin más de que David haya encontrado a alguien?

—¿De que haya encontrado a una divorciada que le triplica la edad y que apenas se molestó en hablar con nosotros?

Lily se echó a reír.

—¿Qué? —dijo Alice.

—Tal como lo has dicho, parece que la pobre mujer tenga un pie en la tumba. No puede ser tan vieja.

—Es un vejestorio. Y si te soy sincera, no sé de dónde ha salido.

—De Minnesota —dijo Lily.

—Pero ¿qué historia hay detrás? ¿Cómo acabó allí?

—Tuvo un primer matrimonio desgraciado por algún motivo y se divorciaron y se trasladó al este con su hija. Punto —dijo Lily—. No veo el problema.

—Solo lo dices porque quieres parecer más abierta de mente que yo.

—Es que *soy* más abierta de mente que tú.

—Mientras que yo, por otra parte, estoy preocupada por la felicidad de David.

—Lo único que digo es que Morris piensa... —insistió Lily.

—Morris piensa que nuestra familia es cerrada y antipática y está cargada de prejuicios; ya lo sé —respondió Alice—. Ya lo he oído antes.

—No —dijo Lily—, Morris piensa que quizá Greta se comportó así porque estaba nerviosa. Dice que quizá con el tiempo nos caiga bien. —Tras una breve pausa, añadió—: Ya que insistes en terminar mis frases, ¿podrías por lo menos acabarlas bien?

Colgó el teléfono con rabia. Se atusó el pelo, se remetió la camisa por la cintura y volvió a la sala del televisor.

Esperó a la siguiente pausa publicitaria para contárselo a Morris.

—Adivina qué me ha contado Alice —le dijo.

—¿Va a dejar a Kevin? —sugirió Morris.

—No seas tonto.

—¿Van a mudarse a una casa adosada en Govans?

—Muy gracioso.

—¡Chist! —les dijo Robby, porque le gustaba prestar suma atención incluso a los anuncios.

—David y Greta se han casado —dijo Lily.

Robby movió la cabeza para mirarla con los ojos como platos.

—¡En serio! —exclamó Morris.

—Greta ha escrito a Alice para darle las gracias por la comida y lo menciona de pasada.

—¡Pero no nos invitaron! —se quejó Robby.

—Bueno, es que no fue una boda boda, por lo que parece. Aun así —le dijo Lily a Morris—, seguro que ya sabían que iban a casarse cuando vinieron en Pascua. ¿Por qué no nos lo dijeron al menos?

—Seguramente no querían que montaseis una escena —dijo Morris.

—¡No habríamos montado una escena!

—No, pero quizá a David le preocupaba que alguien dijera algo que pareciese… poco cordial.

—¡Pero si fuimos todos muy cordiales! ¡Si hasta teníamos champán preparado!

—¿De verdad? —preguntó Morris parpadeando varias veces.

—No somos tan fríos como parece, ¿sabes?

—¡Eh! Ya vale —protestó Robby, porque el Increíble Hulk salía de nuevo en la pantalla.

Lily se levantó y volvió a la cocina. Fue un alivio estar en silencio después del estruendo de la televisión. Se sentó a la mesa y cogió la libreta de direcciones que colgaba de una cuerda del teléfono de pared.

Que no supiera de memoria el teléfono de su propio hermano lo decía todo, ¿no? Lo buscó y marcó el número, y luego se reclinó en la silla y escuchó los tonos al otro lado de la línea.

Si contestaba Greta, tenía pensado ser extremadamente efusiva. Una auténtica animadora del equipo. «¡Greta! —le diría—. ¡Soy tu nueva hermana!». O no, quizá no. Tal vez fuera un poco exagerado. «Hola, Greta, me alegro mucho de saber…».

Pero quien cogió el teléfono fue David.

—¿Sí?

—Hola, David.

—Hola, Lily.

—Así que os habéis casado.

—Exacto.

—Bueno, felicidades.

—Gracias.

Parecía que su hermano esperaba algo más.

—¡Menuda sorpresa! —añadió—. Lo he sabido por Alice.

—Sí, bueno, tenía pensado contártelo, pero primero iba a escribir a mamá y a papá.

—Ya. Bueno, da igual. Solo quería decirte que me alegro por vosotros.

—Gracias —dijo David, aunque daba la impresión de que seguía esperando algo más.

—Greta me pareció muy simpática —se animó a decir por fin Lily.

—Y lo es. Es alguien… ¡asombroso! No ha tenido una vida fácil, ¿sabes? Sus padres eran una pareja de inmigrantes que hacían lo que podían para sobrevivir; de pequeña tuvo la polio; para poder pagarse los estudios trabajó de camarera y de cuidadora de ancianos y de lavaplatos en un restaurante...

Lily no recordaba cuándo había sido la última vez que había oído a David pronunciar tantas palabras seguidas. Era un río de palabras, un torrente.

—Su marido era un capullo integral —dijo entonces—, era ortopeda; la dejó por su secretaria cuando Emily solo tenía un mes, pero ahora cree que es un padre modélico y se pasa el día peleando por la custodia cuando al principio la niña solo le parecía un estorbo y no le daba ni...

—Ah, y Emily parece muy dulce —dijo Lily.

—Me ha robado el corazón —dijo David.

Lily se quedó a cuadros.

—Es tan... No es una niña como las demás, ¿sabes? ¡Me encantan las ocurrencias que tiene! Ay, te lo aseguro, Lily, jamás en la vida me había planteado tener hijos. No podía imaginarme que pudiera ser capaz de «conectar» con los niños. Pero en Navidad, cuando Emily se marchó en avión a ver a su padre, yo estaba mucho más preocupado que Greta. Fuimos a acompañarla al aeropuerto y, al despedirnos, le dije: «Emily, si alguien te agobia o te habla demasiado, o si empiezas a sentirse incómoda... Lo que tienes que hacer es... A ver», le dije. «Quiero que mires a tu alrededor ahora mismo y elijas a la persona a la que pedirías ayuda. Alguien en quien creas que puedas confiar». Y entonces Greta se echa a reír y dice: «David, le van a asignar a una azafata que la acompañe», me dice. «Lleva un sobre con la identificación colgado del cuello. Si la han etiquetado como a un paquete. ¡No pasará nada!», me dice, pero mientras tanto Emily ha empezado a mirar alrededor y contesta: «Eh, bueno, no lo sé; ¿puedo confiar en esa persona?». Y no te lo pierdas, señala a un adolescente totalmente inapropiado que deambulaba por ahí con el walk-man. ¡Ja!

A Lily le costaba creer que estuviera hablando con David. Y David debió de percatarse, porque de repente dejó de hablar y carraspeó.

—¡Espera, deja que te lo cuente todo! —exclamó. Y luego, más calmado—: Greta todavía me toma el pelo con ese tema. Cuando nos planteamos casarnos, me dio un codazo en las costillas y me soltó: «Dime la verdad, ¿lo que quieres es una mujer o una hija?». Y yo le dije: «¡Las dos cosas! ¡Os quiero a las dos! ¡Quiero el pack completo!». Quería tener una familia; nunca pensé que sería así, pero ha resultado que sí. Y lo voy a hacer bien, Lily. Sé que lo haré bien.

—Por supuesto que sí —dijo ella.

Había muchas otras cosas que podría haber dicho. «¡Vaya, David! —podría haberle dicho—. ¡Pero si estás ahí! Pensaba que te habías ido». Pero no quería asustarlo, así que lo único que hizo fue decirle de nuevo, y esta vez en serio, que estaba muy contenta por él, y él le dio las gracias una vez más y se despidieron y colgaron. Después, Lily se quedó sentada junto a la mesa un rato, mirando hacia la nada.

En realidad, no se acordaba del chiste del ratón de David. Quizá nunca se lo hubiera contado a ella, aunque le parecía poco probable. O quizá, a sus trece años, estaba demasiado inmersa en sus propias preocupaciones para escuchar a su hermano. En cualquier caso, lo que Alice le había recordado no le sonaba en absoluto. Sin embargo, en ese momento oyó su vocecilla con total nitidez; lo oía canturreando la broma final. «¡He estado enfermo!», decía, y aquella risa alegre y contagiosa de su hermano viajó a través de los años hasta ella desde aquel tiempo tan remoto en el que todavía eran una familia.

5

El día de las bodas de oro de Robin y Mercy cayó en jueves. Para ser exactos, el jueves 5 de julio de 1990. Al principio, Robin tuvo la impresión de que era un mal augurio. ¿Quién monta una fiesta un jueves? Y menos una celebración diurna. Y, por supuesto, tenía que ser una celebración diurna, porque también había niños.

Pero luego vio una solución. Quería que la fiesta fuese una sorpresa y, si la programaba para antes de su aniversario de bodas (por ejemplo, para el domingo anterior, ya que los domingos la gente solía estar más libre), era mucho más probable que pillase a Mercy desprevenida.

Tenía la impresión de que la suerte estaba de su parte.

Empezó con Lily; la abordó mientras trabajaba en la tienda. En teoría, Robin ya estaba jubilado, pero solía pasarse por la ferretería, porque ¿qué otra cosa podía hacer? Casi siempre desayunaba con calma y luego se entretenía un rato, pero entonces empezaba a ponerse nervioso. Comenzaba a pulular por la casa; se ponía a hacer algún arreglillo en el patio que liquidaba antes de lo previsto; se encontraba sin querer delante de la nevera, comiendo espaguetis directamente del plato frío aunque ni siquiera tuviera hambre. (Todos los pantalones le apretaban cada vez más de cintura. ¿Quién habría pensado que sería de esos hombres que engordaban al envejecer?). Así que al final se presentaba en la tienda para husmear un poco, tal como decía Lily. «¿Qué husmeas por ahí? —le preguntaba, pero medio en broma, para provocarlo—. ¡Tendrías que estar a la bartola en casa!».

«Ay, no sé —respondía él—. Lo de pasarme el día zanganeando no va conmigo».

Ese día se la encontró en el despacho. Estaba sentada en el escritorio de Robin con el teléfono pegado a la oreja, pero se notaba que estaba esperando a que le pasaran la llamada; jugueteaba con los dedos y los enroscaba en la espiral del cable telefónico. (Y sí, mentalmente todavía lo consideraba «su» escritorio; todavía le chocaba un poco ver a una mujer allí sentada, incluso a una mujer nada presumida como Lily con su coleta rubia lisa y sus prácticos pantalones caquis de bolsillos).

Llamó en el marco de la puerta y preguntó con los labios: «¿Estás liada?». Ella desenredó los dedos para saludarlo con la mano.

—Hola, papá —dijo con un tono de voz normal.

—Tengo una propuesta —le dijo su padre.

—Ah, ¿sí? ¿De qué se trata?

—Estaba pensando en hacer una fiestecilla.

—¡Una fiesta!

—Sí, para tu madre. Por nuestras bodas de oro.

—Ah, bien, eh, espera —dijo—. ¿Qué? —Y luego—: ¿Hola? —Se dirigió al auricular—. Sí, estoy aquí. Sí, soy Lily Drew, de Suministros de Fontanería Wellington.

Robin salió del despacho y la dejó trabajar. Deambuló por la tienda hasta acercarse a dos hombres con monos de rayita diplomática que discutían sobre un difusor de agua para el lavabo, pero no lo miraron cuando se plantó a su lado, así que decidió no facilitarles su opinión. Continuó avanzando hasta el siguiente expositor.

—Bueno —dijo Lily al salir del despacho unos minutos después—. Una fiesta para celebrar vuestro cincuenta aniversario de casados.

—Eso es.

—Uau, papá. ¿Qué opina mamá sobre el tema?

—No lo sabe. Y no quiero que lo sepa; quiero que sea una sorpresa.

—Ajá... —dijo Lily—. Si te soy sincera, no creo que mamá sea de esas personas a las que les gustan las sorpresas.

—Pero si se lo digo antes, ya sabes, pensará que le estoy pidiendo que me ayude a organizarlo. Que limpie la casa y haga la comida y todo eso. Se agotaría solo de pensarlo. Además, está demasiado ocupada con sus cuadros, ¿lo sabías?

—Y ¿no podrías decirle que no le estás pidiendo eso? ¿Decirle que vais a hacer una fiesta pero que no se preocupe, que tú serás quien se encargue?

—Pero seguro que da por hecho que voy a hacerlo todo al revés —dijo Robin.

—Bueno...

Sabía qué pensaba Lily. Era como un libro abierto para él. Pensaba que lo más probable era que sí lo hiciese todo al revés.

—Confiaba en que tu hermana y tú pudierais aconsejarme —le dijo su padre—. Me refiero, no ayudarme con la comida y tal; tengo mis propias ideas para eso; solo aconsejarme sobre la etiqueta que se espera de unas bodas de oro, para ser exactos.

—Pero ¿y cosas como la lista de invitados? —repuso Lily—. Ya sabes que mamá pondría mil pegas a la lista de invitados.

—En la lista solo estaremos los de la familia. ¿Por qué iba a oponerse a eso?

—Ah.

—Mira, por ejemplo —dijo, como si acabara de ocurrírsele—, vosotras dos podríais saber a qué hora es mejor hacerla. Pensaba en un domingo (el domingo 1 de julio, en concreto), pero ¿querríais que fuese por la noche? Piensa que tenemos enanos.

—¡No, por la noche no! Por lo menos, si quieres que vayan los niños.

Robin fingió reflexionar.

—Vale, tienes razón —dijo al fin.

—Lo mejor sería hacer una comida temprana, y así David y el resto pueden volver a casa antes de que anochezca. Podría ser en nuestra casa, si quieres.

—No, quiero que sea en la nuestra —contestó Robin.

—En vuestra casa. Vale.

Ya la tenía en el bote. Así de fácil.

El mayor logro de la vida de Robin era que ni uno solo de sus hijos intuía que Mercy ya no vivía en casa.

Bueno, sabían que debían probar antes en el estudio si querían localizarla. O, por lo menos, las chicas lo sabían. (Era imposible adivinar qué sabía David, porque casi habían perdido el contacto). Y nunca parecían sorprenderse si se pasaban por casa de sus padres sin avisar y encontraban a Robin solo. Pero era fácil explicarlo con la pintura, con su dedicación a su obra. ¡Artistas! Estaban todos locos. En el buen sentido, claro.

Y su mayor temor era que Mercy podía presentarse cualquier día y contarles la verdad. «No hace falta que os diga que vuestro padre y yo vivimos separados», podría decirles, dejándolo caer de pasada, así, como el que no quiere la cosa, como si diera por hecho que ya lo sabían. Se quedarían de piedra. Los destrozaría. Solo de pensar que Mercy pudiera hacer algo así lo enervaba, aunque en realidad su esposa nunca hubiera dicho ni una palabra sobre el tema. No tenía motivos por los que enfadarse con ella.

A su tía abuela no le había parecido bien que se casase con Mercy. No lo había dicho con esas palabras; se había limitado a hablar contra el matrimonio en general. «Solo quiero advertirte de que, la mayor parte de las veces, la cualidad por la que te casas con alguien acaba siendo el defecto por el que lo odias luego». Robin sabía que se refería a los «aires de clase alta» de Mercy, tal como decía su tía abuela, pero no era el motivo por el que se casaba con ella. ¿Qué le importaba a él la clase social? No, lo primero que lo atrajo de Mercy fue su tranquila dignidad: su postura erguida y su elegancia cuando estaba detrás del mostrador. Era tan diferente de las chicas pegajosas, bobaliconas y siempre con ganas de flirtear a las que estaba acostumbrado. Era la tía Alice (que siempre había trabajado en una fábrica de conservas) la que estaba preocupada por cuestiones de clase.

Robin había vivido con la tía Alice desde los catorce años, después de que su madre muriese de cáncer. Aunque en realidad, según la tía Alice, había muerto de aflicción. «De no haber sido por ese padre tuyo, estaría vivita y coleando ahora mismo», le decía. Su padre era un camionero de largo recorrido que conoció a una mujer en Nueva Jersey y pidió el divorcio cuando Robin tenía seis años. Para Robin, la palabra «divorcio» era como un cuchillo: dura y afilada y atroz, la causa del eterno mutismo de su madre, de su asfixiante tristeza. Tras el divorcio empezó a trabajar en una tintorería, haciendo arreglos, pero cuando Robin pensaba en ella de adulto se la imaginaba en casa día y noche, día y noche apoltronada en postura comatosa en el sofá de la sala de estar. De acuerdo, reconocía que había algunos factores (la crueldad física, por ejemplo) que podían justificar un divorcio, pero de lo contrario, no lo aceptaba. Las parejas que se divorciaban eran unas flojas. Sencillamente no habían madurado. Se lo había dicho en esos términos a Mercy cuando le pidió el matrimonio. «Una cosa te digo —le advirtió—. Si eres capaz de imaginar que en algún momento podríamos divorciarnos, no quiero que aceptes». Y ella supo que lo decía en serio. Se había cuadrado de hombros y lo había mirado a los ojos antes de responder: «Te lo prometo, Robin. Eso no ocurrirá nunca».

Pero ¿quién podía decir qué cualidad de él le había parecido atractiva a Mercy? Después de todos los años transcurridos, todavía se maravillaba de que le hubiera hecho caso siquiera para darle la hora. Él sabía que no era nada del otro mundo, bajo de estatura y torpe para las relaciones sociales, siempre metiendo la pata y luego lamentando el error, dándole vueltas y vueltas al tema durante horas. Por ejemplo, un vecino levantaba el brazo para saludar y Robin contestaba: «¡Hey, hola!» y lo saludaba sacudiendo el brazo como un loco, pero un segundo después se daba cuenta de que el vecino pretendía saludar a otra persona que había en la calle. O la cajera de la ferretería le decía: «Que aproveche» cuando Robin se marchaba en la pausa del mediodía, y él contestaba «Gracias. A ti también», y luego hacía una mueca y se daba una palmada en la frente una vez fuera de la tienda, ¡porque ella no se iba a comer! ¡Si acababa de regresar de la comida, por el amor de Dios!

Incluso la interacción más sencilla le provocaba ansiedad. Daba la impresión de no pillar jamás las indirectas. Y aun con todo, Mercy lo amaba. Nunca le había preguntado por qué; tenía miedo de que, si su mujer reflexionaba demasiado, se diera cuenta de su error. Guardaba ese pensamiento cerca del corazón, lo pulía y lo disfrutaba como había hecho desde el día en que ella le dijo que sí: Mercy me ama.

Alice lo llamó por teléfono.

—Bueno —dijo sin preámbulos—. Me he enterado de que estás organizando una fiesta de aniversario de bodas.

—Exacto —contestó él.

Apartó el plato de chili con carne y se reclinó en la silla. Alice tenía por costumbre llamarlo a la hora de cenar, sobre las cinco, para hacerle compañía mientras comía. Pero, en realidad, Robin no creía que pudieran hacerse dos cosas bien a la vez, de modo que siempre dejaba de comer hasta que se despedían, aunque Alice no lo sabía.

—Solo me gustaría decir —añadió su hija— que, en mi opinión, las fiestas sorpresa no son jamás de los jamases, en ninguna circunstancia, una buena idea.

—De acuerdo —dijo él conciliador.

—Entonces ¿le contarás a mamá ahora mismo qué planes tienes?

—Hum, creo que no, cariño —dijo Robin.

Hubo una pausa al otro lado de la línea telefónica. Seguro que Alice estaba mirando a Kevin y poniendo los ojos en blanco.

—Además, los que deberíamos montarla seríamos nosotros. Nosotros tres; vuestros tres retoños.

—Bueno, te agradezco que te ofrezcas —dijo. (Aunque en realidad, no lo había hecho)—. Aunque lo tengo bajo control, gracias. Lo tengo todo atado.

—Papá…

—¡Pero una cosa! —exclamó Robin con alegría—. Sí quería pedirte un favor.

—¿De qué se trata?

—¿Podrías llamar a David y asegurarte de que venga? A las doce en punto el domingo 1 de julio. Dile que es importante que estén en la celebración. Tú sabes mejor cómo hablar con él.

—Bueno… Pero a lo mejor tiene algún compromiso —dijo Alice.

—¡Aunque tenga algún compromiso! Dile que es importante. Dile que pueden quedarse a dormir si quieren.

—No querrá quedarse a pasar la noche —dijo Alice.

—Tú inténtalo, ¿de acuerdo? Eres la que tiene más mano con él.

—Bueno… —contestó. Y luego—: Está bien.

Robin se permitió una sonrisita de autocomplacencia.

—Ahora, lo del menú —dijo Alice.

—Ya tengo el menú.

—¿Qué? ¿Y qué vas a poner?

—Lo tengo todo controlado, todo —dijo para tranquilizarla.

—Pero podría preparar mi…

—Ya lo he decidido. Gracias, cariño. Adiós.

Colgó y retomó el plato de chili.

Al final, todos podían ir salvo los dos Robby. (Robby la Chica trabajaba de monitora de un campamento en Reheboth ese verano. Robby el Chico estaba de viaje por España con el programa de intercambio de su facultad). Incluso David y su familia podían ir. Alice no mencionó si le había costado mucho o poco convencerlos y Robin no se lo preguntó. Lo que sí le dijo fue que habían rechazado el ofrecimiento de quedarse a dormir.

Robin contrató a la señora de la limpieza de los vecinos de al lado para que limpiara la casa. La empleada tardó un día entero, y eso que solo adecentó el piso de abajo. A partir de entonces él se esforzó para no dejarlo todo otra vez manga por hombro.

Encargó una tarta en el súper porque tendría que estar mal de la cabeza para hacerla él mismo, sobre todo pensando en Mercy. Y compró todos los ingredientes que iba a necesitar (cosas sencillas, porque sus habilidades culinarias dejaban mucho que desear) y cortó el césped y podó la glicinia en las zonas en las que se iba apoderando del porche.

¿Se regalaban algo las parejas entre sí el día de su aniversario de bodas? Sí, seguro que sí, aunque Mercy y él nunca lo habían hecho. Pero ¿qué podía ofrecerle? Las llamaban «bodas de oro»; supuso que eso quería decir que el regalo tenía que ser de oro. Aunque Mercy no se ponía joyas. Incluso su alianza, que era fina como un alambre, solía quedar abandonada en la jabonera que había al fondo del fregadero. Además, se jugaba lo que fuera a que ella no iba a regalarle nada a él, así que ¿por qué hacerle pasar bochorno? Eso era lo que se decía por dentro.

—¿Qué plan tienes? —él, preguntó Lily el viernes previo a la fiesta. Robin se había pasado por la tienda a saludar, pero solo un segundo; no le quedaba mucho tiempo libre últimamente—. ¿Cómo puedes estar seguro de que mamá estará libre ese domingo?

—Ah, voy a esperar hasta el mismo día y entonces la llamaré y le diré que ha venido David.

—David —repitió Lily.

—La llamaré por teléfono al estudio y diré que se ha pasado por casualidad de camino a otra parte y que por qué no se acerca a saludarlo.

—Vale —dijo Lily.

—Es domingo. Es imposible que ese día tenga que ir a ver a un cliente ni nada por el estilo.

—Vale —repitió su hija, y entonces suspiró; Robin no acababa de entender por qué.

El domingo hizo un tiempo perfecto. Soleado y cálido, pero no demasiado caluroso, no tan caluroso como toda la semana anterior, por ejemplo; y de todos modos, a Mercy le gustaba el calor. Como casi todas las mujeres que conocía Robin, siempre andaba quejándose de que había corrientes de aire.

Abrió todas las puertas y ventanas y con esfuerzo recogió la marquesina de la terraza. Había pedido a la señora de la limpieza que pusiera la mesa cuando estuvo en su casa, aunque eso implicara tener el comedor más o menos fuera de servicio durante unos cuantos días. Después sacó toda la comida que no necesitaba refrigeración: los rollitos, la mantequilla y los pepinos laminados y aderezados con aceite de maíz y vinagre. Acto seguido llenó la cubitera de hielo y metió refrescos, junto con unas latas de cerveza para los chicos.

Aunque Kevin, por supuesto, aparecería con su típica botella de champán. El hombre estaba obsesionado con el champán. En cualquier ocasión posible (cumpleaños, vacaciones, graduaciones) tenía que presentarse con su «espumoso», tal como él lo llamaba. Siempre del caro, un robo a mano armada, pensaba Robin. Él se inclinaba más por la cerveza o el Dr Pepper. Sospechaba que al resto le ocurría lo mismo, si bien eran más educados y no lo decían. «Gracias, Kevin», murmuraban, y «¡Chin, chin!» y «Qué bueno está». Entonces daban el sorbito más pequeño del mundo y dejaban las copas en la mesa para olvidarse de cogerlas otra vez, o se escabullían a la cocina con la copa en la mano y regresaban sin ella.

¡Ay, hasta qué extremos era capaz de llegar esa familia con tal de no estropear la estampa de cómo se suponía que tenían que ser las cosas!

Dicho y hecho: por ahí apareció Kevin con su recipiente especial de aislamiento térmico, el primero en llegar. Entró con estruendo por la puerta de atrás y fue directo a la nevera mientras el resto de la familia lo seguía a cierta distancia: Alice, Eddie y la pequeña Cande, que cargaba con la muñeca dormida de la que no se separaba jamás. Y pisándoles los talones llegaron Lily, Morris y Serena. Cande y Serena apenas se llevaban un año (ambas en preescolar más o menos) y se miraron la una a la otra con timidez mientras los adultos se agrupaban en la cocina y hacían expediciones al comedor para ver cómo iban los preparativos.

—Qué flores tan bonitas, papá —dijo Alice.

—Gracias, las compré en el Giant —respondió Robin.

—¿Te importa si las arreglo un poco?

—No, adelante —dijo, aunque pensaba que no le habían quedado tan mal.

Eran tulipanes de un rojo intenso. Cuando los compró todavía eran cilindros apretados, pero la cajera le había asegurado que para el domingo se habrían abierto hasta su punto óptimo, y tenía razón. Estaba empezando a ponerse nervioso.

—Es complicadísimo calcular cuánto se tarda en llegar desde Filadelfia —comentó—. Confío en que David y familia no lleguen tarde.

—No te preocupes. Por mi experiencia, siempre se tarda dos horas —le dijo Morris—. Da lo mismo que la carretera esté desierta o que esté de bote en bote; dos horas justas, tanto a la ida como a la vuelta.

Morris era de muy buena pasta, siempre se esforzaba al máximo por que los demás estuvieran a gusto.

Los tres nietos salieron en tropel: primero Eddie, con la vieja pelota de baloncesto entre las manos, rumbo al porche trasero; y después las dos niñas, que creían que Eddie era un dios del Olimpo. (En cierto modo, también era el favorito de Robin; era el único al que le gustaba hacer construcciones). Alice empezó a cortar los extremos de los tallos de tulipán en el fregadero y Kevin abrió la nevera de nuevo para admirar sus botellas de champán.

—¿Y si vamos a sentarnos a la sala de estar? —propuso Robin, pero entonces por encima del sonido de la pelota botando en el patio oyó el chirrido de unos neumáticos.

Se acercó a la puerta mosquitera y, tal como imaginaba, ahí estaba el pequeño Escarabajo azul de David, aparcando junto al BMW de Kevin.

—¡Ha llegado David! —gritó Eddie, y echó a correr botando la pelota hacia el Escarabajo.

David se bajó del coche y levantó una mano para pedir el balón mientras Greta emergía del asiento del copiloto y lo plegaba hacia delante para que Emily y el pequeño Nicholas pudieran salir de su asiento por el hueco. Emily había crecido más de un palmo, o eso le pareció a Robin. Era ya preadolescente, alta y delgada, con un moño de aspecto muy adulto en la nuca. Fue hacia la casa detrás de su madre, pero el pequeño Nicholas —de unos siete años— se quedó rezagado para ver cómo su padre encestaba desde una distancia impresionante.

—¡Hola a todos! —saludó Robin desde el umbral.

Sin embargo, en lugar de seguir a los demás fuera, regresó a la cocina y marcó el número de Mercy en el teléfono de la pared.

—¿Diga? —respondió ella.

—Hola, amor mío.

—Hola, cariño. ¿Qué tal llevas el día?

—Ah, bien —respondió Robin—. Pero ¿a que no adivinas? David está aquí con toda la tropa.

—¡David!

—Han pasado de camino a no sé dónde, están haciendo una especie de ruta y se les ha ocurrido acercarse y…

—¡Qué sorpresa!

—Sí, y he pensado que te apetecería pasar a saludarlos.

—¡Pues claro! Enseguida voy.

—¿Quieres que te vaya a buscar?

—No, no, voy andando.

—¡No tardes mucho! —lo dijo prácticamente cantando.

Colgó y fue al encuentro de los demás.

La mayor parte de los adultos (todos salvo David) estaban de pie, hablando entre los coches aparcados. Con ellos estaba Emily, muy cerca de su madre, como si le diera vergüenza, y Greta tenía en la mano una flor blanca exótica con aspecto de orquídea en una maceta de cerámica.

—Hola, Robin —le dijo al verlo—. Feliz aniversario. Esto es para los dos.

Se acercó a él y le puso la maceta en las manos. Como siempre, llevaba un vestido anticuado, un estampado en azul marino con cinturón y mangas cortas ahuecadas. (Por el contrario, Emily se había unido a la modernidad; iba con vaqueros y una blusa blanca holgada).

—Tengo entendido que no requieren muchos cuidados —dijo Greta.

—Vaya, gracias —respondió Robin. La flor olía a agua de lluvia, pura y fresca en lugar de perfumada. Inspiró con intensidad y luego preguntó—: ¿Qué tal el tráfico?

En lugar de contestar, Greta se volvió hacia Emily.

—Felicita a Robin —le indicó, y Emily dio un preciso paso adelante.

—Feliz aniversario de bodas, Robin.

En varias ocasiones le habían propuesto que llamase a Robin y a Mercy «yayo» y «abuela», como el resto de los nietos, pero nunca lo hacía, y Robin no pensaba presionarla. (Al fin y al cabo, todavía llamaba a David «David», aunque saltaba a la vista que lo adoraba).

—Gracias, cariño —contestó Robin. Y luego añadió, dirigiéndose al grupo—: En realidad, aún no es el día de nuestro aniversario. Será el jueves.

—Justo después del Día de la Independencia —dijo Kevin pensativo.

—Sí, bueno, era la primera fecha de julio en la que el pastor tenía libre. Mercy prefería julio, ¿sabéis?, porque pensaba que las bodas en junio no eran nada especiales.

Al oírlo, Alice y Lily se rieron, pero Greta asintió con solemnidad y dijo:

—Sí. Eso es muy suyo.

Robin sabía que a sus hijas no les caía especialmente bien Greta. Alice se refería a ella como «témpano de hielo». Pero por lo menos no tenía trampa ni cartón. Decía las cosas a la cara y de forma directa; era como era; nunca era una «bienqueda», como decía él.

¡Ja! Hasta ese momento no se le había ocurrido, pero se parecía un poco a su tía Alice.

Se recompuso y se dirigió a sus hijas:

—Tenemos que entrar. Vuestra madre acaba de salir del estudio y llegará por la puerta de delante.

—Muy bien —dijo Lily—. ¡Adentro todo el mundo! La abuela está a punto de llegar.

David hizo un último mate con la pelota y luego la atrapó y se la tiró a los niños.

—¿Dónde tienes el delantal, papá? —le preguntó mientras se acercaba—. Me han dicho que hoy te encargas tú de cocinar.

—Toda mi ropa era un delantal —dijo Robin—. Hasta que me cambié de arriba abajo hace una hora y lo tiré todo al cesto de la ropa sucia. Aunque quizá debería haberlo quemado.

Miró por encima del hombro de David hacia Nicholas, que perseguía la pelota en lugar de ir detrás de los demás. Pero en cuanto la atrapó sí echó a correr hacia la casa. Robin se sorprendió al ver cuánto le recordaba a David con la misma edad: rubio, flaco y con las rodillas huesudas, salvo por los ojos gris pálido de Greta.

Mientras entraban en la cocina, Alice preguntó:

—Por cierto, ¿qué vamos a comer?

—Ah, un poco de esto y un poco de aquello —respondió Robin, porque ni por todo el oro del mundo iba a dejar que su hija se hiciera cargo de las cosas a esas alturas.

Dejó la planta en una repisa y todos cruzaron el comedor para acomodarse en la sala de estar.

—¿Se supone que tenemos que escondernos y luego aparecer de un salto cuando entre la abuela? —preguntó Eddie.

—No, no. Creo que basta con que nos sentemos por aquí como si nada. Cuando entre, fingimos estar ocupados en nuestras cosas, a lo nuestro, y luego le decimos: «Feliz aniversario de bodas».

Todos buscaron asiento por la sala, aunque Nicholas tuvo que levantarse otra vez y sacar la pelota al patio cuando su madre se lo mandó. Por el contrario, Robin permaneció de pie. Fue al ventanal delantero y se quedó mirando la acera umbría, la hilera de coches aparcados junto al bordillo, a una pareja que pasaba con un niño en un carrito. Entonces atisbó a Mercy bajando la calle por la izquierda. Cargaba una voluminosa bolsa de lona blanca..., no, era una funda de almohada, llena de ropa sucia. La falda le ondeaba alrededor de las espinillas porque, incluso a sus setenta años, caminaba con el mismo brío que una adolescente.

—Ya está aquí —dijo él.

Todos se callaron.

Robin se retiró de la ventana para que no lo viera. Oyó las suelas de sus zapatos cuando tomó el camino de entrada de la casa; la oyó subir los peldaños del porche. La mosquitera se abrió y Mercy cruzó el vestíbulo, hasta detenerse en el umbral de la sala de estar.

Ay, tal vez hubiera sido mejor esconderse todos. Porque lo que Robin no había previsto era que la estampa de todos ellos sentados tan inmóviles, tan absolutamente callados, con las manos quietas encima del regazo, podía aturdirla. Mercy abrió la boca para decir algo, pero volvió a cerrarla. Por alguna razón, ellos tampoco dijeron nada. ¿Esperaban a Robin? Este tomó aire para hablar, pero entonces Greta dijo, con tranquilidad:

—Feliz aniversario de bodas, Mercy.

—¿Disculpa? —dijo Mercy.

Entonces se les desató la lengua a todos.

—¡Feliz aniversario de bodas, mamá! —exclamaron.

—¡Felicidades, abuela!

Y se levantaron para apelotonarse alrededor de ella, aunque Robin fue el primero en alcanzarla. Le quitó la bolsa de ropa sucia de las manos y la dejó en el suelo.

—Han pasado cincuenta años, cariño —comentó a continuación.

Incluso en ese momento, continuaba estupefacta.

—¿De qué? —preguntó.

—Son nuestras bodas de oro.

—¿Ah, sí?

—Fue el 5 de julio de 1940, será el jueves que viene. Solo que pensé que un domingo sería un mejor día para celebrarlo.

—Vaya, por el amor de Dios —dijo Mercy. A esas alturas ya había cambiado la expresión de la cara y empezó a abrazar a los demás y a darles besos y a decirle a Nicholas cuánto había crecido—. Por el amor de Dios, yo… —decía sin parar. Y luego—: Bueno, es que yo no…

—¿Te ha gustado la sorpresa? —le preguntaron—. ¿Te lo esperabas? ¿Te preguntabas si nos acordaríamos?

—¿Por qué iba a preguntármelo, cuando no me acordaba ni yo? —preguntó a su vez.

—Punto para ella —dijo Morris.

—Ay, mamá, ¿cómo podías no acordarte? —dijo Alice—. Cincuenta años. ¿Te lo puedes creer?

—Pues no, la verdad —dijo Mercy.

Entonces le dio otro abrazo a David, aunque ya lo había abrazado.

—¡Pero fíjate, Emily! Si eres una jovencita.

—Papá ha organizado hasta el último detalle —intervino Alice—. La fecha, las invitaciones, el menú...

—Ay, ojalá lo hubiera sabido —dijo Mercy—. ¡Así habría estado emocionada deseando que llegara el día todo este tiempo!

Eso provocó una levísima incomodidad en la conversación. Todos se callaron para mirar a Robin.

—Vaya —dijo.

Pero entonces llegó Kevin de la cocina, con dos botellas de champán en las manos.

—¡Esto se merece un brindis! —exclamó, y mandó a Eddie y a Emily al comedor por las copas.

Después hizo muchos aspavientos para descorchar la primera botella y puso cara de resignación, como hacía siempre, cuando vio que llegaban las copas, porque eran de esas anchas y bajas que parecen un cuenco, herencia de la abuela de Mercy. Kevin había mencionado varias veces que lo que la gente usaba en la actualidad eran las copas aflautadas.

Gracias a Dios los brindis fueron cortos: un mero «¡Feliz aniversario!» repetido varias veces y «¡A por otros cincuenta años!» (de Morris). Robin no estaba seguro de si debía beber en el brindis cuando era uno de los homenajeados, por decirlo así, pero vio que Mercy primero esperaba un instante y luego sonreía, asentía con la cabeza y daba un sorbito, así que hizo lo mismo. La bebida era tan espumosa que le hizo cosquillas en la nariz.

—Ups, será mejor que vaya a controlar el horno —dijo, y se llevó la copa a la cocina.

Alice, por supuesto, lo siguió de inmediato con su copa.

—¿En qué te ayudo? —le preguntó.

—Eh, ¿y si llenas la jarra de agua?

—Pues claro.

Robin vació el recipiente de plástico de la ensalada de patata en una fuente y lo llevó al comedor. Después regresó a la cocina y cogió dos agarraderas para sacar las dos bandejas de pastel de pescado del horno sin quemarse.

—¿Qué comemos hoy? —preguntó Alice en cuanto entró con la jarra en la mano.

—Pastel de salmón —contestó su padre.

—Pastel de salmón —repitió ella.

Se le acercó y echó un vistazo a los pasteles. Robin vio que la parte superior se había dorado muy bien, parecía apetitosa, y había rebasado los bordes de las bandejas de una forma muy atractiva. Pero notó algo en el tono de voz de Alice que lo preocupó, así que alzó la vista para comprobar la expresión de su hija.

—¿No te parece bien? —le preguntó.

—¡Eh! Sí, está bien.

Y le dio un beso en la mejilla, así que Robin pensó que no había motivos para preocuparse.

De algún modo, parecía que Mercy seguía sin captar el concepto de una fiesta sorpresa. Mientras se sentaba en la cabecera de la mesa, le preguntó a David:

—¿Y por dónde hacéis la ruta, cariño?

—¿Perdona?

—Sí, cuando habéis pasado por aquí. Tu padre me ha dicho que estabais de ruta por no sé dónde y habéis pasado a saludar un momento.

—No, yo… —intervino Robin, porque David tenía cara de perplejidad—. No, me lo inventé, amor mío, para que vinieras a comer.

—¿No están de ruta?

—Esta comida era una sorpresa, ¿sabes? Han venido en coche a propósito para la celebración, pero no quería que lo supieras.

—Pero me habría gustado saberlo —insistió.

Robin se sintió bastante frustrado, porque ¿tan difícil era, por el amor de Dios? ¿Qué parte de «fiesta sorpresa» no comprendía?

—Papá se refiere a saberlo con antelación —aclaró Alice—. Si te hubiera dicho de antemano que iban a venir a comer, podrías haber adivinado que iba a montar una fiesta.

—Bueno, tarde o temprano tenía que saberlo —dijo Mercy—. Al fin y al cabo, ahora ya lo sé. ¿O no? —Escrutó los rostros, uno a uno. En ese momento, todos parecían confundidos—. ¿Tengo razón o no? —les preguntó.

—Le preocupaba que dijeras que no —le dijo Greta, en voz un punto demasiado alta.

Mercy fijó la mirada en ella.

—Tenía miedo de que no quisieras celebrar las bodas de oro.

—Ah —dijo Mercy por fin.

Y con eso pareció darse por satisfecha, aunque Robin se sintió ligeramente dolido por todo el intercambio de comentarios.

Aun así, más tarde Mercy volvió a la carga. A esas alturas la gente se había enfrascado en distintas conversaciones: Alice y Lily comentaban la última carta de Robby el Chico, y las niñas pequeñas competían por entretener a Emily (a quien consideraban todavía más deslumbrante que Eddie, por supuesto), mientras que Morris les contaba a Kevin y a David una de sus historias interminables sobre el sector inmobiliario, dando demasiadas explicaciones, como hacía siempre, y yéndose por las ramas sin justificación para volver luego al tema principal e insertar algún detalle que debería haber mencionado de entrada. Entonces, sin venir a cuento, Mercy dijo:

—Cuando he entrado y os he visto a todos sentados en la salita, he pensado que se había muerto alguien.

—¡Muerto! —exclamaron varios de los invitados.

—¿Quién? —preguntó Alice.

—¿David, quizá?

—¡David!

—Bueno, al instante he visto que me equivocaba. ¡Pero estabais todos tan callados!

—Estábamos callados porque tenías cara de susto —dijo Morris. Robin lo miró con sorpresa.

—Estaba asustada porque pensaba que había muerto alguien —insistió Mercy.

A ver, eso no iba a llevarlos a ninguna parte. Robin apartó la silla y se incorporó. Carraspeó.

—Los discursos no son lo mío —dijo, captando toda la atención—. Pero quería contaros algo sobre el pastel de salmón.

—Está delicioso —intervino Greta.

Robin hizo una pausa para contestarle:

—Vaya, gracias.

—Me gustaría que me diera la receta.

—La saqué de un libro de cocina de la iglesia que nos dio mi tía abuela como regalo de bodas —le contó—. Ya te la apuntaré. —Recuperó el hilo del pensamiento inicial—: Habíamos salido un montón de veces, ya sabéis. Había llevado a Mercy a muchísimos restaurantes, para intentar impresionarla. ¡Casi me quedo pobre! —Eso arrancó algunas risitas en la mesa—. Crema de cangrejo servida en conchas de porcelana blanca, pollos con fundas de volantes en las patas, el postre ese al que prenden fuego, en un sitio…

—Cerezas flambeadas —murmuró Mercy.

—¡Qué locura de platos! El caso es que entonces nos casamos. No nos fuimos de luna de miel; no podíamos permitírnoslo. Supongo que debido a todos esos restaurantes caros. —Más risitas—. Así que pasamos la primera noche juntos en nuestro piso, aquel apartamento tan pequeño de Hampden; chicas, seguro que vosotras os acordáis. La primera comida de nuestro matrimonio. Mercy va a la cocina y empieza a preparar la cena. Yo me quedo sentado en la salita leyendo el periódico. Parece que esté actuando en una obra de teatro o algo así. Me pregunto con qué me alimentará; confío en que no sea algo francés. Pienso que me importa un bledo si no vuelvo a ver una cena francesa en mi vida. Entonces me llama para que vaya a la mesa. Doblo el periódico; voy a la cocina… Delante del plato tengo un pastel de salmón, esperándome para que lo sirva. Una bandeja de pastel de salmón con la parte de arriba doradita y parecía tan…

Tragó saliva. Se le llenaron los ojos de lágrimas; confiaba en que nadie se hubiera dado cuenta.

—Parecía tan acogedor... —susurró—. Me pareció un sinónimo del hogar. Por fin tenía un hogar.

Tenía pensado decir algo más, pero lo dejó ahí. Se sentó.

Desde su sitio, en el otro extremo de la mesa, habló Mercy.

—Gracias, amor mío.

Robin levantó la vista hacia ella y comprobó que le sonreía. Eso hizo que todo hubiera valido la pena.

La tarta fue un éxito, sobre todo entre los jóvenes. Por supuesto, no era más que una tarta de una capa con cobertura, porque a Robin le habían dicho en el Giant que era lo más práctico para tanta gente, pero habían escrito «Feliz 50 Aniversario» en letras cursivas impecables en la parte superior y tenía una rosa de azúcar amarilla en cada esquina.

—¿Queréis que haga los honores? —preguntó Alice.

—Sí, por favor —contestó su madre, y movió la mano en el aire.

Así pues, Alice comenzó a cortar la tarta y a repartirla entre todos. Incluso antes de que hubiera acabado la primera ronda, las dos niñas ya estaban a punto para una segunda, de modo que los del Giant tenían razón.

Mientras tanto, Greta se fue a la cocina y preparó una jarra de café sin que nadie se lo pidiera, lo cual fue una sorpresa. Mientras se hacía el café, sacó la planta de la encimera de la cocina y la llevó al comedor. La dejó delante de Mercy.

—Os hemos traído esto —expuso, tan directa como de costumbre.

—¡Ah, qué preciosa! —dijo Mercy—. Robin, ¿la has visto?

—Sí, muy bonita.

—Creo que deberíamos ponerla en una ventana que dé al sur, ¿verdad, Greta?

—Allí le daría demasiado el sol —dijo Greta.

—Ah, entonces supongo que sería mejor hacia el este. Por ejemplo, la ventana orientada al este de la sala de estar —le dijo Mercy a Robin.

—De acuerdo.

Le agradeció que hablara como si todavía viviese allí.

¡La pequeña Cande! Menudo torbellino. Se había pulido su segunda porción de tarta y quería que todos sus primos salieran a jugar con ella otra vez, aunque los demás todavía estaban comiendo.

—¿Por favor, por favor, por favor? —insistió.

Y Serena y ella marearon a Emily hasta que soltó el tenedor. En un visto y no visto los más jóvenes se habían ido y su sección de la mesa se quedó en silencio, aunque de algún modo seguía pareciendo bulliciosa, con los platos desordenados y las servilletas hechas una bola y el mantel lleno de migas.

En ese momento Morris le estaba contando a Mercy que a sus clientes les encantaban sus cuadros. (Tenía dos colgados en el despacho).

—Siempre les digo: «Bueno, encontrarán su tarjeta con toda la documentación».

—Eres un encanto —contestó Mercy.

Alice le preguntó a David por sus clases; al parecer, estaba dando clases en un curso de verano sobre improvisación. Y entonces Greta llegó con el café, caminando con esa leve cojera suya y con aspecto un poco cansado.

Una vez, Robin le había preguntado a Mercy: «¿Cuántos años crees que tiene?». (Fue cuando se enteraron de que estaba embarazada de Nicholas). «Cuarenta y dos —había dicho Mercy al instante—. Se lo he preguntado». Es decir, once años mayor que David. Bueno, podría haber sido peor. Y parecían felices. Aunque, en realidad ¿quién sabía? ¿Cómo podía saber alguien qué sucedía en realidad en la vida de sus hijos?

Hacía mucho tiempo que Robin había aceptado que su experiencia de la paternidad no era la que solía imaginar. Las chicas y él se llevaban bien, gracias a Dios, pero las chicas eran más cosa de la madre, así que no podía echarse muchas flores por eso. David, por el contrario… Por algún motivo, David y él nunca parecían muy sintonizados. Era incapaz de adivinar por qué. Sin duda, él lo había hecho lo mejor que había sabido. Quizá habría ayudado si David hubiese trabajado con las manos. Eso les habría hecho compartir algún tema de conversación. Pero no era así. ¡Y estaba bien! ¡Mejor que bien! Robin no tenía ningún problema con eso. De hecho, estaba orgulloso de la profesión de David, y todavía guardaba en alguna parte un recorte del periódico de una obra suya que había representado una compañía de teatro local.

Las mujeres empezaron a moverse: iban cogiendo los platos, los apilaban, recogían los cubiertos. Incluso Greta se había levantado para ayudar.

—Bah, no os molestéis —les dijo Robin, pero no lo decía en serio.

¿Cómo habría lidiado él solo con semejante desbarajuste?

—Mamá y tú id a sentaros tranquilamente en la sala de estar —dijo Alice.

Y eso hicieron, junto con David y los yernos. Pero en lugar de sentarse con los demás, Robin se acercó al televisor y se puso en cuclillas.

—¿Qué haces? —preguntó Mercy, que se puso en guardia al instante. (Siempre se quejaba cuando los hombres veían un partido en lugar de conversar, aunque Robin le había repetido varias veces que ver un partido, en cierto modo, también era conversar).

—¡Ya lo verás! —respondió él, y procedió a meter una cinta de vídeo en el reproductor.

—¿Qué es eso? —preguntó Mercy.

—Una película. Casera.

—¿Qué?

—¿Te acuerdas de las películas que solía hacer tu padre?

—Sí…

—Encargué que me las cambiaran de formato.

Ese comentario despertó el interés de sus yernos. Siempre estaban a punto para una charla sobre tecnología.

—¡No me digas! —exclamó Kevin.

—¿Se puede hacer? —preguntó a su vez Morris.

—Sí, claro —le dijo David—. En cualquier tienda donde revelen fotos pueden convertir las cintas antiguas a vídeo, más o menos.

—El padre de Mercy compró una cámara allá por el año…
—dijo Robin—, cariño, ¿en qué año dirías que la compró?

—Pues no sé, a finales de los cuarenta —respondió Mercy—.
Sé que las niñas todavía eran pequeñas.

—Yo me acuerdo de que el abuelo tenía una cámara —dijo
David—, pero no estoy seguro de haber llegado a ver nunca los
resultados.

—No, bueno, en aquella época proyectar una película era un
lío morrocotudo —dijo Mercy—. Pantalla especial, proyector especial, persianas bajadas…

—Y mira ahora —intervino Robin muy contento—. Basta
con darle a un botón y en marcha.

El televisor estaba cerca de la chimenea, en un ángulo ligeramente apartado de la pared para no reflejar la luz de las ventanas.
La casa —que en origen había sido de los padres de Mercy— se
había construido en una época en que no se contaba con una sala
específica para la televisión. Por norma general eso era una desventaja, o al menos solía serlo cuando su prole aún vivía con ellos.
Sin embargo, ahora Robin se alegraba, porque eran tantos que
habrían estado apretujados ahí dentro. Las mujeres se fueron acercando desde la cocina una vez que terminaron con los platos; llamaron a los niños, que jugaban en el patio, para que también
fuesen… De hecho, algunos de los nietos, las dos niñas más pequeñas, tuvieron que sentarse en el suelo. Los críos estaban acalorados y sudorosos, pero acudieron sin que hubiera que insistirles
mucho; era fácil convencerlos para ver algo en una pantalla.

—A ver, se trata de una película de los viejos tiempos —le dijo
Alice a Cande con tono instructivo—. Sale nuestra familia cuando nosotros éramos pequeños. ¿Llega hasta nuestra adolescencia?
—preguntó dirigiéndose a Mercy—. Yo no me acuerdo. Sé que
debo de haberla visto en algún momento, pero hace siglos.

—Bueno, por lo menos tú sí saldrás de adolescente —dijo Mercy—. Vuestro abuelo vivió hasta 1956. Entonces debías de tener catorce años.

—Pero después de su muerte —añadió Robin—, *sayonara* a las películas caseras. Me parece que, una vez murió, ni siquiera llegamos a sacar la cámara de la caja.

—Aunque estoy segura de que estará por alguna parte —dijo Mercy, porque siempre se quejaba de cuánta quincalla vieja había en aquella casa.

Robin apretó el botón de *play* y se retiró al sillón reclinable. En la pantalla aparecieron unos cuantos números al azar. Después salió un grupito vestido con colores demasiado llamativos, de pie en un césped, el suyo, bajo un cerezo silvestre en plena floración que había muerto unos veinte años antes. Un hombre y una mujer muy jóvenes con dos niñas pequeñas, la menor subida a las caderas de la mujer joven. Se quedó perplejo al ver a esas niñas. ¡Ahí estaban otra vez! ¡Habían vuelto! Robin se había olvidado de ellas, pero de repente se materializaron de nuevo. Y Mercy: había que verla con el vestido de volantes sin mangas, no se parecía en nada a lo que vestía en la actualidad.

Robin sintió vergüenza al verse: un tipo huesudo y desgarbado con el pelo exageradamente corto que dejaba a la vista el cuello flaco, y con una sonrisa forzada que enseñaba los dientes le hizo estremecerse en cuanto la vio. Sin embargo, todo el mundo exclamó:

—¡Oooooh!

Incluso sus nietas:

—¡Oooooh!

Luego otro flash y salía una Alice algo mayor con un traje de playa rosa acampanado. ¿Todavía fabricaban esa clase de trajes de playa? Estaba de pie junto a una bicicleta con un lazo rosa atado al manillar. Después, Alice y Lily juntas, entrecerrando los ojos para que no les molestara el sol.

Cualquiera diría que el abuelo Wellington no había acabado de captar en qué consistían las películas, porque todas esas estampas eran prácticamente estáticas, posadas como para un retrato. Pero entonces, alrededor de 1952 (salía David recién nacido en brazos de Mercy, así supo Robin la fecha), por lo menos Lily era un borrón de actividad, cruzaba la pantalla haciendo volteretas laterales y enseñando la ropa interior. ¡Era asombroso cómo ver a Lily hizo que Robin pensara en Cande! Y eso que Cande era la hija de Alice, no de Lily. Casi daba la impresión de que hubo algún error al adjudicar cada madre a sus nietas: la traviesa Cande a la seria Alice; la dócil Serena a Lily, que siempre había sido un trasto. Y luego Eddie, el de Alice, hijo del señor Club de Campo —como a Robin le gustaba llamar a Kevin—, había resultado ser el único nieto que se divertía ayudando a Robin con los proyectos de carpintería. Así pues, quizá la paternidad y la maternidad tenían un fin educativo, pensó Robin: una lección para los padres sobre modos de ser totalmente distintos. Sonrió al ver a Alice recogiendo fresas en un campo de vete a saber dónde para depositarlas en una lata de Crisco. Incluso sin banda sonora era capaz de rememorar aquella voz mandona de su hija. «Una para la cesta, una para mí; una para la cesta, una para mí», cada vez que se metía en la boca una fresa silvestre.

Ah, y entonces un añadido: el propio abuelo Wellington en persona, mirando fijamente hacia abajo con expresión recriminatoria a un David muy pequeño, que se colgaba de la pernera de su pantalón como si fuera lo único que lo mantenía en pie. Y una voz en la cabeza de Robin, la del abuelo Wellington, sacando pegas todos los domingos por la tarde cuando Robin se pasaba por su casa para informarle de las ventas de la semana anterior. A esas alturas, el anciano tenía que quedarse en casa, pues tras su primer ataque al corazón le habían prohibido incluso subir escaleras y dar la vuelta a la manzana, y tenía que conformarse con vigilar desde ese mismo sillón reclinable, donde fumaba Lucky Strikes como un carretero mientras sermoneaba a Robin con qué pasa con esto o aquello o deberías haber hecho lo de más allá y «¿Se puede saber en qué pensabas, por el amor de Dios?».

¿Quién habría filmado esa escena?, se preguntó Robin. Mercy no, porque en ese instante apareció en pantalla, caminando por la hierba para darle un abrazo a su padre y sonreír al pequeño David. Así pues, solo podía haber sido el propio Robin, aunque le costaba creer que le hubieran confiado la preciada cámara.

—Por Dios, ¿me habéis visto? —gritó Mercy desde la otra punta de la sala—. Pero si llevo un peinado que parece... ¡un florero!

Y Robin volvió la mirada hacia donde estaba sentada su mujer y vio que había envejecido. Seguía siendo guapa, incluso ahora, pero su pelo había perdido el color hasta adoptar un tono marfil, mientras que durante todos esos años él había seguido viéndolo rubio, y ya no era una maraña de rizos recogidos en alto, en la coronilla, sino una especie de moño en la parte posterior de la cabeza.

¿Acaso en aquellos tiempos había algún tipo de límite a la longitud de cada escena? Todas eran brevísimas. ¡Aquí están tal y tal! Y luego, ¡puf!, ¡aquí están fulanito y menganita! ¡Puf!... Y después, adiós. Es más, adiós a todo. Se acabó en cuestión de minutos. Maldita sea, a Robin le hubiera gustado ver más. A Lily vestida de gala para la graduación, por ejemplo, con aspecto de princesa y Jump Watkins a su lado. O a David retozando por el suelo con el cariñoso perro que tenían entonces, Tapón. Y sobre todo, le habría encantado ver alguna escena de aquella semana tan estupenda que pasaron en el lago Deep Creek. Había acabado en un abrir y cerrar de ojos, pensó cuando la pantalla se fundió en negro. Y no solo se refería a la grabación.

—¡Vaya! —exclamó Kevin—. ¡Muy interesante!

—¿Qué os parece, chicos? —dijo Morris.

A eso siguió un revuelo general: los niños quedaron liberados para volver a sus juegos, las mujeres recogieron los bolsos y las zapatillas de deporte abandonadas y alguna preguntó dónde estaba la muñeca de trapo de Cande. No, resultó que David no había cambiado de opinión sobre lo de quedarse a dormir. No, nadie quería el último pedazo de tarta, ni un poco más de ensalada de patata, ni llevarse los tulipanes de la mesa del comedor. Y así, sin más, se marcharon.

Pero Mercy no se iría también, ¿verdad? Robin dudaba que pudiera soportarlo si lo dejaba solo. Se quedó junto a ella en el porche posterior, después de ver cómo se iba el último coche, y casi le entró miedo a mirarla a la cara. No obstante, al final lo hizo. Descubrió que Mercy le estaba sonriendo.

—Ha sido un detalle que preparases la fiesta —le dijo.

—Ay, gracias —contestó Robin, y soltó el aliento contenido.

—Pero prométeme una cosa.

—Ya lo sé.

—¿Qué sabes?

—No quieres más sorpresas.

—Jamás de los jamases —corroboró ella.

—Te lo prometo —dijo Robin.

—Pero si ya lo sabías, entonces ¿por qué lo has hecho?

—No sé por qué —se excusó—. Fue un error de cálculo.

Aunque en retrospectiva, se le ocurrió que sí sabía por qué. Greta había dado en el clavo: tenía miedo de que Mercy se negara a celebrar sus bodas de oro si se lo preguntaba antes.

Sin embargo, seguía sonriéndole.

Y cuando él preguntó: «¿Entramos en casa?», Mercy no dijo que tuviera que volver al estudio.

Robin vio que las mujeres habían limpiado la cocina como regalo de despedida. Todas las superficies estaban impolutas y el lavavajillas en funcionamiento. En el comedor, los tulipanes empezaban a doblar la cabeza por encima del borde del jarrón, como si admirasen su propio reflejo en la mesa pulida.

Cuando Mercy y él llegaron a la sala de estar, Robin se dirigió al sofá en lugar de a su sillón reclinable. Confiaba en que Mercy se sentara con él. Pero en lugar de eso, ella fue al vestíbulo y se inclinó para recoger la funda de almohada llena de ropa sucia.

—¿Tienes algo blanco por lavar? —le preguntó a Robin.

—No, no —contestó él, aunque en realidad sí tenía.

Mercy fue a la parte posterior de la casa con la funda de almohada y al cabo de un minuto la oyó bajando las escaleras del sótano.

Desde el sofá miró alrededor hacia las escaleras vacías, los cojines aplastados, las copas de champán casi llenas abandonadas en la repisa de la chimenea... Todos esos signos de la vida que se desvanecía. Se percató de que el reproductor de vídeo continuaba encendido; veía un puntito rojo brillante, pero no hizo ademán de levantarse para apagarlo.

Oyó que Mercy subía las escaleras del sótano y después entraba en la cocina. Temió que hubiera encontrado algo que la distrajera, pero no, en ese preciso momento apareció en el umbral del comedor. Se acercó al sofá y, por fin, se sentó junto a él.

—Te estás quedando sin detergente —le dijo.

—Ah, vale.

—Lo he añadido a la lista de la compra.

—Gracias.

Un silencio. Robin pensaba que quizá Mercy quisiera comentar algo más sobre la fiesta, pero no lo hizo. Así pues, al final habló él:

—¿Te lo puedes creer, amor mío? ¿Puedes creer que hayan pasado cincuenta años?

—Por una parte, no —respondió Mercy—. Pero por otra, me parece una eternidad.

—Sé a qué te refieres.

—¡En el vídeo éramos unos críos!

—¿Quieres volver a verlo? —preguntó Robin, y se inclinó hacia delante.

—La verdad es que no.

Robin volvió a apoltronarse en el sofá.

—Si te soy sincera, me ha puesto un poco triste —dijo Mercy.

—Ah, sí, a mí también —se apresuró a decir él.

—Casi mejor que no haya ninguna grabación del día de nuestra boda.

—Pero sí tenemos fotografías —dijo Robin esperanzado—. En el álbum.

No obstante, ella seguía pensando en el otro tema.

—Y aun así, en aquel momento no me sentía una cría. ¿Recuerdas que papá quería que esperásemos un año? «¡Esperar!», le dije. «¡No tiene sentido! Ya he cumplido los veinte. Soy adulta».

—Bueno, yo no me sentía adulto —comentó Robin—. Me refiero al mismo día de la boda. Recuerdo que, una vez vestido y preparado, me miré en el espejo y vi que me había dejado un trocito sin afeitar. Ni siquiera sabía afeitarme en condiciones, pensé, así que ¿cómo se me ocurría casarme? ¿Cómo iba a saber qué hacer con una esposa?

—Pues sabías bastante —le dijo Mercy, y le dio un suave codazo travieso en las costillas.

—Huy, no estoy tan seguro.

—Venga, vamos, no seas modesto.

Robin rio entre dientes.

—Al principio pensé: «¿Él sabrá cómo?». Porque yo, desde luego, no lo sabía. Y no sé por qué, al empezar me parecía que ibas demasiado despacio.

—Eso fue cosa del reverendo Ailey —dijo Robin.

—¿Perdona?

—En el cursillo prematrimonial. ¿Recuerdas que quiso reunirse con nosotros por separado antes de la boda? Pues su recomendación fue que fuera «considerado». No supe muy bien a qué se refería con eso. «¿Considerado en qué sentido?», le pregunté. Y me dijo: «El novio debería evitar apresurarse en la noche de bodas. La novia podría estar tímida». Y añadió: «Siempre aconsejo al novio que vea esa primera noche como una oportunidad de conocerse mejor el uno al otro. No querrás que se asuste», me dijo.

Mercy se echó a reír.

—¡Nunca me lo habías contado!

—Así que ahí estaba yo, poniéndome el pijama a toda prisa mientras tú te cambiabas en el baño. Un pijama nuevo que me había comprado para la ocasión. Me tapé con la manta; crucé las manos encima del pecho… Y entonces saliste del cuarto de baño con el seductor camisón de satén blanco.

—Y apartaste la mirada —dijo Mercy—. Miraste hacia la ventana del dormitorio.

—Intentaba controlarme —se defendió.

—Conque me metí en la cama, me tumbé boca arriba y esperé. Y al cabo de un rato dije: «¡Bueno, pues aquí estamos!». Y tú dijiste: «Ajá» y continuaste mirando por la ventana.

—Intentaba adivinar a qué se refería el reverendo Ailey con lo de conocernos mejor. ¿Se refería a que charlásemos? ¿Debía preguntarte qué intereses tenías o algo así? ¿O se refería a un aspecto más físico, o sea, una especie de calentamiento para el gran evento?

—Y entonces fue cuando me volví hacia ti y empecé a desabrocharte el pijama —dijo Mercy.

En ese momento, también Robin se echó a reír.

—¡Qué descarada!

—Bueno, había esperado mucho tiempo, ¿sabes? Hasta entonces me había portado muy bien.

Se había apoyado en el cuello de Robin y hablaba con la boca cobijada en el hueco. Se acercó más a él. Su marido inclinó la cabeza para besarla y ya había empezado a acariciarle el muslo cuando ella se apartó un instante para susurrar:

—¿Quieres subir a la habitación?

—De acuerdo —contestó Robin.

En los viejos tiempos, no habrían conseguido esperar hasta llegar al dormitorio.

Cuando Robin se despertó, era por la tarde. Lo supo por el polvo amarillo intenso que cubría los cristales de las ventanas. El lado de la cama en el que solía dormir Mercy estaba vacío y la sábana retirada tenía un aspecto endurecido, como si hiciera varias horas que se había marchado.

Pero entonces oyó pasos abajo y se armó de valor. Se levantó, se puso el albornoz y las pantuflas de rizo y bajó al comedor. Mercy estaba doblando ropa de la cesta de la colada, que había puesto encima de la mesa. Se había rehecho bien el moño e iba totalmente vestida.

—¡Hola, dormilón! —le dijo.

—Me he quedado frito en el acto. ¿Cuánto hace que te has levantado?

—Siglos —respondió Mercy, y como prueba señaló la cesta de la colada.

Robin casi nunca lograba dormir durante el día. Seguro que había sido por la liberación, pensó —la liberación de haber organizado la fiesta y de que hubiese acabado— y se le pasó por la cabeza decírselo, pero no lo hizo. Podría sonar a queja. En cualquier caso, lo cierto era que había estado algo tenso desde hacía un par de semanas, y ahora por fin podía decir sin temor a equivocarse que todo había salido a pedir de boca.

Se sentó junto a la mesa y observó a Mercy mientras ella cogía una braguita y la doblaba formando un cuadrado.

—He soñado con el apartamento de Hampden —dijo Robin.

—¡En serio!

—Supongo que ha sido de tanto hablar del pasado. He soñado que estaba plegando el sofá en el que solíamos dormir cuando nacieron las niñas, aquel sofá cama. Estaba levantando la barra metálica que había a los pies del colchón; estaba haciendo ese movimiento para guardarlo, cuando bajabas el colchón y luego lo echabas hacia atrás hasta que quedaba recogido otra vez con forma de sofá.

Robin sabía que estaba contando demasiados detalles. Aborrecía cuando la gente hacía eso; es más, aborrecía cuando alguien comentaba lo que había soñado. Pero, por algún motivo, le pareció importante que Mercy visualizara esa escena con la misma concreción que él.

—Toda la secuencia de movimientos volvió a mí —le dijo—. ¿Recuerdas el truco?

Ella asintió con la cabeza.

—Sí que me acuerdo —contestó. Y sacó una blusa de la cesta.

—Y entonces apareció Alice. Debía de tener unos tres años. Llevaba ese corte de pelo cuadrado, tipo paje, que solía llevar entonces y me dijo: «¿Sabes qué, papá? Esta noche vamos a cenar *pagueti*».

Mercy levantó la vista de la ropa que estaba doblando.

—Ay —dijo con nostalgia—. *Pagueti*.

—¿Te acuerdas?

—*Pagueti* con carne —dijo Mercy.

—Se parecía más a un viaje que a un sueño —dijo Robin—. Lo he vivido como algo mucho más real que un sueño.

—Alice era una ricura, ¿a que sí? —dijo Mercy—. ¿A que todos lo eran? ¡Ay, cuánto tiempo hace!

—Nos hacemos viejos, Mercy.

—Es cierto. Ya lo somos.

Lo dijo mientras sacaba otra blusa de la cesta, pero luego la dobló a cámara lenta. Y le dio una especie de caricia antes de dejarla encima del montón de ropa.

—Entonces ¿crees que te apetecería volver a mudarte aquí?

—Eh —dijo Mercy.

—¡No cambiaría nada! ¡Podrías seguir pintando tus cuadros! Solo que no los pintarías en el estudio. ¡O incluso podrías jubilarte! ¡Yo estoy jubilado! Tú y yo: remolonearíamos juntos, nos lo tomaríamos con calma, pasaríamos más tiempo con los nietos o incluso viajaríamos un poco, si es lo que te…

De nuevo, estaba hablando demasiado. Y demasiado rápido. La observó mientras sacaba la última prenda de la cesta (una funda de almohada) y la sacudía antes de meter dentro toda la pila de ropa doblada. Luego Mercy volvió a sacudir ligeramente la funda para que la ropa cupiera mejor y la levantó con ambas manos. Se dio la vuelta hacia él y le sonrió.

—Ay, cariño, ¡pero si odias viajar!

Robin podría habérselo rebatido. Podría haber dicho que quizá acabara por gustarle o —más relevante para la conversación— que el viajar o no era solo una parte ínfima de lo que acababa de proponerle. Pero no lo hizo.

—¿Quieres la planta de Greta? —se limitó a preguntarle.

—No, gracias.

—Si quieres, puedo llevártela.

—Cuidarla sería demasiado follón.

—De acuerdo.

La siguió hasta el vestíbulo, pero como todavía iba en albornoz, no salió al porche con ella; solo aceptó el beso que Mercy le dio en la mejilla y luego le aguantó la mosquitera abierta para que pudiera pasar.

Subió al dormitorio y se vistió de calle, porque no había nada más patético que un viejo en albornoz a plena luz del día. A continuación, fue a la cocina para prepararse algo de cenar. No es que tuviera hambre después de semejante festín, todo lo contrario, pero ya pasaban de las cinco y otra cosa patética era cuando los ancianos empezaban a saltarse comidas y no hacían más que picar comida basura y desarrollaban lo que el doctor Fish solía llamar síndrome del té con tostadas. Por supuesto que no: ahí tenía una estupenda ensalada de patata que las mujeres habían guardado en un táper. La sacó de la nevera y la puso en la mesa de la cocina, junto con media taza de láminas de pepino que solo se habían puesto un poco traslúcidas por el aderezo. Eso y un tercio de pastel de salmón, más o menos, que seguía en el recipiente del horno. También lo sacó y lo llevó hasta el cajón de los cubiertos, para coger un tenedor. Allí mismo, de pie junto al cajón, metió el tenedor en el borde del pastel y cogió un bocado para probar. Delicioso. Y luego otro. Y entonces se desplomó en la silla de la cocina con el pastel de salmón protegido con el brazo izquierdo y se lo fue zampando bocado tras bocado, cada uno más grande y pinchado con más avidez que el anterior, mientras pensaba sin cesar: «¿Por qué no?». Y «¿Quién me lo va a impedir?». Y «¡Maldita sea, tengo derecho!».

Al final se lo terminó, hasta la última migaja, y rascó los últimos trocitos crujientes de los bordes. Después colocó la bandeja vacía encima de la mesa y puso el tenedor al lado y se sentó mirando al frente mientras detrás de la puerta mosquitera los pájaros todavía cantaban y el sol aún brillaba con fuerza.

6

El día que Cande Lainey cumplió doce años (el 8 de enero de 1997)
anunció que iba a instaurar algunos cambios en su vida. Esas fueron sus palabras concretas.

—Voy a instaurar algunos cambios en mi vida —le dijo a su
madre cuando entró en la cocina por la mañana.

—¿Ah, sí? —dijo Alice antes de plantarle un beso en la frente
y preguntarle qué le gustaría desayunar el día de su cumpleaños.
Con eso quería indicar básicamente que, fueran cuales fuesen
aquellos cambios, no importarían demasiado.

—Primero —dijo Cande—, voy a cortarme el pelo. Las cole-
tas son de críos. Estaba pensando en escalármelo, con las puntas
hacia arriba por los lados.

—¿Ese look no está un poco pasado de moda? —preguntó
Alice.

—Segundo, voy a hacerme agujeros en las orejas. Me dijiste
que podría; llevas años diciéndome que podría ponerme pendientes cuando cumpliera los doce.

—Te dije que quizá cuando cumplieras doce.

—Y tercero, a partir de ahora quiero que me llaméis por mi
nombre: Kendall.

—Me parece bien —dijo Alice—. Fuiste tú la que empezó a
pronunciarlo «Cande».

—Solo porque de pequeña no sabía decirlo —le dijo Cande—. Ahora quiero recuperarlo.

—Vale —dijo Alice antes de volver a preguntarle qué prefería desayunar.

En efecto, Cande se cortó el pelo ese sábado, no exactamente con las puntas hacia arriba, pero sí con un ligero escalado en los laterales, y justo por encima de los hombros. Y en cuanto terminó fue a hacerse agujeros en las orejas en una joyería del mismo centro comercial. Pero nadie hizo el menor esfuerzo por respetar su deseo de cambiarse el nombre.

—¡Bonito corte de pelo, Cande mía! —le dijo su padre cuando llegó a casa.

Lo fulminó con la mirada.

—¿Qué? —preguntó su padre.

—Quiere que la llamemos Kendall —le recordó Alice.

Pero al cabo de un par de minutos como mucho, ella también se dirigió a su hija como «Cande».

Cande era la benjamina de la familia, eso lo explicaba. Era la única que quedaba en casa de sus padres. Nadie la tomaba en serio.

Incluso sus amigos, en la fiesta de pijamas que hicieron para celebrar su cumpleaños aquella noche, se pasaron el rato llamándola Cande. Sí que intentaban acordarse, así que decían «¡Ups!» cuando ella los corregía. Pero el lunes por la mañana volvieron a la carga con Cande esto y Cande aquello, y sus profesores ni se molestaron en hacer el esfuerzo.

Al final, volvió a ser Cande incluso para sí misma. Era como si nunca hubiese ocurrido el cambio. Cuando escribía «Kendall» en los exámenes —algo que llevaba haciendo toda su vida, pues era el nombre oficial de su expediente escolar— ahora lo miraba con nostalgia por un instante, recordando el momento en el que había imaginado que sería posible convertirse en una persona distinta por completo. Aun así, debía admitir que nunca había considerado el nombre plenamente suyo.

Y el pelo le creció otra vez, porque en esa época llevaba una vida muy ajetreada y no tenía tiempo para ir a la peluquería. Y entonces empezó la temporada de softbol y era más fácil recogerse el pelo con una goma antes de colocarse la protección de receptora en la cara.

De todos modos, sí mantuvo los agujeros de las orejas y con el tiempo fue acumulando una buena colección de pendientes; en su mayoría pequeños, porque el entrenador no permitía ninguna clase de pendientes largos que colgasen.

Se le ocurrió que, cuando cumpliera trece años, haría campaña para hacerse toda una hilera de piercings que resiguieran la parte exterior de las orejas. Luego se pondría un arito en cada uno de los agujeros, de modo que sus orejas parecieran la espiral de un cuaderno. Se lo había visto a una chica del McDonald's, una chica de aspecto muy pasota con maquillaje negro como un mapache y los labios también pintados de negro. ¡Sus compañeras de clase se caerían de culo! Seguro que casi no la reconocían; así de radical sería el cambio.

Ese verano fue a un campamento en Maine al que había ido todos los años desde que tenía ocho. Tres de sus amigas del colegio iban también y ya conocía a otros muchos campistas de los veranos anteriores, así que no suponía una gran aventura, pero se divertía bastante y era mejor que quedarse en casa. Sin embargo, ese año había una monitora de manualidades nueva. Se llamaba Mañana. (¡Mañana!). Era más joven que la monitora anterior y más hippy; tenía un tatuaje de un abejorro en la muñeca. Cande y ella congeniaron al instante. Para empezar, le dijo que le encantaba el nombre Cande, y cuando le contó de dónde había salido, la chica le confesó que su nombre también era una adaptación del original.

—Empezó siendo Malena —le dijo—. Me lo cambié cuando llegué a la adolescencia. Tú te me adelantaste muchos años al cambiártelo de tan pequeña.

De pronto, Cande se alegró muchísimo de que su familia no le hubiera hecho ni caso cuando intentó recuperar su auténtico nombre.

Pero lo más importante: Mañana pensaba que Cande tenía talento. Un día, mostró al resto de chicas el bodegón que había pintado Cande (el mismo bodegón que habían pintado todas: un cuenco de fruta y una jarra de refresco colocados en una de las mesas de pícnic).

—¿Veis cómo ha dado Cande su toque personal a los objetos? —les preguntó—. No ha copiado la jarra; la ha exagerado. Ha estilizado el cuello y ha abombado la base. Eso es lo que convierte su cuadro en arte, chicas.

Cande no sabía dónde meterse. Siempre había «exagerado» sus dibujos, si así era como se decía. Cuando dibujaba una princesa de cuento de hadas, como le gustaba hacer de pequeña, prolongaba la falda del vestido de fiesta hasta el borde mismo del papel; alargaba el torso; hacía los brazos de la princesa tan curvados como las filigranas de la caja de un violín. Pero nadie le había dicho que tuviera talento. La artista a la que admiraban sus amigas del colegio era Melanie Brooks, de octavo. Melanie dibujaba modelos de moda tan perfectas que podrían haber salido en una revista.

Al cabo de unos días, las otras chicas se pusieron a hacer cerámica, a trenzar cuerdas o cestas de mimbre, pero a Cande le dejaron que continuara pintando. Y cuando sus padres fueron a buscarla, tras seis semanas de campamento, pudieron admirar una exposición de todos sus cuadros, colgados con chinchetas por toda la caseta donde hacían las manualidades.

—Me encantaría ver qué haría si probara el óleo —les dijo Mañana—. El campamento nos limita a las acuarelas porque son más fáciles de limpiar, pero creo que a lo mejor le apetecería experimentar con otras técnicas.

—Ah, pues resulta que mi madre trabaja con acrílicos —dijo Alice.

—¿Eh? ¿Su madre es artista?

—Más o menos —dijo Alice.

—Pues podría darle algunos consejos a Cande —dijo Mañana.

Alice no parecía muy convencida.

—Bueno, tal vez —contestó de todas formas.

Los cuadros de Cande quedaron olvidados a su regreso. O, por lo menos, olvidados por sus padres, porque la casa se puso patas arriba con los preparativos de la boda de su hermana. Robby iba a casarse con su novio de toda la vida en otoño. Se llamaba Carlton. Estudiaba Odontología y ya tenía entradas en el pelo, conque menudo partido. Cande no acababa de entender a qué venía tanto alboroto.

La propia Cande, por su parte, no se olvidó de la pintura. Faltaban otras seis semanas largas hasta que empezaran las clases y no tenía absolutamente nada que hacer. Todas sus amigas estaban fuera de vacaciones, pero los padres de Cande ya habían cogido las suyas mientras ella estaba en el campamento. Así pues, un día le preguntó a su madre si podían ir a una tienda de bellas artes a comprar algo de material y, aunque su deseo tardó varios días en materializarse, al final sí fueron. Solo que Cande no sabía con exactitud qué necesitaba. Pensaba que lo más práctico sería comprar un set de pinturas al óleo ya preparado, pero por lo visto los óleos no solían ir en pack; los vendían en tubos individuales bastante caros. Por el contrario, los acrílicos sí iban en estuches con varios colores.

—Ay, no estoy segura —le dijo a su madre—. O sea, los acrílicos no suenan tan profesionales como los óleos.

—No sé por qué lo dices —respondió Alice—. Tu abuela siempre utiliza acrílicos, y es una profesional… en teoría. —Luego añadió—: Hagamos una cosa: quedemos un día con ella en el estudio para que le preguntes. Llévale algunos de los dibujos que hiciste en el campamento y quizá pueda darte su opinión sobre qué tipo de técnica cree que podría irte mejor.

Así que ese era el plan. Alice llamó por teléfono a Mercy nada más llegar a casa y acordaron verse al cabo de dos días, por la tarde.

—Eso sí, ten en cuenta una cosa —dijo Alice mientras llevaba a Cande en coche hasta la ciudad—: No te sientas herida si la abuela dice algo crítico sobre tus cuadros. Puede que no sea tan efusiva como Hoy, o como se llamase.

Era imposible que Alice hubiese olvidado el nombre de Mañana. Solo se estaba dando aires, como siempre. Le encantaba hablar como si la gente le hiciera gracia.

No entró en el estudio con Cande cuando llegaron.

—Dile que ya pasaré a saludar cuando vuelva a buscarte —comentó—. Dentro de una hora más o menos; una hora y media como mucho.

Mientras tanto, iría a probarse el vestido de madre de la novia en una tienda de Towson.

El estudio estaba encima del garaje, en el patio de no sé quién. Cande tuvo que subir la escalera exterior que crujía y se zarandeaba con cada paso que daba. Así pues, su abuela supo que venía alguien y ya tenía la puerta abierta cuando Cande llegó al descansillo superior.

—¡Kendall! —le dijo—. ¡Cuánto me alegro de verte!

Hasta ese momento Cande había olvidado que por lo menos su abuela sí la había llamado Kendall desde el principio. Sintió un arrebato de gratitud.

—Gracias, abuela —contestó y le dio un breve abrazo, aunque normalmente no se habría molestado.

Mercy tenía mucho mejor aspecto que la mayoría de las ancianas: todavía delgada, con un moño suelto y una cara pequeña y afilada. Llevaba una camisa de hombre a modo de bata, seguramente del yayo, lo bastante larga para cubrirle la falda, y desprendía un olor algo amargo, como el té. Su estudio era la clase de sitio que le gustaba a Cande pero que era incapaz de reproducir, porque su habitación en casa sufría un desorden crónico mientras que allí todas las superficies estaban desnudas y todo estaba recogido. Entró y miró alrededor con admiración, antes de entregarle a su abuela la carpeta con sus obras.

—Mamá me ha dicho que te diga que pasará a saludarte cuando vuelva a buscarme.

Mercy asintió con la cabeza, pero sin prestar demasiada atención, porque ya estaba abriendo la carpeta y mirando el primer dibujo.

—Me temo que no son muy buenos —dijo Cande.

Su abuela la miró a la cara.

—Nunca le digas eso a la gente —indicó—. Regla número uno.

—Vale, pero me refiero a que solo son dibujos que hice en el campamento.

Mercy comenzó a extender los cuadros formando una fila por toda la mesa. Apartó algunos tubos de pintura para hacer sitio.

—Ajá —dijo mientras los iba examinando—. Hummm. Ajá.

Primero vio el del cuenco de fruta con la jarra de refresco. Luego un árbol junto al lago en el campamento, con unos platos enormes de hongos blancos que sobresalían del tronco como los CD cuando le das al botón de expulsar. Y después un retrato: Ditsy Brown de la tienda ocho. La rolliza pantorrilla izquierda de Ditsy, cruzada por encima de la rodilla derecha, era el elemento más grande del dibujo porque resultaba ser lo que estaba más cerca del espectador. Cande se dio cuenta de que le daba un efecto de dibujo animado. No es que lo hubiera buscado. Empezó a decirlo, pero se detuvo y pasaron a ver el siguiente cuadro, en el que salía una barca de remos.

Uno de los cuadros de Mercy, a medio terminar, estaba en el otro extremo de la mesa. En él se veía el porche delantero de una casa. Cande sabía que no estaba acabado porque no había nada más que una mancha difusa para los tablones del suelo y las sillas de jardín, sin ninguna parte detallada. Todas las obras de Mercy mostraban una diminuta porción con sumo detalle. Debía de considerar que los dibujos de Cande eran infantiles; eran normales y aburridos.

—Ya sé que no son como los tuyos —le dijo Cande.

—Bueno, confío en que no. No deberían parecerse a los de nadie. —Recogió todos los dibujos y los metió de nuevo en la carpeta—. Pero ya veo por qué te gustaría probar una técnica diferente —añadió Mercy—, porque tu estilo se basa en la línea. La pintura lineal te resultaría más fácil con óleos o con acrílicos. ¿Te gustaría probar mis acrílicos?

—¡Sí!

—Entonces deja que te prepare el material y a ver qué te parece.

Arrancó una lámina de un bloc y la colocó delante de Cande, junto con un par de lápices. Cande se sentó y pasó el dedo con timidez por encima del papel para comprobar cómo era: parecía tejido, como una tela.

—En cuanto al tema del cuadro… —dijo Mercy.

Se acercó a la zona de la cocina y empezó a rebuscar. Regresó con un melón cantalupo, una botella de zumo de manzana y una escobilla para fregar de cuerda con el mango de madera.

—No prestes atención a la combinación tan rara —le dijo a Cande mientras los colocaba encima de la mesa—. Lo que quiero es proporcionarte una variedad de texturas. Tú experimenta; prueba a usar pinceles de distintos grosores. Te dejo a tu aire.

Y dicho esto cruzó la estancia haciendo ondear los faldones de la camisa y se acomodó en el sofá cama. Alargó el brazo para encender la radio. Parecía la emisora WLIF, típica de gente mayor. De detrás de uno de los cojines del sofá (el grande, que en realidad era un almohadón) sacó un libro de la biblioteca forrado y lo abrió para ponerse a leer mientras balanceaba el pie adelante y atrás al compás de una especie de vals que sonaba en la radio. Era tan menuda que los pies quedaban suspendidos en el aire por delante del cuerpo, como los de una niña.

Al principio Cande no sabía qué hacer. ¿No sería mejor que le diera algunas pautas? Pero al final dibujó unas cuantas líneas tímidas para indicar los tres objetos y luego cogió un tubo de pintura acrílica amarilla y echó un poco en la paleta, formando una montañita. Se dio cuenta de que era un acierto que su abuela la hubiera dejado a sus anchas, sin tener a nadie que hiciera muecas ni resoplara si se equivocaba sin querer.

Probó un pincel de punta redonda y luego uno con las cerdas inclinadas. Primero los mojó en el frasco de agua que había junto al vaso de los pinceles de Mercy. Se le ocurrió mezclar un poco de blanco con el amarillo para hacerlo más pálido; se concentró en el zumo de manzana. Mercy se había puesto a tararear al ritmo de la radio, pero solo de cuando en cuando: un par de compases en voz baja cada vez que pasaba la página. La madre de Cande aseguraba que lo que leía Mercy era una porquería. Casi siempre novelas inglesas de vete a saber quién, decía. «Personalmente, yo no sé de quién ni me importa», solía añadir.

Cande empezó por la escobilla de fregar. Se divirtió pintando las hebras grises de cuerda. Aprendió a utilizar menos agua para añadir unas finas líneas negras encima del gris, y mucha más agua para pintar la encimera de formica gris, más borrosa.

Cuando Alice llamó a la puerta del estudio, Cande estaba haciendo los puntitos de los poros del cantalupo y Mercy había guardado el libro y estaba preparando un té con hielo en la cocina. No había mirado el cuadro de Cande ni una sola vez. Fue a abrirle la puerta a Alice.

—¿Qué tal ha ido? —preguntó esta al instante. Como si hubiera pasado todo ese rato en suspense.

—¿Eh? Ah, bien. —Mercy cruzó la sala para apagar la radio—. ¿Te apetece té con hielo?

—No, en realidad deberíamos… ¿Qué te han parecido los acrílicos, tesoro? —preguntó Alice a Cande.

—Me gustan.

—¿De verdad? ¿Quieres que compremos?

—¡Sí!

—¿Mamá? ¿Qué opinas?

—¿Por qué no? —dijo Mercy sin pensarlo.

—Vale, bueno… Y ¿qué te ha parecido lo que ha pintado? ¿Crees que vale la pena que se esfuerce en esta afición?

—Su obra me gusta mucho —dijo Mercy—, pero solo ella puede decir si le vale la pena esforzarse o no.

Alice se volvió expectante hacia Cande, pero, por alguna razón, esta decidió no decir ni mu. Se limitó a sonreír a su madre de un modo inexpresivo y luego se concentró en recoger todos los pinceles que había usado para lavarlos.

Al final sí le compraron el maletín de acrílicos junto con una selección de pinceles y un bloc de papel tejido. Pero resultó que en casa no tenía un espacio privado donde pintar; le tocaba ponerse en la cocina, porque era la única habitación sin moqueta, y resultaba abrumadora la cantidad de veces que su madre pasaba por allí a husmear por encima del hombro de Cande, mordiéndose la lengua de un modo muy ostentoso, aunque eso ya parecía un comentario en sí.

—En casa de la abuela pintaba mejor —le dijo Cande.

Lo que quería decir era que prefería no tener a alguien respirándole en la nuca; pero Alice lo malinterpretó.

—¿Quieres que llame a tu abuela y le pregunte si puedes volver para que te dé algunos consejos útiles? —le preguntó.

Cande no la sacó de su error.

Así pues, a partir de entonces iba a pintar al estudio de Mercy una vez por semana más o menos. No era a una hora concreta, aunque Alice lo habría preferido.

—Le pregunté —le contó Alice a Cande—: «¿Qué te parece si acordamos, no sé, los lunes por la tarde...?». Pero tu abuela dijo: «No puedo asegurarte que todos los lunes vaya a estar libre». Entonces le dije: «Bueno, y ¿hay algún día en el que sepas seguro que estarás disponible?». Y me contestó: «La verdad es que no». Pero ¿a qué dedica el tiempo esta mujer? Me encantaría saberlo. ¿Qué podría mantenerla tan ocupada, vamos a ver? No es que tenga hordas de clientes aporreando la puerta.

De modo que una semana Cande iba al estudio el lunes, la siguiente iba el jueves, y así. Y entonces empezó el curso y los días de clase quedaron descartados; los sábados y los domingos eran los únicos que tenía libres.

—En fin, ya sabes lo que nos dirá tu abuela. «Ay, no puedo comprometerme», dirá. —Y Alice puso voz de anciana, aunque Mercy no hablaba en absoluto como una anciana.

Sin embargo, esta vez fue la propia Cande quien llamó a Mercy y las cosas fueron como la seda.

—Ay, pobrecilla —fue lo único que dijo Mercy—. ¡Otra vez a la rueda de molino! Sí, claro; cualquier día, mientras sea por la tarde.

Cande descubrió que su abuela lo había dicho porque le gustaba dormir hasta tarde. No era que los clientes echasen la puerta abajo por las mañanas, ni siquiera era que pintase a esas horas necesariamente. Era solo que llevaba aquella vida lánguida y no planificada, aquella vida a su antojo que a Cande le hubiera encantado vivir.

—Abuela —le dijo una de esas tardes—, cuando sea mayor voy a seguir a rajatabla tu horario.

—¿Y qué horario es ese? —preguntó Mercy con aire divertido.

—Bueno, tu no-horario, quiero decir. Voy a hacer lo que quiera cuando quiera, y nadie me mandará.

—Tiene sus recompensas —dijo Mercy—. Y ¿tendrás hijos?

—Bueno…

En cierto modo, había dado por hecho que los tendría, pero se dio cuenta de que eso podría complicar las cosas.

—Algunas veces, la gente vive primero una vida y luego otra —le dijo su abuela—. Primero una vida en familia y, más adelante, otra vida del todo distinta. Eso es lo que hago yo.

Y le dedicó a Cande una sonrisa misteriosa, una sonrisa casi maliciosa, antes de volver a ponerse a tararear las canciones de la radio. En ese momento canturreaba «Moon River» mientras hacía un crucigrama de *The Baltimore Sun*.

Cande pintó varios cuadros: de una pareja bailando y de un chico corriendo colina abajo y de una niña que caminaba sola por el bosque… Todos inventados. Una vez intentó pintar a su abuela, pero llegó a la conclusión de que las cosas reales no eran tan divertidas. Con las cosas reales te veías ceñido a los hechos: los complicados detalles del pelo que salía de un moño o de las arrugas en el pliegue del cuello. Un árbol de una altura imposible que se cernía sobre una niña sola y diminuta en el bosque tenía más dinamismo, pensaba ella.

Cuando quedaba satisfecha con un cuadro, invitaba a Mercy a verlo.

—¿Quieres ver cómo ha quedado? —le preguntaba.

—Pues claro —respondía Mercy.

Y se levantaba de un brinco del sofá cama para mirar su obra. Se ponía muy seria cuando observaba con atención un cuadro. Primero lo estudiaba de cerca y luego se apartaba unos cuantos pasos; inclinaba la cabeza, entrecerraba los ojos.

—Me gusta —decía después.

Y punto. Si no le hubiera gustado, ¿se lo habría dicho? Cande creía que lo más probable era que sí, a pesar de que no lo hizo nunca.

Una vez, al abrirle la puerta a su nieta, Mercy le anunció:

—Acaban de encargarme un cuadro, así que hoy trabajaremos las dos.

Y acto seguido volvió a enfrascarse en su obra. Aunque no se puso en la mesa de la cocina; había trasladado su material a la encimera. Por eso, Cande intuyó que era mejor no husmear y se dedicó a sacar sus cosas en silencio y continuó pintando un cuadro que había empezado la semana anterior. Los únicos sonidos del estudio eran las finas pinceladas de ambas. Cande se había acostumbrado a escuchar música de gente mayor, pero saltaba a la vista que Mercy prefería trabajar en silencio y Cande entendía por qué. De algún modo, el silencio daba más importancia a lo que estaban haciendo: le otorgaba un propósito, casi como rezar. No pronunciaron ni una sola palabra hasta que su madre fue a buscarla una hora y media más tarde.

Para la boda de su hermana, Cande y su prima Serena fueron las madrinas, mientras que el puesto de dama de honor recayó en Mary Ann Locke, una antigua compañera de la facultad de Robby, con la que había compartido piso. A Cande le pareció bien; se llevaba tantos años con Robby que nunca habían estado demasiado unidas. Ya puestos, tampoco es que Serena y ella fuesen íntimas, pues últimamente apenas se veían. Lo único que tenían en común, por decirlo de alguna manera, era que ambas eran las «pequeñinas» de sus familias, en oposición a los «grandullones».

—¿Qué pasó? —le había preguntado una vez Cande a su madre—. ¿La tía Lily se enteró de que yo había nacido y decidió tener otro hijo solo para hacerte compañía?

—¡Ja! —había dicho su madre—. ¿Crees que esa hermana mía ha planificado alguno de sus embarazos?

Porque no solo había pequeñines y grandullones en esa familia; también estaban los sensatos y los alocados. O, como decía la tía Lily, los complicados y los fáciles. Según la tía Lily, Alice era complicada mientras que Lily era fácil, con lo que se refería a tranquila y relajada.

Los buenos frente a los malos, de eso era de lo que hablaban en el fondo. Pero cada una de ellas se refería a algo distinto con esos adjetivos.

La abuela de Cande era de las malas, en opinión de su madre.

—La quiero con locura, ¿eh? —dijo—. Pero admitámoslo: esa mujer no debería haber tenido hijos.

Entonces se metió de lleno a criticar que la mesa del comedor de su casa siempre estuviera cubierta de tubos de pintura y pinceles; que ni una sola vez en su vida tomasen una comida equilibrada; que en una ocasión, al enterarse de que los ciudadanos de a pie tendrían la opción de ser enviados a una colonia en Marte en el futuro, Mercy había dicho: «¡Yo iría! ¡Me apuntaría sin dudarlo!».

—¡Y eso fue en los años sesenta! —exclamó Alice—. ¡Cuando todavía tenía a uno de sus hijos en casa!

—Se refería a que se iría después de que se independizaran sus hijos —le explicó Cande con paciencia—. Cuando llevara su nueva vida.

—¡Pero aun así! El mero hecho de pensarlo… ¡Que se le pasara por la cabeza siquiera!

—Bueno, no es que la estuvieran invitando a la expedición de verdad, por favor. ¿A qué viene montar tanto alboroto por eso?

—Oye, señorita, no me hables en ese tono —le dijo Alice.

A Cande le costaba creer que su madre se considerase a sí misma una de las sensatas.

Durante el banquete de bodas de Robby, Mercy le preguntó a Cande si le apetecía acompañarla a Nueva York.

—¿Adónde? —preguntó Cande. Le había pillado totalmente desprevenida.

—Mi vieja amiga Magda Schwartz va a montar una exposición —dijo Mercy—. Estaba pensando en ir a verla. —El yayo y ella estaban a punto de marcharse de la fiesta; ya se habían despedido del resto, pero entonces le dijo a Cande—: Si te interesa, llamo mañana a tu madre para ver si te deja ir conmigo.

—¡Sí! ¡Me interesa mucho! —respondió Cande.

Nunca había estado en Nueva York. Estaba a tres horas clavadas en tren, pero la chica no había puesto un pie en la urbe ni una sola vez.

—Aunque será un acto para adultos —aclaró Mercy—. Solo te lo aviso. Llegaremos a tiempo para comer, quedaremos con Magda en un restaurancillo que conoce (le dije que la invitaría a comer para celebrarlo) y luego iremos a ver sus cuadros y, hala, al tren de vuelta a casa. No podemos permitirnos quedarnos a dormir allí; los hoteles de Nueva York cuestan una fortuna.

—No pasa nada —dijo Cande—. Pero ¿podremos comprar un perrito caliente de Nathan's?

—¿Un qué? Ah, sí, ¿por qué no? Puedes tomártelo antes de subir al tren.

—Genial.

Una compañera del equipo de softbol se pasaba el día alabando los perritos calientes de Nathan's.

No mencionó la invitación a sus padres; supuso que Mercy tendría más poder de convicción. Además, durante el banquete estaban demasiado ajetreados, y luego no pararon de hablar de la boda en todo el trayecto de vuelta a casa. Sin embargo, al día siguiente se ponía nerviosa cada vez que sonaba el teléfono, por si era Mercy. Y, por desgracia, el teléfono sonó sin parar. Todos querían comentar lo fantástica que había sido la boda, lo guapa que iba la novia y lo dulce que parecía el novio y bla, bla, bla. A última hora de la tarde, por fin, Cande oyó que su madre respondía al teléfono con un «¿Diga?… Ah, hola, mamá». Cande dejó las tiras cómicas del periódico y se plantó en el vano de la puerta de la cocina.

—Sí, opino lo mismo —decía Alice en ese momento—. Aunque me alegro de que ya haya pasado.

Luego escuchó unos instantes.

—¿Nueva York? ¿Para qué? —preguntó.

Otra intervención de su abuela.

—Bueno, no sé, pero… ¿Crees que le va a interesar?… ¿Qué? —Se volvió para mirar a Cande, quien juntó las palmas de las manos, suplicante—. ¿Así que ya has hablado con ella del tema? Bueno, habría preferido que me… —Otro rato de escucha—. De acuerdo, a ver qué dice Kevin. Ya te llamaré, ¿vale? ¿Qué día me has dicho?

Después de colgar, se dirigió a su hija.

—Te habría agradecido que me contaras que tu abuela tenía esto en mente.

—No he tenido ocasión —dijo Cande.

—Ya.

—Entonces ¿me dejas ir? Por favor, por favor…

—¿Cómo estás tan segura de que te vas a divertir? —le preguntó su madre—. Un trayecto en tren largo y abarrotado; ver unos cuantos cuadros; otro trayecto de vuelta largo y abarrotado…

—¡Pero es Nueva York! ¡No he estado nunca!

—En fin, Nueva York está sobrevalorada, si quieres saber mi opinión. Está plagada de gente con prisas y las calles están sucias; te doy mi palabra.

—¿Y no debería tener oportunidad de descubrirlo sola?

—Además, no acaba de gustarme eso de dejarte solo a cargo de tu abuela.

—¿Por qué no? Os crio a los tres, ¿no?

—Exacto —fue la críptica respuesta de su madre.

—Y las dos nos llevamos tope de bien. Me apetece ver cómo es su vida.

—Muy bien, querrás decir —rectificó su madre—. Ay, madre. Supongo que es cierto lo que dicen sobre saltarse una generación para apreciar el valor de algunos familiares.

Cande pensó que entre ellas dos había algo más que eso. Su prima Serena también se había saltado una generación, pero nadie diría que tuviese demasiada afinidad con su abuela.

Su padre no consideró que hubiera nada malo en ir, mientras fuese en el día.

—Pero dile a tu abuela que yo os llevaré a la estación y os recogeré a la vuelta —añadió.

Tenía la teoría de que Mercy era una conductora pésima, pero solo porque una vez se había chocado con Bridey cuando daba marcha atrás —con la propia Bridey, no con su coche— y había asomado la cabeza por la ventanilla para pedirle disculpas, aunque por suerte no había tumbado a su amiga, y luego había vuelto a meter la cabeza y había seguido yendo marcha atrás, y en esa ocasión, sí había derribado a Bridey. A casi todos los miembros de la familia les parecía una historia hilarante, aunque Cande opinaba que decía más de Bridey que de Mercy. ¿Por qué no se había apartado la mujer, por el amor de Dios, después de que el coche la rozara la primera vez? Pero Kevin no le veía la gracia al asunto. Siempre decía que tendrían que retirarle el carnet de conducir a su suegra.

Así pues, el caso fue que una cálida mañana de sábado de finales de octubre, Kevin llevó en coche a Cande hasta la ciudad, paró a recoger a Mercy en su estudio y las dejó en Penn Station. Cande lleva una falda arreglada, por si el restaurante al que iban a comer era elegante. Mercy también llevaba una falda, pero la suya era normal, de las de diario, con un jersey igual de informal colgado del brazo por si el aire acondicionado del tren estaba demasiado fuerte. Había reservado los billetes con antelación, de modo que bastó con que los recogieran en la ventanilla, y luego cruzaron la estación y fueron directas a las vías, sin esperar a que anunciaran su convoy, porque Mercy había hecho muchas veces ese trayecto y sabía cómo iban las cosas. Sabía que era preferible caminar un poco por el andén, por ejemplo, porque los primeros vagones solían ir más vacíos. Y, tal como había predicho, cuando llegó el tren y se montaron, encontró enseguida un par de asientos juntos libres. Le hizo una seña a Cande para que se sentara junto a la ventana y ella se sentó después y sacó un libro de tapa blanda del bolso. Se puso a leer de inmediato, con la misma tranquilidad que si estuviera sentada en el sofá cama de su casa.

Cande también llevaba un libro en la mochila, pero no se decidió a abrirlo durante el trayecto. Estaba demasiado ocupada mirando por la ventana y espiando a los demás pasajeros, además de escuchar sin que se dieran cuenta a una joven pareja que iba sentada justo detrás de ellas y que discutía si tener perro o no. Cuando se aburrió, se puso a dibujar cuadros invisibles con el dedo índice. Era una costumbre recién adquirida que sacaba de quicio a su madre, pero Cande mantuvo la mano medio escondida en el lateral y su abuela no se dio cuenta. De todos modos, aunque sí se hubiera percatado, lo más probable es que no hubiera dicho nada, pensó Cande.

En un momento dado, a la chica se le cerraron los ojos (llevaba despierta desde el amanecer) y cuando los abrió de nuevo ya iban por Nueva Jersey, donde las estaciones quedaban muy cerca de las vías y los pasajeros esperaban en grupitos, en algunos casos había familias enteras. Poco después, las personas de su vagón empezaron a removerse, a recopilar sus pertenencias, a levantar las bolsas de las rejillas superiores. El tren entró en un túnel y el vagón quedó en penumbra. A Cande se le había acelerado el corazón, pero su abuela continuó leyendo a pesar de la escasa luz.

—¡Penn Station! —anunció el revisor.

Qué cosa tan rara, porque Penn Station era justo de donde habían salido. Pero esta era completamente distinta; no había punto de comparación. Cuando Cande y Mercy llegaron a la parte superior de las escaleras mecánicas —después de que Mercy cerrase el libro en el último instante y se levantase sin prisa del asiento—, entraron en un espacio imponente e increíblemente inmenso que hizo que Cande se sintiera diminuta. Un borrón de gente pasaba sin cesar y varios hombres con uniforme empujaban carritos de equipaje.

—Por aquí —indicó Mercy.

Condujo a Cande por entre la multitud hacia otro tramo de escaleras mecánicas.

Las subieron y aparecieron en una calle que olía a agua de fregar templada, y una vez allí cogieron un taxi. Hasta ese momento, Mercy no se molestó en guardar el libro en el bolso.

—Bueno —dijo tras indicarle al taxista adónde iban. (No le dio una dirección, sino el nombre de un restaurante, como si por supuesto él fuese a reconocerlo; y al parecer, lo hizo)—. Bueno, ¿qué opinas de Nueva York?

—Eh… Todo es alto, ¿no? —dijo Cande mientras echaba un vistazo por la ventanilla—, pero no más alto que algunas partes de Baltimore. Pensaba que tendría, no sé, que mirar muy muy muy hacia arriba para ver el final, hasta acabar por caerme de espaldas, ¿sabes?

—Ah, en realidad podría pasarte —le dijo su abuela, y entonces sonrió y también miró por la ventanilla.

Cande se fijó en que había muchísimos puestos de comida ambulante en la calle. Y cantidad de gente que paraba para comprarse perritos calientes, aunque no vio los de Nathan's.

Al llegar al restaurante, pequeño y con una marquesina, Mercy le entregó varios billetes al taxista.

—Quédese con el cambio —dijo, como si lo hiciera todos los días, y después abrió la puerta y salió a la acera.

Cande fue tras ella.

La amiga de Mercy ya las estaba esperando, sentada a una mesita. Era una mujer activa y huesuda, con una melena larga, lisa y morena que contrastaba de un modo curioso con su cara de persona mayor; un toque de pintalabios rojo oscuro; una túnica deslumbrante de estampado geométrico que le caía por los hombros marcados.

—¡Merce! —exclamó, medio incorporándose.

Le dio dos besos en las mejillas a Mercy y volvió a sentarse.

—Y esta es mi nieta Kendall —la presentó Mercy.

Cande sonrió, cohibida, y se deslizó hasta ocupar la silla que quedaba a la izquierda de Magda.

—Encantada de conocerte, Kendall —dijo Magda—. Tu abuela me ha contado que también eres pintora, ¿es así?

—Bueno, más o menos —contestó Cande.

Miró quién más había comiendo en el restaurante: todos sentados en torno a mesas de manteles blancos, todos de lo más neoyorquinos y glamurosos. Mercy se había puesto el jersey y saltaba a la vista que solo era de Baltimore.

Ambas mujeres pidieron sin mirar apenas la carta —una ensalada asiática para Magda y vieiras a la plancha para Mercy, con un vaso de té con hielo para cada una—, pero a Cande le costaba decidirse. En parte le apetecía algo nuevo y emocionante, pero confiaba en que no fuera «demasiado» emocionante. Al final, optó por un sándwich de cóctel de gambas y una Coca-Cola light, y mientras el camarero lo apuntaba dijo «Excelente», cosa que le pareció reconfortante.

Mientras tanto, Magda le contó a Mercy cómo había ido la inauguración de la exposición, a la que había asistido mucha gente; entre otros, alguien llamado Bruce a quien ambas parecían conocer desde hacía mucho tiempo.

—Seguro que compró un cuadro —dijo Mercy, en un tono que daba a entender que claro que no lo hizo.

—¡Habría sido la bomba! Y, por supuesto, se puso a criticar los aperitivos que servían.

—¿En serio?

—«Mi querida jovencita», le dijo a la camarera. «Por favor, no me diga que no tienen vino tinto».

—Ay, me encanta cuando la gente se comporta según su carácter —dijo Mercy.

—A mí también. Sobre todo cuando tiene mal carácter. Y ¿sabes qué es lo que más me gusta de eso?

—¿El qué?

—Me encanta que por una vez no sea yo la que se comporta mal.

Entonces las dos empezaron a reírse con malicia, juntando las cabezas como unas colegialas, mientras Cande las observaba y sonreía con timidez.

Cuando llegó la comida, ya habían cambiado de tercio y estaban hablando de los cuadros de Mercy. ¿Todavía hacía sus retratos de casas? ¿Había mercado para ese tipo de obras?

—Qué va —se restó importancia ella—. Ya sabes, algún que otro encargo por aquí y por allá, en su mayoría bastante humildes, aunque de vez en cuando me topo con algo intrigante, algún lugar con verdadera personalidad.

A Cande el comentario le pareció a la vez modesto y algo presuntuoso, porque en realidad no tenía unos cuantos encargos por aquí y por allá; era más bien uno o dos, con meses y meses entre uno y otro en los que Mercy solo pintaba para sí misma. Pero se alegró de que su abuela aguantara el tipo. No quería que Magda sintiera lástima de ella.

El sándwich de Cande iba acompañado de patatas fritas, pero de las de categoría, cortadas más gruesas de lo normal, con aritos de piel marrón alrededor, aunque no les habría ido mal un poco más de sal. Y había unos extraños puntos de cositas encurtidas mezcladas con el cóctel de gambas. Por su parte, Mercy dijo que sus vieiras estaban deliciosas.

—En Baltimore nunca pido vieiras —comentó—. Casi siempre las cuecen demasiado. En serio, hay que venir a Nueva York para comer vieiras que no estén como una suela de zapato. —Le dio un golpecito con el codo a Magda y añadió—: Según Robin, si odia viajar es porque la comida no tiene el mismo sabor que en Baltimore. Nunca se sabe lo que te van a poner, dice.

Volvieron a reírse con malicia.

—Ay, madre —dijo Magda al fin, y negó con la cabeza—. Mi querido Robin.

—Cuando nuestro nieto se marchó un año a estudiar en el extranjero, sus padres le regalaron un reloj de esos con dos esferas, una para la hora del otro país y otra para la hora en casa. Y Robin dijo… —aquí Mercy juntó las cejas y puso cara de perplejidad—, dijo: «¿En serio? Siempre había pensado que una persona sabría de manera intuitiva qué hora era en su casa».

Magda se echó a reír de nuevo al oírlo, y Mercy parecía encantada.

—¿A que sí? —le preguntó a Cande.

La chica, que no tenía el menor recuerdo de dicha conversación, sonrió pero guardó silencio. Ni siquiera recordaba que un nieto hubiera estudiado en el extranjero. (¿Quizá fuera incluso su hermano Eddie? Era a él a quien le gustaba aprender otros idiomas). Ay, era muchísimo más pequeña que los demás; ahí estaba el problema. Era tremendamente joven e inexperta, y siempre iba un paso por detrás de los demás. Pero hacía todo lo posible por ponerse al día.

Con la palabra *galería*, Cande se había imaginado la Galería Nacional de Retratos de Washington, a la que había ido una vez con el colegio. Una hilera doble de columnas, pabellones inmensos a ambos lados… Así pues, cuando llegaron a la galería de arte de Magda, a unas manzanas del restaurante, le decepcionó descubrir una fachada minúscula con un único escaparate dividido con parteluz. Por el contrario, Mercy tuvo la reacción contraria.

—¡Madre mía, Mags! ¡Tiene mucha clase!

—Ay, sí —dijo Magda—. Parece que voy prosperando. —Luego le contó a Cande—: Mi exposición anterior fue en una tienda de marcos.

A Cande le gustó que lo admitiera.

Entraron y una joven sentada detrás de un mostrador se levantó al instante.

—Señora Schwartz, cuánto me alegro de verla.

—Hola, Virginia —dijo Magda—. ¿Está dentro el señor Phillips?

—No, lamento decirle que ha salido a comer.

—Bueno, no importa. He traído a mis amigas a ver la exposición. Esta es Mercy, una artista de Baltimore. Estudiamos juntas. Y esta es su nieta, Kendall.

—Encantada de conocerlas —dijo Virginia, y se inclinó hacia delante de un modo que recordó a una reverencia.

Lucía un atuendo fascinante, un jersey negro de punto que llevaba un volante por abajo demasiado largo para ser un mero adorno pero demasiado corto para ser una falda, y debajo solo llevaba unas medias negras y unas bailarinas también negras. Cande se fijó con mucha atención y se preguntó si su madre le dejaría ponerse ese look. Mientras tanto, Magda guiaba a Mercy por el codo hasta el primer cuadro.

—Esta es la obra de la que te hablaba —le dijo.

Cande las siguió, dos pasos por detrás.

—No acabo de decidir si lo he terminado o no. ¿Qué opinas? ¿Debería retirarlo hasta estar más segura?

—No, no deberías retirarlo —le dijo Mercy con rotundidad—. Ya sabes lo que nos decía siempre el señor LaSalle: «Lo peor que se puede hacer con un cuadro es trabajarlo en exceso».

—Ay, sí, siempre lo decía —respondió Magda—. Tienes razón.

No obstante, Cande no estaba tan segura. El cuadro era un rectángulo blanco brillante de tres palmos por cuatro, con una única curva negra, como el logo de la marca Nike, en la esquina inferior izquierda. ¿El señor LaSalle había considerado alguna vez que un cuadro podía estar demasiado poco trabajado?

El siguiente cuadro tenía más enjundia: cinco formas de V en verde flotando aquí y allá sobre un fondo beis mate. Casi era posible imaginarse que las V eran una bandada de pájaros. Aunque tal vez, pensó Cande, no estaba bien intentar convertir una obra así en algo reconocible. Probablemente, se esperaba que quien lo contemplase apreciara las V por sí mismas. Entornó los ojos y se concentró, para ver si captaba su valía.

No era que nunca hubiese visto cuadros abstractos —en casa de sus abuelos había un libro de arte gigantesco con los chorretones de Jackson Pollock y los cuadrados de linóleo de Mondrian—, pero estos eran los primeros que se esforzaba en comprender, frunciendo la frente con suma atención ante cada uno de ellos mientras seguía a las dos mujeres por toda la sala.

—Ay, Magda, ¡cuántos puntos rojos! —exclamó su abuela, y Cande se preguntó «cómo que cuántos», porque en ese momento estaba analizando un gran cuadrado blanco que tenía un único punto rojo ligeramente descentrado.

Pero Magda dijo:

—Sí, reconozco que las ventas no han ido mal.

Y Cande cayó en la cuenta de a qué se refería Mercy. Dejó de seguirlas y se desvió hacia la parte delantera de la galería, donde había una hoja de papel sujeta con chinchetas a la pared, justo al lado de la puerta de entrada. Punto rojo, punto rojo, punto rojo, junto a la lista de títulos y precios, todos ellos precios de miles de dólares. Cuatro mil, cinco mil. Siete mil, en un caso. Se apartó y fue a buscar a Mercy, que había seguido dando la vuelta sola porque Magda se había puesto a hablar de nuevo con Virginia.

—¿Qué te parecen? —preguntó Mercy a Cande.

—Son muy… interesantes.

Entonces hizo una mueca, porque de pronto recordó lo que siempre decía su yayo cuando le servían un plato al que no estaba acostumbrado. «Muy… ineresante» era como lo pronunciaba, y toda la familia sentada a la mesa se lanzaba miraditas cómplices.

Sin embargo, Mercy se limitó a darle unas palmadas en el brazo a Cande para infundirle ánimo.

—Lo que más interesante me parece a mí es que, cuando miro cuadros como estos, imagino cómo se debe de sentir una al terminarlos. O sea, bajas el pincel, retrocedes un paso y dices: «Sí, eso era lo que tenía en mente. Perfecto». Y cuando lo pienso en esos términos, veo que debe de ser una gran satisfacción. Me refiero a no sobreexplicitar las cosas; a no sentir la necesidad de explicarlo todo con pelos y señales. Ser capaz de semejante… contención. Yo soy incapaz, por ejemplo, pero tengo que reconocer que la admiro. Ay, ¿no te parecen maravillosas todas las formas distintas en las que puede operar la mente de los diferentes artistas?

—Bueno —dijo Cande—, pero ¿qué me dices de los precios?

—¿Qué les pasa?

—¡Estas cosas cuestan miles de dólares! ¡No es justo!

—¿Justo? —preguntó Mercy.

—Tú te esfuerzas muchísimo más en tus cuadros, estoy segura.

Su abuela se echó a reír.

—Ay, cariño mío. Las comparaciones son odiosas.

—¿Eh?

—Te recomiendo que corras la carrera por tu cuenta. No te angusties pensando en los demás.

Al principio, Cande pensó que el comentario no tenía sentido, pero luego se lo encontró y sintió que le habían quitado un peso de encima, así que sonrió con gratitud a Mercy, y su abuela le devolvió la sonrisa.

De todos modos, después de su conversación su abuela se quedó un poco más callada que de costumbre —como distraída, concentrada en alguna preocupación privada—, porque Magda tuvo que preguntarle dos veces si le apetecería ir a tomar algo en la misma calle después de ver toda la exposición.

—¿Tomar algo? —preguntó Mercy sin prestar atención.

—¿Cuánto falta para que salga vuestro tren?

—¿Tren? ¿Qué? ¡Ah! —Mercy miró la hora—. ¡Deberíamos ir yendo a la estación!

Así pues, Magda llamó a un taxi levantando el brazo derecho en un gesto propio de una reina, y abuela y nieta se marcharon tras unos abrazos y agradecimientos apresurados, seguidos de la intención de repetirlo.

—Madre mía —dijo Mercy a Cande una vez acomodadas en el taxi—. Debería… Ojalá hubiera sacado el billete para más tarde… ¡No sabía que todo nos llevaría tanto tiempo!

—¿Aún podemos comprar un Nathan's? —le preguntó Cande.

—¿Un qué, amor?

—Un perrito caliente de Nathan's.

—Ah, eh… La parte con la que no contaba era con el trayecto hasta la galería, ¿sabes? Menudo paseo nos hemos dado. Nos ha llevado más tiempo del que tenía previsto.

En realidad, el paseo no había sido en absoluto largo; era solo que Mercy se hacía mayor. Cande emitió lo que confió en que fuera un suspiro exagerado, pero luego se rindió y miró al frente para concentrarse en el tráfico. Por suerte no había muchos coches y llegaron rápido a Penn Station.

—¿Lo ves? —comentó Mercy, como si no se hubiese angustiado lo más mínimo—. Tiempo de sobra —dijo mientras pagaba la carrera.

No obstante, cuando fueron al panel informativo a mirar cuándo llegaría su tren, dijo:

—¡Anda! ¡Ya está aquí! —Y añadió—: ¡Pero vamos a comprarte un perrito caliente! —Por como lo dijo, daba la impresión de que era la primera vez que salía el tema.

—Da igual —dijo Cande.

Y Mercy pareció aliviada y se dio la vuelta de inmediato para guiarla hasta las escaleras mecánicas.

Bajaron a un sombrío mundo subterráneo en el que el tren aguardaba con un tranquilo murmullo; tenía las ventanillas llenas de cabezas inclinadas hacia delante, como si todos los pasajeros estuvieran reflexionando, aunque lo más probable era que estuviesen leyendo. Mercy se montó en el primer vagón que vio y Cande la siguió indecisa.

—¿No deberíamos ir a uno de los primeros vagones? —preguntó la chica.

—Solo quiero encontrar dos asientos juntos —respondió impaciente Mercy.

Justo a eso se refería Cande, porque aquel vagón estaba casi lleno y no había dos asientos adyacentes libres. Así pues, de todos modos tuvieron que avanzar por el tren y tardaron muchísimo más que si hubiesen caminado por el andén antes de subirse.

Pese a ello, al final sí encontraron dos asientos contiguos libres y su abuela se desplomó en uno.

—¡Fiu! —exclamó antes de volverse hacia Cande, que estaba poniéndose cómoda—. Ay, Kendall. Ah, amor mío —dijo en voz baja, casi afligida.

—¿Qué pasa?

—¿No querías comprarte un perrito caliente?

—¿Qué? —preguntó Cande. Y luego dijo—: No pasa nada, abuela.

—¡Cuánto lo siento! ¡Deberías habérmelo recordado!

—Además, estoy tan llena que ahora mismo no me entra nada —dijo Cande.

Y se dio cuenta de que era verdad. Para colmo, estaba empezando a preocuparse. La preocupación siempre le creaba un nudo en el estómago.

Al cabo de unos minutos, el tren dio una sacudida y salió de la oscuridad a la luz de la tarde. Mientras, una voz masculina les dio la bienvenida a bordo por megafonía y enumeró las ciudades por las que pasarían. Cande no se relajó hasta que mencionó Baltimore. Y al final, Mercy tomó aire y recuperó su talante habitual, y cuando el revisor pasó por delante, sacó los dos billetes con diligencia.

—¡Bueno! —dijo mirando a Cande cuando el revisor se hubo desplazado al siguiente asiento. Sacó un pañuelo de tela floreado del bolso y se secó la cara—. Menudo berenjenal, ¿no?

—Ya lo creo que sí —respondió Cande. Nunca había oído la palabra «berenjenal», pero era fácil adivinar qué significaba en ese contexto.

El tren ya había alcanzado la máxima velocidad. Otros pasajeros charlaban en voz baja —todos de Baltimore, o eso le pareció a Cande; todos descoloridos, blandos y arrugados, y aliviados de estar de camino a casa—. En contraste, su abuela permanecía callada, y cuando Cande la miró al cabo de un rato descubrió que se había quedado profundamente dormida, con la cabeza recostada contra la ventanilla.

Esta vez Mercy no le había ofrecido a Cande el asiento de la ventana. En el camino de ida había insistido muchísimo en que se sentara allí. Desde su asiento Cande alcanzaba a ver una buena franja de paisaje, pero aun así, no pudo evitar sentirse un poco abandonada. ¡Soy demasiado joven para esto!, pensó casi sin querer. ¡Debería cuidar mejor de mí!

Mercy continuó durmiendo mientras el pañuelo se iba desplegando poco a poco sobre su regazo.

Pararon en varias ciudades de Nueva Jersey; pararon en Filadelfia; pararon en Wilmington (Delaware). Cande llevaba sin ir al lavabo desde la hora de comer, pero supuso que podría esperar. Miró por la ventanilla los árboles que pasaban, casi todos aún llenos de hojas y ni siquiera amarillentos todavía, y resiguió sus formas de manera invisible con el dedo sobre el acolchado del asiento. Observó a una mujer sentada en diagonal, que se examinó la cara en un espejito plegable en tres ocasiones distintas, como si estuviera ansiosa por ver a quien fuera a ir a buscarla a la estación.

—Siguiente parada, Baltimore —dijo al fin un revisor. No lo dijo por megafonía sino en persona, de pie al principio del vagón.

Empezó a acercarse y retiró los restos de billetes de ciertos asientos conforme se aproximaba a ellas.

Cande se volvió hacia Mercy.

—¿Abuela? —la llamó—. Hora de despertarse.

Su abuela siguió durmiendo. Cande le dio un golpecito suave en la muñeca.

—Abuela, estamos llegando a la estación.

Aun así, no contestó. Cande se inclinó para acercarse aún más y empezó a hablar de nuevo, pero lo que vio la impulsó a retirarse al instante. Mercy tenía los ojos algo entreabiertos, apenas una rendija. Había un diminuto brillo vidrioso bajo cada párpado.

La chica dio un respingo y salió al pasillo, con tal brusquedad que se hizo un moretón en el muslo al chocarse con el brazo del asiento. Avanzó a trompicones para interceptar al revisor, que estaba quitando un billete usado de la ranura que había sobre la cabeza de la mujer del espejo. Era un hombretón de movimientos lentos con la piel de un marrón cálido; le dio la impresión de que podía confiar en él.

—¿Señor revisor?

—¿Sí, señorita? —le contestó. Tenía una de esas voces profundas, aterciopeladas y reconfortantes.

—No consigo despertar a mi abuela.

Al revisor no le pareció alarmante.

—Vaya, vaya. A ver qué podemos hacer al respecto —se limitó a decir.

Cande se volvió para señalar dónde estaba su abuela.

Mercy aún tenía la cabeza apoyada en la ventana. ¡Habría sido maravilloso si se la hubieran encontrado sentada con la espalda erguida y devolviendo con calma el pañuelo al bolso! Ay, Cande se habría sentido como una boba, pero ¡le habría encantado quedar como una boba en aquella situación! En lugar de eso, se apartó para dejar sitio al revisor, y este se inclinó hacia delante (todavía sin indicios de alarma) y tomó a Mercy por la muñeca y pensó un momento.

—Vaya —dijo al fin. Luego añadió—: Bueno, te diré lo que vamos a hacer, jovencita. Acompáñame delante hasta que tu abuela se encuentre un pelín mejor.

—¿Qué le pasa? —preguntó Cande.

—Pues creo que está tan agotada que no puede con su alma. Esa sensación me da —contestó—. A algunas personas les pasa en Nueva York.

«Nueva Yor» fue como lo pronunció. Al hablar daba la impresión de que la ciudad fuese más dulce de lo que Cande pensaba que debía de ser.

—Pero ¿se pondrá bien? —preguntó la muchacha.

—Eh, sí, sí. Tú ven conmigo.

Así pues, lo siguió, sintiendo una infinita gratitud al poder alejarse de su abuela pero, al mismo tiempo, sintiéndose culpable por notar alivio. El revisor la condujo hasta el siguiente vagón, donde se detuvo en el primer asiento de la derecha y le indicó que se sentara. A su lado estaban las pertenencias de alguien, quizá las del propio revisor: una bolsa de cremallera de lona y una bolsita con la comida.

—Ponte cómoda y espérame —le dijo—. Vuelvo en un santiamén.

Entonces se marchó. Mientras Cande observaba la espalda encorvada del hombre que se alejaba hacia la parte delantera del vagón, ya empezó a echarlo de menos.

A continuación se produjo cierta confusión. En parte porque entraron en un túnel, lo cual indicaba que se acercaban a su parada, como bien sabía Cande, y las ventanas se oscurecieron y la gente empezó a levantarse para recoger el equipaje. Después volvió el revisor y le preguntó quién iba a buscarlas a la estación. O no, quizá primero se detuvo el tren de sopetón, todavía dentro del túnel, y luego volvió el revisor para preguntarle quién las iría a buscar.

—Mi padre, creo —contestó Cande.

—¿Y cómo se llama tu padre, cielo? —preguntó el revisor.

—Kevin Lainey.

Y volvió a marcharse. Pero ahora que lo pensaba, «Kevin Lainey» no le sonaba bien. Era como cuando repites una palabra tantas veces que empieza a sonarte a otro idioma. ¿De verdad se llamaba su padre Kevin Lainey? El tren estaba demasiado silencioso, pues no solo faltaba el murmullo de las vías sino también el zumbido del aire acondicionado, y el vagón empezó a calentarse. Entonces un hombre habló por megafonía (no su revisor, sino otra persona) para decirles que en breve llegarían a la estación. La gente se puso a murmurar; muchos estaban inquietos y seguían de pie en el pasillo. Un bebé se quejaba, irritado y ansioso. Por fin el tren se puso en marcha otra vez y arrancó el aire acondicionado y salieron a la luz, a esa preciosa luz de última hora de la tarde, y el tren fue frenando hasta detenerse por completo y la gente del pasillo comenzó a empujar. Pero volvió a activarse el mecanismo de megafonía para indicar que aún no abrirían las puertas. Había un breve retraso. Más murmullos. Varias personas volvieron a sentarse, pero la mayoría se quedó de pie, alguien tan cerca del asiento de Cande que la manga del chubasquero doblado no paraba de rozarle el lateral de la cabeza. Pensó que, si no lograba bajar del tren en aquel preciso instante, se quebraría como una rama que se ha doblado, doblado, doblado y doblado; ya no podía soportarlo más. Pero entonces ¡sí! Su revisor. Su queridísimo revisor, apretujando a la gente para poder avanzar por el pasillo y abriéndose paso con esfuerzo hacia ella.

—¿Estás bien, jovencita? —le preguntó.

—¿Qué tal mi abuela?

—Ahora mismo la están atendiendo. Está bien, como una rosa. Ven conmigo y te sacaré de aquí.

Cande debería haberle recordado que las puertas continuaban cerradas, pero no quiso. Quería creer que ambos podrían llegar hasta la puerta más cercana y que se abriría por arte de magia para ellos. Y eso fue lo que sucedió. Salieron al hueco entre los vagones y se volvieron hacia la puerta que daba al andén y, así sin más, se abrió y Cande se bajó del tren y acabó en brazos de su padre.

Kevin le dijo que ya podía estar tranquila y que irían a buscar el coche y que los dos volverían a casa enseguida para contárselo a su madre. Cande no preguntó qué era lo que iban a contarle. De forma intuitiva ya lo sabía. Caminó junto a su padre hacia las escaleras sin decir ni una palabra, sin derramar ni una lágrima. Hasta que él dijo:

—Lo siento mucho, mi amor. Siento horrores que hayas tenido que pasar por esto, Cande mía.

Y entonces, de golpe y porrazo, Cande se derrumbó. Kevin tuvo que agarrarla del brazo para evitar que se cayera. Se volvió hacia él y enterró la cara en su pecho y empezó a llorar tanto que le mojó la camisa.

—Ya está, ya está. Lo sé. Ha sido un shock tremendo. Lo siento, lo siento muchísimo —decía su padre sin parar.

Pero no lloraba por el shock. Lloraba porque había dejado atrás a la única persona de su mundo que la llamaba Kendall.

7

En verano de 2014, los únicos miembros de la familia Garrett que aún vivían en Baltimore eran Lily y Eddie. Aunque no bajo el mismo techo, claro. Lily continuaba en la casa de Cedarcroft, pese a que había perdido a Morris a causa del cáncer el invierno anterior. Y Eddie se había comprado una casa adosada en Hampden, cosa que la familia consideraba irónico teniendo en cuenta que Robin y Mercy habían abandonado Hampden unos sesenta años antes. Sin embargo, en la actualidad el barrio estaba de moda. Con frecuencia, los residentes tenían que aparcar el coche a varias manzanas de casa porque sus calles estaban llenas de intrusos que iban a comer a los nuevos restaurantes *fashion* y a comprar joyas estrafalarias.

Tanto Robin como Mercy habían muerto —Robin, menos de un año después que Mercy, como si para él no tuviera sentido continuar sin su esposa— y Alice y Kevin se habían ido a vivir a Florida al jubilarse, pues allí Kevin podía jugar al golf todo el año mientras Alice asistía como oyente a distintos cursos en la universidad local. En teoría, Lily también estaba jubilada, pero igual que había hecho su padre antes, tendía a pasarse por la tienda de vez en cuando por el mero placer de mantener las manos ocupadas, como decía ella. Eddie siempre la recibía y le ponía al corriente de las historias de sus clientes favoritos y de las líneas de productos más novedosas («¡Bidés! —exclamaba—. ¿Y qué será lo próximo?

¿Hay alguien en Baltimore que sepa qué es un bidé?»). Eddie llevaba trabajando en la tienda de Wellington desde la adolescencia. De todos los nietos de los Garrett, solo él había heredado la afición de Robin por las herramientas, así como su interés por el funcionamiento de las cosas y por cómo lograr que funcionasen aún mejor. Lo más natural había sido que se quedase con el negocio. En origen, habían barajado la posibilidad de que entrase en la empresa de su padre en lugar de gestionar la ferretería, pero mostraba un interés nulo por los centros comerciales y el crecimiento inmobiliario de las afueras. Es decir, el que se lo había planteado había sido Kevin, no él.

No obstante, fuera de la tienda Lily y Eddie no se trataban demasiado. Ella tenía sus amigos; él los suyos. Cada uno vivía por su cuenta.

Por eso, a Eddie le sorprendió un poco cuando su tía lo llamó por teléfono a casa un domingo por la mañana y lo invitó a comer.

—¿A comer? —preguntó Eddie—. ¿Te refieres a hoy?

—Sé que te aviso con poca antelación, pero he estado metiendo en cajas mis cosas y, antes de llamar al Ejército de Salvación, quiero saber si hay algo que te apetecería quedarte.

—¿Y por qué estás empaquetando tus cosas?

—Me mudo a Asheville, en Carolina del Norte, para ayudar a Serena con el bebé.

—¡Espera! ¿Te vas para siempre?

—Eso es.

—¿Vas a vender la casa? ¿Vas a comprar otra?

—Bueno, no voy a comprar nada. No me hace falta. Serena y Jeff tienen un apartamento montado en la tercera planta de su casa.

Eddie se quedó estupefacto. Estaba de pie, con el teléfono de la cocina en la mano, y miraba sin ver el calendario de la pared, con unas tijeras de podar suspendidas de la mano izquierda.

—¡Serena se está volviendo loca! —dijo Lily. Por alguna razón, parecía complacida—. Lloraba tanto cuando me llamó que no entendí ni una palabra de lo que me decía, pero al final conseguí sacar en claro que la maternidad se le está haciendo una montaña, mucho más difícil de lo que esperaba.

—Bueno, quizá… ¿Cuánto tiempo tiene el bebé? Ya no me acuerdo.

—Cuatro semanas y media —respondió Lily.

Tampoco recordaba el nombre de la criatura. Ni si era niño o niña, ya puestos. Evitando usar pronombres, se aventuró a decir:

—¿Y no podría ser que el bebé tuviera cólicos o algo así?

—¿Y eso qué tiene que ver? La que llora es Serena, no Peter. Peter. Vale.

—A lo que me refiero es a que tal vez esté en una fase complicada o algo así —dijo Eddie—. Enseguida le pillará el tranquillo. En ese caso, no tendrías que mudarte allí de forma permanente.

—Bueno, ¡pues claro que solo es una fase! Le pillará el tranquillo en un abrir y cerrar de ojos, conozco a Serena. Por eso tengo que ir ahora mismo, rápido, rápido, antes de que descubra que a fin de cuentas no me necesita.

Eddie se echó a reír.

—¿Qué te hace tanta gracia? —preguntó Lily.

—Te recomiendo que no pongas la casa en venta todavía, nada más.

—¡Demasiado tarde! Ya he pedido a Dodd, Goldman que gestionen la venta. Es la antigua agencia de Morris.

—Ah —dijo Eddie.

—Entonces ¿puedes venir a comer o no?

—Sí, claro. Iré encantado.

Pensó que le quitaría algunas cosas de las manos a su tía solo por educación y luego se las devolvería cuando regresase a casa.

Porque regresaría a casa, estaba convencido. Serena demostraría que estaba más que preparada para enfrentarse a los retos de la maternidad. Y Lily era una chica de Baltimore, había nacido y se había criado allí. Se volvería loca en Asheville. Una vez acordada la hora a la que iría a comer (la una, lo que significaba que Eddie se moriría de hambre, pues se había levantado a las seis), colgó y volvió al jardín para continuar podando. Claude seguía sentado a la mesa del patio, leyendo el periódico dominical y tomando un café. No era nada madrugador, ni aficionado a la jardinería. Bastaba con echarle un vistazo para darse cuenta: su cuerpo blando con forma de barril y la postura encorvada, la barba castaña encrespada y descuidada y las gafas manchadas. Cuando vio a Eddie, levantó las cejas para preguntarle por la llamada.

—Era mi tía Lily —dijo Eddie.

—¿Qué tal está? —preguntó Claude.

—Dice que se muda. Se va a Asheville para ayudar a cuidar de su nieto; quiere que vaya a comer a su casa para enseñarme las cosas que piensa dejar aquí, por si alguna me sirve.

—¿Cuándo, hoy?

—Pues sí.

—Bueno, mira a ver si tiene alguna lámpara o algún foco que le sobre.

Claude siempre se quejaba de que no tenían buenas lámparas de lectura.

—Echaré un vistazo —dijo Eddie—, pero me apuesto lo que quieras a que en menos de un año estará de vuelta y se preguntará dónde han ido a parar sus trastos.

Claude resopló. Se calló que no tenía argumentos para apostar sobre el comportamiento de la tía Lily en una dirección o en otra, ya que no se la habían presentado nunca.

Claude era mucho más abierto que Eddie. Hacía años que les había presentado a Eddie a sus padres, y desde entonces tenían una cita fija con ellos, porque siempre los invitaban a cenar los domingos. La familia de Eddie, en cambio, nunca había visto a Claude. De hecho, ni siquiera sabían de su existencia.

Aun así, por suerte Claude también era una de esas escasas personas capaces de aceptar los defectos de la persona amada encogiéndose de hombros con filosofía y sin decir nada más. Así pues, cuando en ese momento Eddie le dijo:

—Siento saltarme el brunch.

Claude se limitó a contestar:

—No te preocupes.

Y pasó la página del periódico. Y, tras un instante de duda, Eddie continuó podando la nandina.

—Debes de pensar que me estoy precipitando —fueron las primeras palabras de Lily cuando Eddie llegó a su casa. Ni siquiera había cruzado la puerta todavía—. Seguro que piensas que voy a arrepentirme de renunciar a mi casa. Pero no, Eddie; créeme. Sé lo que hago.

Él había llevado una botella de vino y se había vestido para la ocasión; o, por lo menos, según sus estándares. Aunque aún se parecía físicamente a su padre, hacía tiempo que había sustituido el estilo de vestir elegante de Kevin por uno más acorde con su lugar de trabajo: camisetas y pantalones anchos de bolsillos. No obstante, ese día se había puesto una camisa auténtica, con cuello y botones de arriba abajo, y los pantalones estaban recién salidos de la secadora. Lily, por el contrario, parecía preparada para el duro trabajo físico: llevaba unos vaqueros descoloridos y una camiseta de tirantes que dejaba al descubierto sus ajados brazos, y se había doblado la clásica coleta entre rubia y canosa para pasarla dos veces con la goma elástica y que no le molestara.

—¡Vino! —exclamó—. Qué detalle. Pero no dejes que me pase, porque tenemos que transportar muchas cosas. —Después continuó con su hilo de pensamiento mientras lo conducía a la sala de estar—. ¿Tienes la más remota idea de lo que implica ser madre de Serena? Siempre lo ha hecho todo bien. Igual que tu madre. Perdón. Y al principio pensé que el bebé no había cambiado las cosas. Fui a verlos poco después del parto y estaba radiante, al estilo de Madonna, y bueno, tan serena como su nombre indica. Pero entonces Peter acababa de nacer y se pasaba el día durmiendo. Un par de semanas más tarde, cuando yo ya había vuelto a casa y el pequeño había empezado a mostrar su personalidad, fue cuando me llamó.

La sala de estar de Lily tenía el mismo aspecto que siempre, los muebles estaban donde siempre y la alfombra aún vestía el suelo. Pero cuando pasaron por el comedor, Eddie vio que toda la mesa estaba cubierta de copas y platos de porcelana y objetos decorativos. En lugar de servir la comida allí, había preparado el almuerzo en la mesa de la cocina: sándwiches de queso a la plancha en dos platos con servilletas de papel al lado.

—¿Podrías coger del comedor un par de copas para el vino? —le pidió Lily y luego, levantando la voz mientras Eddie salía de la cocina, añadió—: Así que cuando para de llorar el rato suficiente para que me entere de qué dice, me cuenta que mientras cuidaba al bebé, todo ese día ha tenido la angustiosa sensación de que tenía que hacer algo. «¿Qué era?», se repetía una y otra vez. «Sé que era algo», y entonces, como a las cinco de la tarde, cayó en la cuenta: «Ya me acuerdo. Quería peinarme».

Eddie chasqueó la lengua para indicar que la comprendía y dejó las copas encima de la mesa de la cocina.

—Yo le dije: «Ay, cariño. No siempre será así. Es que todavía no te has organizado», le dije. «Siempre se te ha dado de maravilla organizarlo todo».

—¿Dónde está… Jeff? ¿Qué papel juega su marido en todo esto? —preguntó Eddie.

—Serena dice que es un inútil. Peor que inútil. Dice que le dan miedo los recién nacidos. Bueno, eso le pasa por casarse con un científico raro.

Eddie chasqueó la lengua otra vez y sacó la silla para sentarse.

—Así que creo que esta es mi oportunidad. —Lily se colocó enfrente de él—. ¿En qué otro momento voy a poder presentarme y tomar el mando? Je, je, je.

Durante toda su vida, Eddie había oído a su madre hablar de lo alocada y dispersa que era su hermana, pero esa era la primera experiencia que tenía en persona. (¿Acaso Morris había sido una influencia balsámica?). Lily tenía la cara estirada, casi tensa, de la emoción; sus ojos desprendían luz.

—¡Lily al rescate! —exclamó—. Bueno, admitámoslo: nunca tendré una oportunidad así con mis otros nietos. La mujer de Robby es Doña Sabelotodo y, además, se han ido a la Costa Este con la familia de ella cerca. Ay, es cierto lo que dice la gente sobre las nueras.

Eddie no tenía la menor idea de qué decía la gente sobre las nueras. (Su madre solo tenía yernos: el marido de Robby la Chica y el de Cande, ambos en otras partes del país).

—Ya, entiendo por qué quieres ayudarla. Y sé que Serena estará encantada de que vayas. Pero aun así: ¿estás segura de que no te precipitas al vender la casa? ¿Y si cambias de opinión respecto a ponerla a la venta?

—Imposible. —Lily dio un buen sorbo a la copa de vino antes de dejarla en la mesa con decisión—. Tendré un magnífico apartamento en la tercera planta que ni siquiera será preciso amueblar, porque ya está casi lleno de antigüedades de muy buen gusto heredadas de la familia de Jeff. Oye, ¡quizá te interesaría comprar mi casa! Piénsalo: estaría toda equipada.

Eddie sonrió.

—No, pero gracias de todos modos.

Se imaginó la reacción de Claude si le planteara mudarse a Cedarcroft.

En realidad, Lily tenía una vajilla bonita: un conjunto completo de vajilla, no platos sueltos de estilos diferentes como los de Eddie. Y dos de las sartenes eran de hierro fundido, con una pátina que brillaba, y también tenía una olla eléctrica lo bastante grande para alimentar a un ejército. Cada vez que él hacía un comentario, sin decir que estaba seguro de querer llevárselo, Lily emitía uno de sus típicos cacareos e iba a buscar una caja de cartón. Tenía una pila, de las de mudanza profesional, aplanadas en un rincón del comedor junto a una montaña de papeles de periódico por usar. Había que envolver cada pieza de porcelana en un papel de periódico distinto, de modo que la caja se llenó enseguida y tuvieron que montar otra.

—Espera, espera —advirtió Eddie en un momento dado—. Te recuerdo que tengo un coche pequeño.

—¿Y? Puedes hacer varios viajes —le dijo Lily.

Rechazó los muebles.

—Ya tengo muebles de sobra —se justificó—, con todo lo que me pasaron mamá y papá cuando se mudaron. ¡Ay! Pero ¿por casualidad te sobra alguna lámpara?

—¡Que si tengo lámparas! —exclamó su tía—. ¡Ya lo creo que sí! Acompáñame, muchacho.

Y lo llevó a la sala de estar, donde había un flexo grande que parecía perfecto para leer. También había otras dos lámparas, pero estaban más ornamentadas.

Fue entonces cuando Eddie se fijó por casualidad en el sillón reclinable.

—Me acuerdo de esta butaca. Era del yayo.

—Exacto, y antes había sido del abuelo Wellington —dijo Lily. Acarició la parte de atrás con afecto: la curva ligeramente arqueada de la gastada piel marrón—. Una auténtica reliquia familiar. La necesitas, te lo aseguro.

—Pero ¿no la querrá alguno de tus hijos? Robby, quizá, ahora que también es padre.

—¡Robby! Su mujer montaría un numerito. Está obsesionada con ese estilo de cristal cromado. Y ya se lo pregunté a Serena, pero me dijo: «Por favor, te lo suplico, no me traigas más trastos».

Eddie se sentó en el sillón y lo inclinó hacia atrás. A decir verdad, era bastante cómodo. Aunque no estaba pensando en su propia comodidad, sino en la de Claude. Se imaginaba a Claude reclinado en él tan contento todas las tardes, con el flexo iluminando los exámenes que tenía que corregir.

—Morris siempre decía que este sillón era mejor que una pastilla para dormir —dijo Lily, sin dejar de acariciar la butaca—. Se sentaba aquí después de comer y ¡tachán! Antes de que te dieras cuenta, ya estaba roncando.

—Casi me parece verlo durmiendo aquí —dijo Eddie, casi para sí.

—Es probable que lo vieras. Ay, mi queridísimo Morris. ¿Sabes?, a veces me imagino cómo serían las cosas si volviera mi marido. Entraría por la puerta con aspecto tímido y discreto, para que no montara un escándalo, y yo le diría: «Ay, amor mío, ¡tengo tantas cosas que contarte!». Eso es lo que más pena me da: todo lo que se ha perdido en el poco tiempo que hace que ya no está. «Robby tiene una columna asignada en el periódico, ¿te lo puedes creer?», le diría. «Serena ha llamado a su hijo Peter Morris Hayes. Y Joan y Mel, los vecinos, van a divorciarse… La última pareja de la que te lo habrías esperado».

—Quizá ya lo sepa —dijo Eddie.

En realidad, Eddie lo dudaba mucho, aunque le pareció la clase de comentario que la gente decía a quienes estaban de duelo.

Pero Lily no se lo tragó.

—Espero de todo corazón que *no* lo sepa —dijo—, porque ¿se te ocurre un infierno peor que mirar desde el cielo y ver que tus seres queridos sufren sin ti?

—Buena observación —dijo Eddie.

—Entonces ¿te llevas el sillón reclinable? —preguntó Lily.

—Vale… —Él se levantó y lo miró con atención, barajando la posibilidad de aceptarlo—. Pero no estoy seguro de cómo voy a llevármelo.

—¡Ya lo hago yo! Puedo ponerlo en el maletero del cinco puertas y seguirte hasta casa. —Y luego, quizá convencida de que ya había derribado todas sus defensas, añadió—: Deberías llevarte también los álbumes.

—¿Qué álbumes?

—Los de fotos familiares.

—Ah, no, gracias. No soy muy dado a acumular recuerdos —dijo Eddie.

—Maldita sea. Sé que mis hijos tampoco los quieren; ya les he preguntado.

—¿Y una de mis hermanas, tal vez?

—Puedo probar. —Lily no sonó muy convencida—. Si no, podría mandárselos a David.

—¡David!

—Solo para recordarle que tiene familia —dijo con acritud, y chasqueó la lengua—. Sí, creo que haré eso: los envolveré y los mandaré por correo a David. Que haga con ellos lo que quiera. Lo más probable es que los liquide rápido, directos al cubo de la basura. Uf, ¿se puede saber qué tiene ese hombre en nuestra contra?

Eddie se encogió de hombros. Había oído hablar tantas veces de ese tema que había dejado de resultarle interesante.

—Espera y verás —le dijo Lily—. Resultará ser una menudencia, del estilo de: «Siempre me tocaba el trozo más pequeño de tarta». O «Me obligabais a cortar el césped todas las semanas y mis hermanas no lo hacían nunca». Me refiero a que no será nada grave. Nada tipo… que abusaran de él o que lo encerraran en el sótano o algo parecido.

—En fin —dijo Eddie—. Puede que no le caigamos bien y ya está. ¿Lo has pensado alguna vez?

—¡Que no le caigamos bien! —Parecía escandalizada.

—Entonces ¿decías en serio lo de meter el sillón en el maletero? No quiero causarte molestias, pero…

—Por supuesto. —Lily se frotó las palmas en las perneras de los vaqueros para indicar que iba a ponerse manos a la obra y dio un paso adelante para agarrar la butaca por un lateral.

—Ay, no me refería a que fuera ahora mismo —le dijo Eddie.

—¿Y qué mejor momento que este? —preguntó ella—. A partir de ahora, cada vez estaré más ajetreada.

Así pues, se dio por vencido y se inclinó para agarrar el otro lateral.

Sabía que no debía escribir mensajes con el móvil mientras conducía. Se le pasó por la cabeza pararse un momento en el arcén

—«Mi tía viene a casa. Quería avisarte» era todo lo que necesitaba poner—, pero entonces Lily podía llegar a su casa antes que él. Por lo tanto, siguió circulando. Si Claude los veía llegar, se lo imaginaría; o si los oía (por ejemplo, si Eddie hablaba más alto de lo normal al entrar con Lily), sabría que lo mejor era esconderse para que no lo viera; ningún problema.

Pero ¿de verdad se escondería?

Algunas veces Eddie se preguntaba si Claude entendía del todo la situación de Eddie. Al fin y al cabo, para Claude era fácil. Tenía unos padres que siempre lo habían aceptado tal y como era. Bueno, y además, él siempre había sabido quién era; esa era otra diferencia entre ambos. Eddie, por el contrario… Eddie había andado perdido por lo menos hasta octavo curso. En octavo fue cuando se medio enamoró de Karen Small, la chica más popular de la clase. (Y, por lo tanto, inalcanzable, ahora se daba cuenta. No había peligro de que ella correspondiera a su amor). Pero Karen salía en serio con Jem Buford, así que Eddie se había dedicado a observar con atención a Jem Buford con el fin de averiguar qué tenía de maravilloso. Se fijó en la sonrisa torcida de Jem y en el único mechón rebelde que le salía de la coronilla, y en su costumbre de tener un cartucho de pluma estilográfica entre los dientes como si fuese un cigarrillo apagado. Y por último… Espera, había pensado Eddie, ¿será que me he enamorado de Jem?

Torció para entrar en su calle y avanzó por la manzana. De milagro, había una plaza libre para aparcar justo delante de su casa. Se detuvo junto al sitio y miró por el espejo retrovisor. Por encima de la pila de cajas de mudanza que abarrotaban el asiento trasero advirtió el Toyota de Lily, que frenó hasta detenerse detrás de él. Puso punto muerto y salió a hablar con ella, y Lily bajó la ventanilla mientras Eddie se acercaba y levantó la mirada hacia él, expectante.

—Aparca tú en este hueco —le dijo Eddie—. Yo voy a buscar otro un poco más adelante.

—Vale —contestó Lily, y volvió a subir la ventanilla mientras Eddie regresaba al coche.

Pero no encontró nada en la misma calle (ni en su manzana ni en la siguiente). Tuvo que meterse por una bocacalle, donde aparcó con cierta torpeza y muy lejos del bordillo porque tenía mucha prisa por volver a casa. Cuando por fin llegó, había hecho esperar a Lily tanto rato que Eddie ni siquiera se molestó en descargar un par de cajas para meterlas dentro antes de apresurarse a ir a su encuentro.

Sin embargo, ya no estaba en el coche. El asiento del conductor estaba vacío. Y cuando miró por la ventanilla trasera, descubrió que también faltaba la butaca.

Echó un vistazo al porche delantero y vio que la puerta interior estaba abierta. Subió los peldaños de dos en dos y, mientras entraba, dijo: «¿Hola?».

Encontró a Lily en la salita. Estaba desplazando el sillón un par de dedos a la derecha, luego un par de dedos a la izquierda, para acabar por colocarlo en un rincón. Y Claude estaba arrastrando la mecedora que hasta ese momento había ocupado dicho rincón para apartarla.

—Ay —dijo Eddie—. ¡Hombre, hola, Claude! ¿Qué tal estás, eh?

—¿Tú qué crees? —preguntó Lily. Se incorporó y se sacudió las palmas de las manos—. ¿Aquí es donde queréis que os la deje?

—¡Claro! ¡Es fantástico! Tía Lily, este es Claude Evers. Claude, esta es...

—Ah, tranquilo, somos uña y carne —le interrumpió Lily—. Acabamos de subir a pulso un sillón reclinable por todo el tramo de escaleras del porche. —Se rio y se dirigió a Claude—: Tienes polvo por la pechera. Supongo que refleja el nivel de mis tareas del hogar.

—En realidad, podría ser de la mecedora —dijo Claude.

Bajó la mirada hacia la camiseta algo azorado.

—Siento haber tardado tanto en aparcar —le dijo Eddie a Lily.

—¡No te preocupes en absoluto! —respondió su tía. Recogió el bolso del asiento de la butaca y le dio un beso en la mejilla a Eddie—. Bueno, colega, me voy. Aunque te llamaré para despedirme antes de marcharme para siempre. Tardaré por lo menos una semana.

—Vale… Bueno… Gracias de nuevo por todas las cosas, tía Lily. Y por la comida.

—¡Un placer! Gracias a ti por ese vino tan rico. —Hizo bailar los dedos para despedirse de Claude—. Adiós, Claude.

—Adiós, Lily. Encantado de conocerte.

Eddie la acompañó hasta la puerta principal y se quedó mirando hasta que su tía se metió en el coche. Después volvió a la sala de estar.

—¿Qué ha ocurrido? —le preguntó a Claude.

—¿A qué te refieres con qué ha ocurrido? —preguntó este a su vez.

Había vuelto a agarrar la mecedora y estaba deslizándola hacia las escaleras.

—¿Cómo es que os habéis conocido mi tía y tú? —preguntó Eddie de forma más directa.

—Te lo acaba de decir. Miro por el ventanal delantero; veo a una mujer que intenta sacar un sillón reclinable inmenso del coche; ¿qué se supone que tengo que hacer? No iba a dejar que se las apañase sola.

—Bueno, pero es tan… transparente... —dijo Eddie.

—¿Perdona?

—Seguro que por lo menos te has olido quién era, y aun así te ha faltado tiempo para salir corriendo y hacerte ver.

—Creo que podríamos poner la mecedora en la habitación de invitados.

—Y ¿cómo has justificado tu presencia? —exigió saber Eddie.

Claude soltó la mecedora y se dio la vuelta para mirarle.

—¿Por qué iba a tener que justificar mi presencia?

Eddie no tenía palabras para eso. Se limitó a abrir los brazos y sacudirlos, impotente. Se produjo un silencio.

—Ay, cariño mío. Si ya lo sabe —dijo Claude después.

Eddie bajó las manos.

—Lo sabía desde el principio —insistió Claude.

Y continuó deslizando la mecedora por la habitación. Cuando llegó a las escaleras, la levantó del suelo con ambos brazos y empezó a subirla con esfuerzo mientras Eddie lo observaba.

Un lento rubor se apoderó de él, un sonrojo que le calentó la cara. Por supuesto que lo sabía. Lo vio claro. Y Lily no era la única que lo sabía, porque ahí estaba él, con cuarenta y un años, y sin embargo nadie de su familia le había preguntado jamás si tenía novia. Nadie le había dicho en las bodas: «¡Vamos, Eddie! ¡El siguiente eres tú!». Y recordó que una vez su primo Robby el Chico, mientras veía la televisión con él muchos años antes, había cambiado de canal de forma abrupta cuando en la pantalla alguien había llamado «maricón» a otro.

Uno habría esperado que tomar conciencia de eso le supusiera un alivio. Y en parte, así fue. Sintió un arrebato de amor por toda su familia, a la que parecía haber subestimado. Había pensado que ocultarles su secreto era una deferencia hacia ellos; los estaba protegiendo de una noticia que los heriría. Pero en ese momento se dio cuenta de que no contárselo había sido más doloroso, y de que habían sido los demás quienes habían tenido la deferencia de no mencionarlo.

Se quedó mirando las escaleras en una especie de trance, sobrecogido por el arrepentimiento de haber desperdiciado tanto tiempo.

8

David Garrett se jubiló de la enseñanza a los sesenta y ocho años. Su intención era continuar trabajando, pero en primavera de 2020 llegó la pandemia y todas sus clases pasaron a hacerse por Zoom. Resultó que el Zoom no se le daba demasiado bien. Hacía muecas al ver su propia cara en la pantalla; aborrecía el tono artificial de su voz; sentía que estaba timando a sus estudiantes. No solo eso, sino que la obra de teatro del último curso, que había dirigido durante los últimos cuarenta y tantos años, se canceló de manera abrupta en plenos ensayos. En realidad, las clases de teatro en general pasaron a la historia, junto con el arte, el coro, la orquesta… Todas las materias que hacían que el colegio valiera la pena, en su opinión. Las clases de lengua y literatura nunca le habían divertido ni la mitad que las de arte dramático. Así pues, al final del semestre anunció que dejaba la docencia: no volvería al otoño siguiente. Y, por supuesto, ese año no habría escuela de verano.

Greta se había jubilado un tiempo antes, así que ya estaba acostumbrada a la vida de quien se queda en casa. Por el contrario, a David le costó más de lo que esperaba adaptarse a esa nueva situación.

—Es como cuando falla la electricidad y te maravillas de haberla dado por supuesta hasta entonces, ¿sabes? —le dijo a su esposa—. Bueno, pues así me siento ahora cuando recuerdo que, érase una vez, el mundo estaba abierto de par en par. Solíamos entrar y salir a nuestro antojo, ¿te acuerdas? Íbamos a la tienda, o nos metíamos en el centro comercial, cenábamos en un restaurante siempre que se nos antojaba…

Greta sonrió al oírlo.

—Aunque no es que lo hiciéramos tanto —comentó—. Si no recuerdo mal, tenía que arrancarte de tu estudio con una palanca.

—Bueno, espera a ver qué ocurre una vez que las cosas vuelvan a la normalidad.

Por dentro pensó, «si» vuelven a la normalidad, pero no lo dijo en voz alta.

A lo que le resultó más fácil acostumbrarse —sorprendentemente fácil, la verdad— fue a la repentina falta de vida social. En el pasado se reunían de vez en cuando con unos cuantos amigos seleccionados, gente de la escuela o de los proyectos teatrales, y sin embargo, a menudo era consciente, mientras se sentaba a conversar con ellos, de un pensamiento renegado tan insistente que tenía miedo de soltárselo a alguien sin querer: «Me caes muy bien, pero ¿en serio tenemos que vernos?». Ahora resultaba que ya no tenían que hacerlo. Es más, se suponía que no debían hacerlo. Podían intercambiar mensajes apenados o incluso, en el caso de Greta, hablar por teléfono, pero la mayor parte del tiempo estaban solos mano a mano. A David no le importaba lo más mínimo. Habría sido exagerado decir que le parecía un alivio, pero… En fin, sí era un alivio, para ser sinceros. De haber tenido a sus hijos cerca, se habría sentido completamente satisfecho.

Entonces Nicholas llamó por teléfono.

Nicholas vivía en Nueva York con su esposa Juana, que era gastroenteróloga, y su hijo de cinco años, Benny. No habían ido a verlos desde el inicio de la pandemia y a David le preocupaba que tardasen otros tantos meses o incluso años en verse. Pero lo que le dijo Nicholas al aparato fue:

—¿Qué os parece si Benny y yo vamos una temporada a vuestra casa?

—¿Lo dices en serio? —preguntó David.

Era quien había contestado al teléfono: lo había agarrado nada más ver el identificador de llamadas. Enarcó las cejas de un modo exagerado mirando a Greta, que estaba de pie junto a él, esperando que le tocara el turno de hablar con su hijo.

—¿Os sentiríais incómodos? —le preguntó entonces Nicholas—. Haríamos una cuarentena voluntaria las dos semanas anteriores, huelga decirlo, y nos haríamos un test antes de salir. Sabemos que, a vuestra edad, los dos estáis en el grupo de riesgo.

—¡No estamos en ningún grupo de riesgo! ¡Estamos sanos como manzanas!

—¿Qué? ¿Qué? —preguntaba Greta, así que David tapó el auricular el tiempo suficiente para decirle:

—Quiere pasar una temporada aquí con Benny.

Greta aplaudió poniendo las manos por debajo de la barbilla y asintió con mucho entusiasmo.

—Tu madre ya ha salido al porche para ver si llegáis —le dijo David a Nicholas. Y luego añadió—: ¿Y Juana no?

—No, ahí está el tema: Juana está en primera línea de fuego. La han trasladado a Enfermedades Contagiosas porque el sistema sanitario de la ciudad se está saturando; no sé si os habéis enterado. El caso es que ya apenas pasa por casa e, incluso cuando está, es peligroso que comparta habitación con nosotros. Y como nuestra canguro se ha ido a casa de su familia, me he quedado como único cuidador de Benny. Me preguntaba si quizá mamá y tú podríais ayudarme con él.

—Faltaría más —contestó David—. Claro que te ayudaremos. Y olvídate de la cuarentena; empieza a hacer las maletas ahora mismo.

—No, no, no queremos correr ningún riesgo. Nos aislaremos aquí primero y luego iremos a veros en…

Pero David no consiguió oír el resto porque Greta le arrebató el teléfono.

—¿Nicholas? Tenéis que venir ipso facto. No hace falta que os confinéis.

David se retiró y se sentó en una silla de la cocina. Prefería dejar que ella lidiara con el tema; aún mantenía el aire de autoridad que poseen las enfermeras. Y tenía razón en insistir, porque en realidad no los ponían en peligro en absoluto. O solo un poco, quizá. Desde luego, no se parecían en nada a las personas que uno se imaginaba cuando veía esos carteles de NO MATES A LA YAYA alentando a llevar mascarilla y a mantener la distancia social. David ni siquiera tenía el pelo blanco, sino simplemente de un rubio más deslucido, y Greta poseía ese tipo de piel fina, morena y firme en la que solo se apreciaban unas pocas arrugas profundas alrededor de los ojos.

Pero David había olvidado que los médicos tienen más autoridad que las enfermeras, porque en ese instante Greta decía:

—Sí, ya sé que Juana es la experta… Sí, por supuesto que entiendo su punto de vista…

Así pues, David se resignó. No pasaba nada, dos semanas más y listo. Pero entonces, por fin, y para una buena temporada, volverían a tener un niño bajo el mismo techo.

Lo que nadie comprendía sobre David, a excepción de Greta tal vez, era que había sufrido una pérdida muy grave en su vida. Mejor dicho, dos pérdidas. Dos hijos muy queridos: Emily y Nicholas. Era cierto que en la actualidad resultaban ser dos adultos muy queridos que también se llamaban Emily y Nicholas, pero no eran las mismas personas. Para él era como si esos niños hubiesen muerto. Había estado de duelo desde entonces.

Y en ese momento sintió una oleada de esperanza, una especie de efervescencia interior, e incluso antes de que Greta colgara, se puso a hacer planes para el tiempo que pasarían con Benny.

Empezaron a prepararlo todo de inmediato: pidieron una piscinita hinchable en Amazon, por ejemplo, y un juego parecido al bádminton que no necesitaba red. Decidieron que Benny dormiría en la antigua habitación de Nicholas, que aún tenía las constelaciones que brillaban en la oscuridad pegadas al techo, y Nicholas se instalaría en el cuarto de Emily. (Era imposible que Emily fuera a necesitarla, por desgracia: vivía en Wisconsin, donde trabajaba de doctora de urgencias y, por lo tanto, estaba de lleno en todo el fregado. Pero no pienses mucho en eso, se dijo David. No dejes que tu mente deambule hasta allí).

El estudio de David, que daba a la cocina, podía servir de lugar de trabajo para Nicholas. Este se ganaba la vida comercializando sus inventos: un colchón enrollable llamado Siestón, por ejemplo, que los niños pequeños podían llevar a la guardería, y un sistema de receptáculos de fibra de vidrio con estructura de colmena para dormir llamado ConAlas, que se usaba en los aeropuertos. David no estaba seguro de en qué empresa andaba metido en esos momentos, pero sabía que implicaría unas cuantas reuniones de negocios (todas *online* ahora, por supuesto) y el estudio era donde la conexión wifi fallaba menos.

Otro preparativo, algo que David había hecho por su cuenta, era montar un huertecillo. Para eso fue preciso tomar algunos atajos, porque dos semanas no era tiempo suficiente para cultivar algo desde la semilla. Pagó a quienes les cortaban el césped para que pasaran el motocultor y encargó una variedad de plantas jóvenes que le mandarían de un vivero.

—¿De verdad crees que el niño se interesará por el huerto? —preguntó Greta—. No será tan emocionante como ver los brotes que salen de las semillas.

—Bueno, por lo menos es algo que podemos hacer él y yo juntos —contestó David—. Arrancar las malas hierbas y recoger las hortalizas cuando estén en su punto.

Le había dado muchas vueltas al tema, porque tendrían que buscar maneras de entretener a Benny. Cuando Nicholas tenía la edad de Benny no había supuesto ningún problema; había docenas de vecinos de su edad con los que jugar. Pero hoy en día, eso estaba prohibido. David rememoró su propia infancia: ¿qué habían hecho juntos su padre y él? No gran cosa, la verdad; su padre trabajaba siempre hasta muy tarde. Lo que sí recordaba David era un proyecto de carpintería en el que se habían embarcado una vez, una casa de madera para pájaros que habían previsto colgar de un árbol. Pero no había salido bien. A David nunca se le habían dado bien las herramientas, mientras que Robin se pirraba por ellas. (Hacia el final de su vida, la idea de la felicidad para Robin había sido recorrer los pasillos de la tienda de bricolaje Home Depot abierta las veinticuatro horas cada vez que no podía dormir). Había tomado las riendas del proyecto de la casita para pájaros y la había terminado por su cuenta, al menos, que David recordara.

Desde la llamada de su hijo, David contaba las horas; tanto Greta como él seguían la cuenta atrás. Sin embargo, conforme se acercaba el momento de su llegada, empezó a sentirse inquieto. Se distraía o perdía la concentración de un modo que no había experimentado ni siquiera durante los primeros días de la pandemia, que habían sido los más desconcertantes. Daba la impresión de que ya no podía leer ni concentrarse en la televisión, y por la noche unos sueños ansiosos se colaban con brusquedad en su mente mientras dormía. Se despertaba y se quedaba mirando la oscuridad, intentando relajar los músculos. Junto a él, Greta dormía plácidamente, con una respiración tan suave como la harina al pasar por un cedazo, y David se preguntaba cómo podía estar tan tranquila cuando había tantas cosas de las que preocuparse. El mundo se estaba derrumbando, la gente moría sin cesar, otros perdían el empleo o pasaban hambre, el planeta se precipitaba hacia la extinción y su país se revolvía contra sí mismo. Y Emily: ¿conseguiría estar a salvo? ¿Estaría tomando las precauciones necesarias? Además, ¿por qué seguía sola? No paraba de nombrar a hombres diferentes, pero luego, sin saber por qué, no volvían a tener noticias de ellos. Y Juana: ¿cómo podía pensar Juana en anteponer el trabajo a su familia? ¿Qué secuelas tendría en Benny? ¿Cómo le afectaría toda la pandemia a Benny? Necesitaba compañeros de juegos; necesitaba una escuela de verdad; ¡se estaba perdiendo una etapa del desarrollo! Igual que los niños de todas partes; santo Dios. Los pequeños que deberían estar entablando amistades, los adolescentes que deberían ir distanciándose de sus padres, los jóvenes que a esas alturas deberían vivir por su cuenta y encontrar el amor verdadero...

Cuando llevaba tanto tiempo despierto en la cama que pensaba que iba a volverse loco, se levantaba, bajaba sin hacer ruido y encendía el televisor. (¡Qué cerca estaban unas de otras las personas de las películas de antes! ¡Y sin mascarilla! Se estremecía al verlo). Al final, se quedaba dormido sentado en el sillón y no se despertaba hasta que Greta lo descubría allí por la mañana.

—Creo que ya sé qué te sucede —le dijo un día su esposa durante el desayuno.

—¿A qué te refieres con qué me sucede?

—La razón por la que estás tan irritable últimamente.

—Bueno, no es un misterio que digamos —contestó—. No sé si te has enterado de que todo se desmorona.

—Ya estuviste así en otra ocasión —continuó Greta, como si él no hubiera dicho nada—. Antes de que naciera Nicholas.

—¿Sí?

—Empezaste a temer que nos hubiéramos equivocado al decidir tener un segundo hijo. «Ya estábamos bien solo con Emily», decías. «¿Y si el recién nacido no encaja? ¿Qué pasa si no somos compatibles?». «¡Compatibles!», dije yo. «¡Pero si es nuestro propio hijo! ¡Por supuesto que congeniaremos!». Pero insististe: «Bueno, no lo des por sentado. Nunca se puede estar seguro de esas cosas. Y ¿por qué has dicho "hijo" en masculino?», me preguntaste. «¿Acaso crees que es un niño? ¡No estoy acostumbrado a los niños!», te quejaste. «¡No sabría cómo educarlo!».

—No recuerdo esa conversación —dijo David.

—Y sin embargo, ya sabes cómo resultaron las cosas. Fuiste un padre maravilloso.

—No recuerdo ni una sola palabra —insistió él.

Aunque sí le resultaba vagamente familiar, ahora que lo pensaba.

—Oí lo que le preguntaste a Emily por teléfono ayer —le dijo Greta, y le dedicó una mirada triunfal que él no supo interpretar—. Le preguntaste por Benny. Si lo conocía mucho o poco, era lo que le preguntabas, y cómo era el muchacho exactamente, y cuándo fue la última vez que lo había visto.

—¿Y? ¿A dónde quieres ir a parar?

Greta se echó a reír.

—Pues que estás angustiado porque estás esperando otra vez. Es una forma de decirlo. Esperando otro hijo y preocupado de que, de algún modo, puedas fallarle.

—Bah, eso es ridículo —dijo David. Pero estaba sonriendo.

Con el tiempo había aprendido que Greta solía saber mejor que él qué ocurría.

Era consciente de que algunas personas se habían sorprendido al enterarse de que se había casado con ella. Bueno, él también se había sorprendido, a decir verdad. Al principio apenas había reparado en ella. Era una empleada periférica en la escuela, no era profesora sino la enfermera del centro, una mujer algo mayor que él con un deje de acento extranjero y una leve cojera. Pero entonces un día Greta y Lillian Washington, la orientadora de estudios, habían llevado el bocadillo al comedor de los profesores mientras él se preparaba un café. David empezó a quejarse de la cafetera nueva, que requería un filtro nuevo cada vez que se usaba. (El papel de David en el colegio era el de Tierno Cascarrabias; había recaído en él casi de forma natural, dado que estaba rodeado en su mayor parte de mujeres maternales de mediana edad). «¿Por qué no paran de cambiar cosas? —rezongaba—. En mi modesta opinión, todos los cambios son para peor».

No esperaba respuesta —o, por lo menos, no más que un resoplido empático—, pero Greta chistó varias veces y dijo: «Y me lo dices a mí, que ojalá hubiera podido ponerme la vacuna contra la polio, y a mi compañera Lillian, que es negra».

Eso hizo que se volviera hacia ella. Notó que Greta lo escudriñaba con una mirada fría y retadora: una mujer más bien atractiva que guapa, con las facciones marcadas y el pelo corto y encrespado con mechas que parecían vetas, castaño y rubio oscuro mezclados. David había pensado responderle con algún comentario conciliador («Vale, sí, no todos los cambios son negativos, pero ¿a ver qué tenía de malo nuestra vieja cafetera eléctrica?») cuando algo hizo que se fijara en ella de verdad. Y al parecer, ella también se fijó en él, porque de pronto abrió los labios y adoptó una expresión aturdida.

Se casaron seis meses después. E incluso ese lapso le pareció excesivo a David, porque para entonces ya había conocido a Emily y no podría haber soportado que el exmarido de Greta hubiese llevado a la práctica su amenaza de quitarle a la niña.

Nicholas aparcó en el bordillo un miércoles por la tarde de principios de junio. David y Greta llevaban todo el día pendientes y salieron de la casa de inmediato: Greta volando por el camino de entrada y David detrás, con un paso más digno. Mientras Nicholas todavía estaba levantándose por detrás del volante, Greta agarró la puerta trasera y la abrió de sopetón, para inclinarse a desabrochar el cinturón de la silla infantil de Benny. Pero resultó que el niño ya sabía hacerlo solo, así que su abuela se incorporó y retrocedió un paso para dejarle espacio.

—Recordad, nada de abrazos —le advirtió Nicholas mientras se acercaba a ella.

—¿Cómo quieres que no te abrace? —preguntó su madre, y lo rodeó con los brazos.

No obstante, con Benny se mostró más precavida; sabía que era mejor no atosigarlo. El niño dio un paso adelante y se quedó ahí, parpadeando, un momento: un niñito de aspecto serio bajo un cuenco de pelo moreno y liso puesto del revés.

—Saluda a la abuela y al abuelo —le dijo Nicholas.

—Hola, abus —dijo Benny.

David se puso contento al oír que Benny no había dejado de emplear el nombre con que se dirigía a ellos cuando era más pequeño. Y todavía tenía esa vocecilla nasal y rasposa; quizá fueran las vegetaciones o las amígdalas, pero a pesar de eso a David le resultaba muy especial.

—¿Qué tal el tráfico? —preguntó a Nicholas.

—No había ni un alma. Podríamos haber ido patinando por el centro de la autovía.

—¿En serio? —dijo Benny.

—Aunque en estos tiempos es imposible encontrar un baño para tu hijo.

—¡Ay, madre! ¿Y qué has hecho? —le preguntó Greta.

—El frasco de mantequilla de cacahuete —le dijo Nicholas encogiéndose de hombros—. Por cierto, que no me olvide de meterlo en casa.

Se dirigió al maletero para sacar el equipaje —solo un par de bolsas de lona, junto con un número considerable de juegos metidos en cajas y juguetes con ruedas— y David y él empezaron a transportarlo todo a la casa. Greta los siguió con un establo de plástico en la mano y Benny la acompañó con un oso de peluche de aspecto gastado.

—Vamos a tener un perro mientras estemos aquí —le dijo a su abuela.

—Ah, ¿sí?

—Eh, espera, colega. —Nicholas se volvió para mirarlo muy serio—. Íbamos a valorar la posibilidad de tener un perro.

—¿Nos dejas? —le preguntó Benny a Greta.

—Ya lo hablaremos —repitió Nicholas. Y luego añadió en voz baja dirigiéndose a David—: Ay, madre.

Tenía un aspecto fatigado y desaliñado, incluso parecía más flaco. Y ahora que se había subido las gafas a la coronilla, David advirtió la piel estropeada alrededor de sus ojos.

—Ni siquiera creo que haya perros disponibles ahora mismo —le dijo David—. Nuestro refugio ha cerrado durante el confinamiento y el personal se ha llevado a casa todos los animales que no pudieron colocar con algún dueño.

—Sí, pero una de las personas que trabajan allí es Julie Drumm —dijo Nicholas—. ¿Te acuerdas de Julie, del instituto? Cree que podría conseguirnos algo.

—Ah.

Entraron en la casa por la puerta principal.

—¡Estofado! —exclamó Nicholas, y olisqueó encantado.

—Pensé que te apetecería cocina casera —le dijo Greta.

—Me muero por algo casero —dijo su hijo—. Últimamente hemos subsistido con lo mínimo. —Luego le dijo a Benny—: Voy a subir nuestras bolsas. Puedes quedarte aquí con los abuelos.

Benny no dijo nada, pero cuando Nicholas empezó a subir las escaleras, lo siguió sin soltar el oso. Saltaba a la vista que se sentía un poco desubicado.

Sin embargo, a la hora de la cena ya se le notaba más suelto. Había dado una vuelta por el jardín y el huerto, donde David le había dejado arrancar un diminuto nódulo de un futuro pimiento verde, y había probado una raqueta de bádminton. Cuando estaban fuera, se había atrevido a confesar que le daban un poco de miedo los bichos, algo que David había tratado con respeto.

—Es más que comprensible —le dijo—. En mis tiempos, yo también les tenía miedo. Al final dejarás de temerlos, pero por ahora procuraremos no cruzarnos en su camino.

Benny se lo contó a su padre durante la cena.

—El abu también tenía miedo de los bichos y me ha dicho que no nos cruzaremos en su camino.

—También puedes acercarte —sugirió Nicholas—. Aprender a enfrentarte a ellos, quizá.

—No, creo que es mejor no cruzarnos —dijo Benny con firmeza, y pinchó un pedazo de patata. Luego le dijo a su abuelo a modo de confidencia—: También me dan miedo los hilos de los plátanos.

—Los hilos de los plátanos. Ya veo. Bueno, lo entiendo —dijo David.

No pudo evitar sentirse honrado.

Por la noche, Greta le leyó a Benny algunos cuentos ilustrados de cuando Emily y Nicholas eran pequeños. Resultó que Benny estaba a punto de aprender a leer; iba reconociendo palabras cortas al azar y se las decía en voz alta:

—Pan —dijo—. Papá. —Y luego, orgulloso—: ¡Tren!

—Estupendo —decía Greta cada vez que el chiquillo leía una palabra.

Siempre hablaba de manera formal con los niños. Incluso con los suyos, había evitado la voz aflautada y las expresiones infantiloides que empleaban otras madres, y parecía que a los niños les daba seguridad oírla. Cuando llegó el momento de que Benny fuera a la cama, le preguntó:

—¿Puede acompañarme la abu?

—¿Por qué no? —dijo Nicholas—. Echa de menos la presencia de una mujer —le dijo a su padre una vez que se quedaron a solas—. No creo que acabe de entender del todo por qué ve tan poco a Juana últimamente.

—Supongo que será duro para él.

—De ahí que se me haya ocurrido plantearle lo del perro... Podríamos adoptarlo aquí y llevárnoslo a casa cuando nos marchemos. Pero no sería un cachorro; mejor un perro ya adulto. No estoy seguro de que pudiéramos manejarnos con un cachorro en estas circunstancias. Aunque si mamá y tú tenéis alguna objeción, esperaremos hasta que volvamos a Nueva York.

—Por mí está bien —dijo David—. ¿Greta? —le preguntó cuando su esposa volvió a la sala—. ¿Te parecería bien tener un perro en casa?

—Sí, claro —contestó Greta, y se desplomó en el sillón con un suspiro.

Lo más probable era que estuviese tan cansada como él. ¡Los niños requerían tanta energía! Pero era un tipo agradable de cansancio. Esa noche, David durmió mejor de lo que había dormido en mucho tiempo.

El perro con el que llegó Julie, la amiga de Nicholas, un par de días más tarde era un chucho de pelo corto y color arena con una oreja caída y otra levantada, lo cual le daba cierto aspecto de incredulidad. Salió del coche de un brinco y corrió por el camino de entrada hacia la casa, donde todos lo esperaban, pues Julie, por supuesto, no podía entrar.

—¡Espera, chico! ¡Más despacio! —gritó, pero el perro no le prestó atención y fue directo a Benny con mucho ímpetu.

Benny se apartó un poco pero aguantó el tipo y el perro se detuvo delante de él y se sentó, jadeando con la boca abierta a modo de sonrisa, hasta que Benny alargó el brazo y le acarició con timidez el hocico con las puntas de los dedos.

—¿Le habías dicho al perro que iba a adoptarlo un niño? —le preguntó Nicholas a Julie.

—No, pero creo que confiaba en que fuese así.

Julie era una de esas jóvenes sin pretensiones, de pelo rizado y corpulenta, con unos Levi's y una camiseta de tirantes. Una mascarilla estampada le cubría la mitad inferior de la cara, pero por sus ojos David supo que sonreía.

—Hasta ahora lo he llamado solo «chico», así que tendrás que buscarle un nombre —le dijo a Benny. Y luego añadió, mirando a Nicholas—: ¿Qué tal te va, Nick?

—Bastante bien. ¿Y a ti?

—Bueno, vamos tirando.

—¿Te acuerdas de mis padres, Greta y David? —dijo Nicholas—. Y este, por supuesto, es Benny. Ella es Julie Drumm —le recordó a su familia.

—Hola, ¿qué tal? —dijo Julie. Como todos los Garrett llevaban también mascarilla, unos y otros veían solo una misma franja del rostro, pero los saludó con la mano de manera afectuosa—. Me parece que forman una buena pareja, ¿no?

E inclinó la cabeza hacia Benny y el perro.

—Yo creo que sí —dijo Nicholas—. Ben, ¿te gusta?

—¡Me encanta! —exclamó Benny.

Así pues, Nicholas acompañó a Julie hasta el coche para buscar los utensilios que había llevado y Benny se atrevió a acariciar la parte superior de la cabeza del perro.

—¿Qué nombre le vas a poner? —le preguntó Greta.

—No estoy seguro —dijo Benny.

—Una vez tuve un perro que se llamaba Tapón —comentó David con intención de ayudar.

Benny lo miró con cara de lástima. (Se había bajado la mascarilla hasta la barbilla en cuanto Julie se había alejado, así que parecía que llevara una barba amish de rayas de colores).

—No —dijo por fin—. Se llama John.

—John. Vale.

Y cuando Nicholas regresó, con un saco enorme de pienso para perros entre los brazos y una correa enroscada en la mano, Benny le dijo:

—¡Papi, te presento a John!

—Encantado de conocerte, John —dijo Nicholas.

Y todos entraron en la casa.

No tardaron mucho en crear una nueva rutina. El primero en levantarse por la mañana era Nicholas. Cuando David y Greta bajaban se encontraban la puerta del estudio cerrada y a Nicholas murmurando al otro lado. Probablemente hablase con Juana, que solía llamarlo muy temprano. David sacaba al perro a que hiciera sus necesidades en el patio trasero y luego le daba de comer, tras lo cual desayunaban Greta y él. Aprendió a no molestar a Nicholas ofreciéndole algo de desayuno; su hijo subsistía hasta el mediodía con el café que se preparaba él mismo. El último en levantarse era Benny. Bajaba perezoso las escaleras a las nueve más o menos, preguntando: «¿John? ¿John?», cosa que daba a entender que se habría quedado todavía más tiempo en la cama de no haber tenido la ilusión del perro. John, que claramente se había limitado a conformarse con David y Greta hasta ese momento, levantaba su oreja tiesa y corría disparado hasta el pie de las escaleras, para resoplar de alegría mientras Benny lo abrazaba. Entones Greta trataba de engatusar a Benny para que comiera algo, aunque el niño estaba mucho más interesado en llamar por teléfono a su madre. (La primera de muchas llamadas diarias; le habían asignado un acceso directo en el teléfono, aunque ella no siempre podía contestar). A continuación, mientras Greta se ocupaba de las tareas del hogar, David empezaba su turno más largo de tiempo de calidad dedicado a Benny. Salían al jardín y arrancaban malas hierbas, vaciaban el agua del día anterior de la piscina hinchable y la rellenaban, y después ponían en marcha el aspersor del jardín y sacaban a pasear a John. Recordando sus años con Tapón, David había dado por hecho que John caminaría pegado a la pierna izquierda de Benny, pero John tenía sus propias ideas. La correa era de las retráctiles, así que le daba mucha cuerda, y solía quedarse rezagado cuando descubría un olor intrigante o salía disparado cuando una ardilla se cruzaba en su camino. El resto del tiempo, sin embargo, trotaba junto a ellos con bastante docilidad y David renunció a intentar que se quedara pegado a sus talones.

Vivían en un barrio dormitorio sin nada de particular, una zona modesta de las afueras de Filadelfia que había ido prosperando y asentándose más conforme pasaban los años. David y Greta se habían distanciado un poco de las actividades vecinales cuando sus hijos se marcharon de casa; pero desde hacía un tiempo, cuando salía a pasear con Benny, David se fijaba en todas las nuevas familias jóvenes que se habían mudado al vecindario. Por supuesto, esos días todo el mundo estaba en casa, ya fuera cortando el césped, ya fuera enseñando a volar una cometa a un niño o ya fuera hablando con el vecino de al lado a través del seto. Aunque en teoría Benny no debía jugar con los otros niños con los que se encontraba, de todos modos se las apañaban para interactuar hasta cierto punto. Benny se subía la mascarilla y permanecía a una distancia prudencial, y los niños se pasaban un rato mirándose el uno al otro en silencio. Luego, a veces un niño le lanzaba un balón de fútbol y él lo atrapaba con torpeza, o una niña dejaba que su chihuahua estirara la correa al máximo y se frotara el hocico con el de John. Conforme pasaron los días, David se quedaba cada vez más rezagado —tanto que pocas veces se molestaba en subirse la mascarilla— y las caminatas eran cada vez más prolongadas. A menudo no volvían a casa hasta que la comida ya casi estaba servida.

—¡Ya están aquí nuestros peregrinos! —decía Nicholas, sentado a la mesa—. ¿Qué noticias traéis del ancho mundo?

Por sorprendente que parezca, Benny siempre tenía alguna novedad. «Mi amigo Jason se ha comprado un skate», les contaba. O «¿Sabes que si te pones en el hueco de una puerta y aprietas un rato con las palmas de las manos contra el marco, los brazos flotan solos hacia arriba cuando te apartas?». También les daba serenatas con una de las canciones en bucle que David recordaba de su infancia, de esas que no tenían fin y que volvían locos a los adultos:

Dos elefantes se balanceaban
sobre la tela de una araña…

Años atrás, cuando los aparatos electrónicos empezaban a popularizarse, David había leído que los juegos infantiles antiguos que se jugaban en la calle corrían el riesgo de caer en el olvido. Las cancioncillas para saltar a la comba y dar palmas y demás, decían los expertos, se transmitían de manera oral de niño a niño; nunca se las enseñaban los adultos. Así pues, si una única generación infantil dejaba de transmitírsela a la siguiente, esas tradiciones se desvanecerían para siempre.

Sin embargo, había constatado algo curioso: incluso con la distancia social, incluso privado de compañeros de juegos normales, Benny había aprendido de algún modo ese truco de los brazos que levitan y la canción que no tiene final.

Después de comer, Nicholas volvía al estudio un par de horas más mientras Benny pasaba un rato con Greta. Juntos hacían cosas distintas: galletas, limonada, mascarillas de tamaño infantil a partir de retales. Para las mascarillas, Greta enseñó a Benny a utilizar la máquina de coser. A David le preocupaba que fuese demasiado pequeño, pero en realidad le salió bastante bien y confeccionó mascarillas que funcionaban de verdad, aunque tenían una forma extraña en los puntos en los que la máquina se le había escapado un poco. Luego, alrededor de media tarde, Nicholas volvía a salir del estudio y recogía a Benny y al perro para otro paseo. David debía admitir que agradecía el descanso. ¡Por fin tenía oportunidad de desplomarse en una silla, de dejar de aparentar optimismo, entusiasmo y concentración en todo momento! Pero luego, poco a poco, empezaba a notar el silencio. Era un silencio casi inquietante.

—¿Qué haremos cuando se vayan para siempre? —le preguntó a Greta—. ¿Tendremos que pasar otra vez por todo el mal trago del síndrome del nido vacío?

—Puede que esta vez lo llevemos mejor —contestó ella—. Confío en que sea un aprendizaje adquirido.

—Pues lo dudo mucho —dijo David.

Y cuando oyeron que el perro ladraba junto a la puerta, él fue el primero en levantarse de un brinco y correr a abrirla.

Después de cenar por fin podían reunirse los cuatro y pasar un buen rato juntos. Solían sentarse en el patio trasero; o mejor dicho, David y Greta se sentaban, mientras que Nicholas y Benny jugaban a una variante azarosa del bádminton. Los días eran tan largos que todavía brillaba el sol y el calor aún era opresivo, así que al final Nicholas se desplomaba en una silla junto a sus padres y Benny se ponía a chapotear en la piscinita. Otras familias también salían al jardín, ocultas tras los setos. David oía sus voces, aquí y allá. A veces entendía alguna palabra suelta, pero en general, lo único que le llegaba eran murmullos ininteligibles. Empezó a captar los ritmos de la conversación relajada: los turnos, las preguntas, las respuestas, las intromisiones, las risitas. ¡Era asombroso lo resistentes que eran las personas, cómo perseveraban, cómo seguían intentando comunicarse! Cuando Greta anunciaba por fin: «Hora de irse a la cama, Maestro Benny», David casi lamentaba tener que despedirse de esas voces.

Después de que Benny le diera las buenas noches a su madre por teléfono y Greta lo llevara a la cama, los adultos pasaban a la sala de estar. Entonces Nicholas les contaba, por ejemplo, cómo habían ido las reuniones virtuales del día con sus socios empresariales. (Había diseñado una especie de saco de dormir que tenía brazos y piernas, por si alguna escuela decidía dar las clases al aire libre el invierno siguiente. Lo llamaba EduSaco). O David y él intercambiaban soluciones en broma para una cura para la covid que podrían descubrir ellos por casualidad. («¡El sándwich de carne y queso típico de Filadelfia!», «¡Jengibre cristalizado!», «¡Cerveza! Pero no de la rubia»). Y como Nicholas pertenecía a esa generación que nunca salía de casa sin el móvil, ni siquiera a dar una vuelta por el barrio, solía tener fotos nuevas para mostrarles qué tal había ido el paseo del día. Benny y una niña pelirroja sentados a dos metros de distancia comiendo melocotones en la entrada de la casa de alguien; Benny y el perro corriendo delante del aspersor de no sé quién. «Mándamelas por mail, por favor», le pedía Greta, pero David las estudiaba sin hablar. Le maravillaba que ya pareciesen algo del pasado remoto, descolorido y nostálgico. Y ¡qué sorpresa ver cuánto tenía Benny de la familia Garrett! Desde que nació, había parecido completamente distinto al resto: no una persona color galleta pálida como la parte de David, sino alguien de pelo moreno, ojos marrones y piel marrón dorada, bajo para su edad y bastante flaco. En realidad, se trataba de diferencias que siempre habían alegrado a David. Para él, Benny representaba la posibilidad de empezar desde cero. Pero poco a poco se fue fijando en que el chico levantaba los hombros al poner la mano como un cuenco para recoger el jugo del melocotón y metía la barbilla al correr. El padre de David también levantaba así los hombros cada vez que se concentraba mucho en una tarea; un hombre a quien Benny no había visto jamás. Las hermanas de David corrían metiendo la barbilla, pero Benny no las conocía tampoco, al menos, que David supiera. Y aunque era consciente de lo habitual que es pasar por una fase de juegos teatralizados en la infancia, no podía evitar pensar que los complicados diálogos de Benny con su oso (que, para colmo, parecía tener acento británico) se parecían mucho a sus escenas de antaño con sus veterinarios de plástico.

La semana anterior, Benny se había puesto a toser y luego, cuando se le pasó, había dicho: «He tragado por la garganta que no era»:

una expresión de los Garrett. Y no comía caramelos duros porque, igual que le pasaba a David, aborrecía que le dejaran ásperos los dientes. Además, llamaba a la soda «agua que pica», tal como solía hacer Nicholas, y los gajos de naranja eran «barcos» y los libros de bolsillo «pajarillos».

—¿Cómo se llama esa trenza que empieza casi en la frente y va bajando pegada a la cabeza? —le preguntó David a Greta una noche mientras se preparaban para ir a la cama.

—¿Pegada a la cabeza?

—Emily la llevaba muchas veces. Empieza con dos mechones pequeños cerca de las sienes, finos y muy tirantes, que se van uniendo a otros mechones más gruesos conforme bajan.

—Ah, una trenza de raíz —dijo Greta.

—Exacto. Y luego, cuando se las deshacía, el pelo le quedaba ondulado, como si mantuviera los restos de unos garabatos durante horas y horas.

—Sí...

—Bueno —dijo David—, pues con las familias pasa lo mismo. Crees que te has liberado de ellas, pero nunca eres del todo libre; las ondas te acompañan para siempre.

Greta se echó a reír.

—¿Acabas de descubrirlo ahora? —le preguntó.

—Supongo que tardo en aprender —contestó David.

Su hermana Alice telefoneó desde Florida una noche durante la cena. Descolgó Greta, pero al ver quién era en el identificador de llamadas, le pasó el auricular a David sin hablar. A él le sorprendió ver el nombre de Alice en la pequeña pantalla. (La familia no era dada a las conversaciones telefónicas espontáneas).

—¿Alice? ¿Va todo bien?

—Más o menos —contestó su hermana—. ¿Qué tal vosotros?

—Estamos todos bien. Nicholas y Benny han venido a pasar unos días con nosotros.

—¿Ah? ¿Y dónde está, eh…?

—Juana está trabajando en primera línea.

—Ah —dijo Alice—. Pero ninguno de vosotros ha estado enfermo, ¿verdad?

—De momento no. Toco madera.

—Lo mismo digo. Y me parece un milagro, teniendo en cuenta que Kevin insiste en jugar al golf a diario con sus colegas.

David chasqueó la lengua y luego esperó.

—Pero te llamaba por otra cosa. He pensado que te gustaría saber qué se trae entre manos tu otra hermana.

—¿De qué se trata?

—Bueno, pues ahí estaba, viviendo por su cuenta esta temporada porque Serena y Jeff se han llevado a Petey al refugio de la montaña por lo de la pandemia y ni siquiera Lily es tan tonta de pensar que Serena y ella podrían convivir en una diminuta cabaña de madera sin que una estrangule a la otra… —Alice tomó aire—. Y… esta mañana Serena llama a Lily porque se siente muy culpable de haber dejado que se las apañe sola y le pregunta qué tal va todo en Asheville y Lily le dice: «Supongo que no pasa nada porque te lo cuente: no sé cómo están las cosas en Asheville, porque resulta que me he casado hace un tiempo y me he mudado a Winston-Salem».

—¡¿Qué?! —preguntó David.

Enfrente de él, Greta enarcó las cejas para preguntarle qué ocurría y Nicholas levantó la cabeza y dejó de cortarle la carne a Benny.

—Sí, sí, es muy fuerte —dijo Alice.

—¿Con quién se ha casado? —preguntó David

—Con un tal Henry no sé qué. Es un profesor de historia jubilado. Hasta hoy, nadie había oído ni una palabra sobre él. Serena dice que está segura de que no había aparecido cuando se marcharon, y de eso solo hace dos meses.

—Ajá —dijo David.

—En serio, pensaba que Lily había sentado la cabeza —dijo Alice—. De corazón te digo que creía que había dejado atrás ese comportamiento.

—Bueno, míralo por el lado positivo —le dijo David—. Ahora Serena puede dejar de sentirse culpable por haberla abandonado a su suerte.

—Sí, supongo que visto así… —dijo Alice con un suspiro—. Y tengo que admitir que Lily va medrando. De mecánico de motos a agente inmobiliario a profesor de Historia, ¿qué será lo próximo?

—Me había olvidado del mecánico de motos —dijo David—. El marido número uno, ¿verdad?

—Bueno, aunque solo estuvo con ella un nanosegundo.

—Pero Morris me caía muy bien.

—Sí, Morris era un encanto —dijo su hermana, y suspiró otra vez—. Bueno, es igual. El caso es que he pensado que te gustaría saberlo.

—¿Todos los demás están bien? ¿Tus hijos?

—Están bien. Robby tiene que trabajar desde casa, pero ¿y quién no, hoy en día? A Cande la echaron hace meses, pero Mac conserva el empleo, así que no se mueren de hambre, y Eddie y Claude siguen instalados en Hampden.

—Ah, me alegro. Saluda a todos de mi parte —dijo David—. Y dale la enhorabuena a Lily cuando hables con ella.

—No sé si quiero hablar con ella —respondió Alice—. En serio, ¿tú crees que esta familia aún tiene algo en común?

Sin embargo, David estaba llegando al punto de saturación telefónica y se limitó a decir:

—Bueno, vale, gracias por llamar.

Le pasó el auricular a Greta, quien colgó.

—Resulta que Lily se ha casado —informó.

—Eso me ha parecido entender —dijo Greta.

—¿Con quién se ha casado? —preguntó Nicholas.

—Con un profesor de Historia que nadie conoce. Y ahora vive en Winston-Salem.

—¡Así de fácil! —exclamó Nicholas entre admirado e intrigado.

—Serena ni siquiera sabía de la existencia de ese tipo —añadió David.

—Pero… Serena es la hija de Lily, ¿no?

—Exacto.

Nicholas miró a Greta.

—Así ¿Lily no informó a su propia hija de que iba a casarse?

—En fin —dijo Greta—. ¡Esto es Estados Unidos, no te olvides!

—¿Qué tiene eso que ver?

—Piensa en el acervo genético. Este país lo fundaron disidentes, inconformistas, descarriados y aventureros. Gente escabrosa. No siempre siguen las normas de etiqueta.

—Me da que este asunto es algo más que una cuestión de etiqueta —dijo Nicholas—. En mi opinión, es de lo más peculiar.

—¿Puedo tomar postre aunque no me coma los guisantes? —preguntó entonces Benny.

—¿Por qué no pruebas una cucharada por lo menos? —le propuso Greta.

Y así dejaron el tema de Lily.

Dos días después, Nicholas salió del estudio con uno de los antiguos álbumes de fotos que David había acabado heredando sin comerlo ni beberlo. Tenía el dedo en una fotografía en blanco y negro con los bordes ondulados que debía de datar de la década de 1930: un hombre increíblemente apuesto con un sombrero de fieltro.

—¿Quién es? —le preguntó a David.

—Ni idea —respondió su padre.

Nicholas pasó a la siguiente: una instantánea de una mujer menuda con un vestido de hombreras exageradas.

—¿Y esta? —preguntó.

—No sabría decirte.

Lo mismo ocurría con las fotos de la página opuesta: dos niñas apretujadas en un sillón con un cachorro y un bebé cuyo voluminoso traje del bautizo lleno de volantes parecía vestirlo a él en lugar de al revés. No había pies de foto. En otro tiempo, la identidad de esas personas debía de parecer tan evidente que los hacía innecesarios; al creador del álbum no se le había ocurrido que llegaría un día en el que ninguna persona viva se acordaría de ellos.

—Por lo menos sé que es la parte de la familia de tu abuela. No creo que los de mi padre tuvieran dinero para cosas como cámaras.

—Ah, aquí hay alguien que sí reconozco —dijo Nicholas, porque había avanzado varias páginas y en ese momento miraba una foto del propio David con unos seis años, ataviado con un albornoz corto de color blanco.

En el dormitorio de David de casa de sus padres solía haber una copia enmarcada de esa misma fotografía. Su padre no hizo ningún comentario, así que Nicholas se sentó en una silla de la cocina y continuó pasando páginas.

Dijo un par de veces «Ajá» y después:

—Este debe de ser el mecánico de Lily.

David estaba bastante convencido de que no lo era (B. J. siempre se escabullía cuando sacaban la cámara), pero no se molestó en mirar la imagen para comprobarlo. Pensaba en aquel albornoz blanco.

Cuántas cosas de su pasado se habían perdido ya, años enteros. (Casi todos sus años de instituto, por ejemplo). Pero de vez en cuando, algún fragmento de su vida saltaba hacia él con viveza, de forma visceral. Recordaba que, de hecho, el albornoz blanco era para la playa; de esos que se ponen encima del bañador. Y sabía el verano exacto en el que lo había llevado: tenía siete años, no seis. Era el verano antes de empezar segundo curso, cuando habían ido todos juntos una semana de vacaciones al lago Deep Creek. Recordaba la textura áspera de la arena bajo sus pies descalzos, y veía a su padre de pie en el muelle junto a su nuevo amigo Bentley, un tipo de cara ruda y musculoso que hacía que su padre pareciese enclenque. Oía el chapoteo explosivo del agua mientras Charlie, el hijo de Bentley, pasaba nadando, alardeando de lo bien que nadaba a crol. En el recuerdo de David, las gotas le salpicaban la cara incluso estando en la orilla. Y su padre decía: «¡Vamos, hijo! ¿Por qué tardas tanto?» con un tono autoritario que no hubiera empleado nunca de haber estado los dos solos. Así pues, David se había desatado el cinturón del albornoz y había dejado caer la prenda. Había notado el aire en el pecho desnudo mientras se acercaba despacio al lago. El fondo le recordaba un flan; el barro se le colaba entre los dedos de los pies con cada paso. A pesar de todo, siguió avanzando, porque no quería que su padre se avergonzase delante de Bentley. Vadeó más y más, con los brazos levantados a ambos lados del cuerpo para que no se le mojaran, apretando la mandíbula para que no le castañetearan los dientes. Paso a paso, hasta que…

De pronto, no tenía nada bajo los pies, fue un cambio tan brusco que la nariz se le llenó de agua y empezó a escupir y atragantarse. Y no podía pedir ayuda porque eso implicaría abrir mucho la boca, así que confiaba en que su padre adivinara que necesitaba ayuda; pero no, fue Bentley quien se lo imaginó.

—Creo que tu hijo necesita que le echen un cable —le dijo a Robin, y este bajó la mirada hacia David desde el muelle con una expresión muy rara... sí, tenía la expresión más peculiar del mundo.

—¿Y esta de aquí podría ser una foto del tío Kevin? ¡Qué joven parece!

—No sabría decirte —zanjó David, antes de darse la vuelta y salir de la habitación.

En agosto, las cosas iban mejorando en Nueva York. Juana por fin había vuelto a su área del hospital y la niñera iba a reincorporarse al trabajo, así que Nicholas y Benny volverían a casa en breve. David se alegraba por ellos, claro, pero también estaba triste y se percató de que a Greta le ocurría lo mismo.

La última tarde con Nicholas y Benny, Nicholas hizo una última compra extragrande en el supermercado para sus padres mientras David y Greta se llevaban al niño y al perro a dar el último paseo. Empezaron por Kane Street, como siempre, pero cuando llegaron a Noble Road, donde David tenía por costumbre girar a la derecha, Benny y John continuaron recto. Por supuesto, cuando salían de paseo por las tardes seguían una ruta completamente distinta. Benny aminoró el paso al llegar delante de una casa en la que David no se había fijado nunca, y una anciana que estaba cortando las hortensias lo saludó:

—¡Eh, hola, Benny!

—Hola —dijo el niño—. Mi papá y yo nos vamos a casa mañana para ver a mi mamá.

—¡En serio! Vaya, qué bien, ¿no? —Se dirigió a David y Greta—: Sé que los echaréis de menos.

—Ya lo creo que sí —dijo Greta, pero para entonces Benny ya se había puesto en marcha de nuevo y gritó «¡Adiós!» mirando por encima del hombro, de modo que David y Greta se despidieron de la mujer con un gesto de disculpa y se dieron la vuelta para seguirlo.

Al acercarse a la siguiente esquina, Benny se detuvo en seco, y John lo imitó y se sentó sobre las patas traseras. Cuando David y Greta llegaron adonde estaban, encontraron a Benny paralizado delante de un abejorro que revoloteaba frente a su cara.

—Tranquilo, sigue caminando —le aconsejó David—. No te picará.

—Me parece que sí —dijo Benny.

—No, solo te está avisando para que te apartes. ¿Ves esas otras abejas que hay en el rosal? Las está protegiendo.

Benny no parecía convencido.

—¿Quieres que te cuente algo interesante? —le preguntó su abuelo—. Te has fijado en que está suspendido justo a la altura de tus ojos, ¿verdad? Bueno, piénsalo. Eso significa que sabe que tus ojos son la parte de ti que puede verlo. Ha adivinado dónde está el verdadero ser de las personas, por decirlo de alguna manera.

Sin embargo, Benny continuó plantado donde estaba y John emitió un gemido bajo y se tumbó en la acera.

—¡Yo no lo sabía! —le dijo Greta a David, sin duda por decir algo.

—Huy, sí —dijo David—, hay muchos datos sobre los insectos que te sorprenderían. —Y luego añadió, en un golpe de inspiración—: Por ejemplo, ¿sabes que a veces ves un escarabajo en mitad de la acera y lo rodeas para no aplastarlo? Bueno, pues me apuesto lo que quieras a que no sabías que el escarabajo vuelve a casa corriendo para contarles a sus amigos que por fin ha encontrado un ser humano de buen corazón.

Greta soltó una risita que fue casi un silbido.

—¡Venga ya! —exclamó.

Pero Benny se volvió para preguntarle a su abuelo:

—¿De verdad?

—Era una broma —le dijo Greta.

Entonces Benny también se rio.

—Abu, estás loco.

Y luego continuó caminando, olvidándose del abejorro, y el perro se incorporó y lo siguió arrastrando las pezuñas.

Cuando Greta y David estaban lo bastante rezagados para que Benny no los oyera, Greta le dijo a David:

—¡Fíjate! ¡Y tú que estabas tan ansioso antes de que llegara! ¿Te acuerdas? Pero mira cómo han resultado las cosas.

—Ha sido divertido —admitió él.

—¿A que te lo dije? Ya lo sabía. Fue exactamente igual cuando nació Nicholas.

—Ya, pero aun con todo —dijo su marido—, nunca puedes dar por sentado que los miembros de una familia vayan a caerse bien.

—¡Vamos, David! ¡Las familias se quieren mucho!

—Sí, no hay duda de que «se quieren». Pero yo te hablo de si «se caen bien».

El anciano caviló un momento. Mentalmente, volvió a ver esa vieja fotografía: su yo de siete años con el albornoz de playa en la orilla del lago Deep Creek.

—Por ejemplo, yo no le caía bien a mi padre.

—¿Perdona?

—Los niños saben estas cosas —insistió—. Es cuestión de supervivencia. Tienen que ser capaces de captar las reacciones más nimias de sus padres, decodificar hasta el menor cambio en su voz.

—En ese caso —le dijo Greta—, seguro que sabes que tu padre estaba muy orgulloso de ti.

—Sí, de acuerdo. Eso lo sé —reconoció y se dio por vencido.

—Y tú también lo admirabas mucho —dijo Greta. Lo cogió de la mano y se acercó más a él—. Fuiste un buen hijo.

—Si tú lo dices.

—¡Pues claro que lo digo! Por ejemplo, fue un detalle por tu parte no decirle nunca que sabías que tu madre y él no vivían juntos.

—Bueno, por supuesto. Se habría sentido humillado —dijo David.

(No le recordó que, en realidad, no lo había sabido hasta que ella se lo había hecho notar).

—Pues así es como funcionan las familias. Eso es lo que hacen unos parientes por otros: esconder algunas verdades incómodas, permitir unos cuantos autoengaños. Pequeños detalles cariñosos.

—Y pequeñas crueldades —apuntó David.

—Y pequeñas crueldades —coincidió Greta. Balanceó la mano que le había dado a David.

Le alivió ver que ella no parecía dar la menor importancia a lo que él le había contado. ¡Imagina que de repente lo hubiera mirado de otro modo! Imagina que hubiera dicho: «Ay, sí, ahora que lo dices, veo que es difícil que caigas bien a alguien».

Aunque debería haber confiado en que no reaccionaría así. Su Greta no.

Nicholas esperó hasta media mañana antes de ponerse en camino, porque quería evitar la hora punta. Como siempre ocurría en esas situaciones, David se debatía entre temer el momento de la despedida y desear que ya hubiese pasado el mal trago. («Prefiero esperar en el aeropuerto que esperar en el comedor de casa», solía decirle a Greta al final de sus visitas a Emily). Así pues, cuando Nicholas por fin se incorporó y dijo: «Bueno...», David casi se alegró. Todos salieron a la puerta, el perro atado con la correa por si se resistía a meterse en el coche. Y David y Greta le dieron un abrazo de despedida a Benny antes de que Nicholas le abrochara el cinturón de la sillita del coche. John se acomodó a su lado, gimiendo en voz baja, y Nicholas cerró la puerta de atrás y se dirigió a sus padres.

—Gracias a los dos. Supongo que os alegraréis de tener un poco de paz y tranquilidad otra vez.

—Eh, claro —dijo su padre.

Ambos lo abrazaron y luego retrocedieron un paso y se quedaron mirando hasta que el coche se perdió de vista.

—Bueno —dijo David por fin—. Pues aquí estamos otra vez, señora G. Envejeciendo al ritmo que toca, como siempre.

Y Greta pasó el brazo por el de su marido y juntos entraron en la casa.

Dedicaron el resto del día a poner orden, adecentar las dos habitaciones de invitados y volver a trasladar las cosas de David a su estudio. En un momento dado, mientras enchufaba el ordenador, Greta se dio la vuelta desde la estantería.

—¿Has visto esto? —preguntó.

Tenía en la mano uno de los álbumes de familia, el mismo que había hojeado Nicholas unos días antes. Estaba abierto por un folio que alguien había deslizado entre dos páginas: una foto de David y Benny juntos en el jardín, impresa en casa. David se había agachado un poco para examinar los dos puñados de tomatitos cherry que le enseñaba Benny. «Benny con su querido abu», decía el pie de foto, con la letra de Nicholas en tinta azul.

—Ay —dijo David, porque al ver los deditos algo manchados de Benny sintió una punzada que fue casi física.

—Voy a pedirle a Nicholas que me la envíe por mail para poder encargar una copia mejor —le dijo Greta—. Es mi nueva fotografía favorita de ti.

—«En la imagen: viejo con el cuello flacucho» —dijo David. Pero se sintió complacido.

Durante varios días, no pararon de encontrar objetos desperdigados por aquí y por allá. Un calcetín pequeño abandonado en la secadora, un mordedor de goma del perro en el patio... Una vez, David se topó con Greta de pie, inmóvil en la cocina, inspirando el olor de un retal de tela. Lo bajó y miró a su marido a la cara, con un brillo sospechoso en los ojos. David se fijó en que era una mascarilla de tamaño infantil con la costura torcida y un fleco de hilos desordenados. «Eh, eh, nada de eso», dijo David, encarnando por un momento el papel de parte sensata del matrimonio, y ella se rio azorada y se lo entregó. Pero en cuanto David llegó a su estudio, donde estaban recopilando una caja de cosas olvidadas con intención de mandárselas a Nueva York, también se acercó la mascarilla a la cara e inspiró hondo. Aún consiguió percibir el rastro del aroma a niño pequeño de Benny, salado pero dulce, como sudor limpio. Todavía podía ver las orejillas de Benny; todavía oía su voz ronca:

> *Como veían que no se caían,*
> *fueron a llamar a otro elefante...*

Sacudió la cabeza y sonrió. Luego metió la mascarilla en la caja y regresó con Greta.

Este libro
acabó de imprimirse
en Barcelona
en octubre de 2022